遇见一棵树

人民日报文艺部——主编

人民日报出版社
北京

出版前言

党的十八大以来，我国经济社会发展取得历史性成就、发生历史性变革。为记录伟大时代、讲好中国故事，《人民日报》大地副刊深耕现实题材，坚持人文视角，以一篇篇散文佳作展现城市发展和山乡巨变，彰显时代风貌与奋进精神。这里面，有“我与一座城”的相伴与成长，有“遇见一棵树”的欣喜与希冀，有“记得住乡愁”的追寻与感怀……城市与人、草木与人、乡村与人，细微之处见真情，在故事的娓娓讲述中，让人们触摸时代的脉动，聆听社会发展的足音。

书中文章的遴选与编排，大致遵循如下原则：以2012年以来发表的文章为主；同一本书中，同一作者一般只选取一篇代表作；文章以地理空间为依据排序。书中穿插精美图片，图文并茂，为读者提供更多的视觉享受。

可以说，遴选出来的这些文章，凝聚了《人民日报》大地副刊以文学作品讲好中国故事的探索与实践。诚愿这三本小书能让读者感受到向上的力量，获得情感的共鸣，并收获阅读的乐趣。

编　者

目 录

松之风

侯军

我对松树的认知，是从一根房梁开始的。那时我只有十几岁，家里房子小，就搭起一个小阁楼，我每天就睡在阁楼上。忽然有一天，一个并不经常来往的堂叔来到我家，跟父亲嘀咕了一个晚上。转天，父亲就让我去跟奶奶睡了，说要把阁楼拆掉。我问为什么，父亲没好气地说，小孩子家，甭管闲事！

我只好去问奶奶。奶奶说，你老伯的儿子要学拉大提琴，好不容易找了个好老师，人家要给孩子亲手做一把好琴，说是必须要用老松木才行。你老伯也不知怎么打听到咱家有一根房梁是老松木的，就是搭阁楼用的那根。老伯从来也没开口求过咱，这又是给孩子学本事的大事，你爸跟我一商量，我就说，不就是一根木头吗，给他吧！

从此，我记住了这根房梁，也记住了做好琴必须用老松木。这件事发生在上个世纪 70 年代初。从那时起，我的潜意识里就一直萦绕着一个臆想：当那根房梁变身为大提琴之后，会发出何等美妙的声音呢？

直到四十多年后，我才第一次见到我那位学琴的表弟，他已是音乐学院附中的大提琴专业教师了。他并没有提及当年那把琴的情况。我本来想问的，但转念一想，这么多年过去了，你现在去问这件事，难道是想图啥回报吗？即便是赚回几句感谢话，那也轮不到你来消受，真该感谢的人此时都已谢世了。

对松的印象伴随某种美妙的旋律，深深烙在我心底。稍长，学唱《沙家浜》，男孩子自然都要学那段《泰山顶上一青松》。我的嗓子不错，每次班里唱这段合唱，都是我来领唱那个高腔——“要学那，泰山顶上一青松呐——”天长日久，心底又萌生一个向往：等我长大了，一定要到泰山顶上，去看看那个“一青松”。

我第一次去泰山是 1980 年。当时我和几位同班进修的同学从天津坐火车直奔泰山。好不容易爬到山顶，却发现泰山顶上哪里只是“一青松”啊，漫山遍野都是青松。最有名的松树，自然要数步云桥北边的“五大夫松”。

后来，走的地方多了，所见的古松名松也越来越多。我发现几乎所有名山大川、名胜古迹，都有松树的身影。“天下名山松占多”，这么说一点都不过分。暮色苍茫中，我去看过庐山的“劲松”，虬枝盘绕，苍劲峥嵘；晚霞夕照中，我登上华山之巅，看过以其山命名的“华山松”；在北岳恒山，我登上“虎风口”，看过号称恒山十八景之一的“虎口悬松”；在南岳衡山，我也曾来到“磨镜台”观松。然而，最令人难忘的还是黄山的松。徐霞客说过“五岳归来不看山，黄山归来不看岳”；还说，黄山“无石不松，无松不奇”。黄山最出名的那棵“迎客松”堪称是黄山的名片。我先是在人民大会堂里看到那幅铁画《迎客松》，极为震撼。及至 2005 年暑假，我来到黄山看到“迎客松”的真容，方才悟到艺术家即使能耐再大，把那铁画做得再逼真，与实景相比也还是稍逊一筹。况且黄山的奇松并非只有一棵迎客松，还有送客松、陪客松、盼客松、望客松以及蒲团松、探海松、麒麟松、倒挂松等，真是奇松与怪石并峙，苍崖共云海同天。

中国人自古就有一种松树情结。追溯源头，大概与两千多年前孔夫子的那句赞语有关：“岁寒，然后知松柏之后凋也。”（《论语 · 子罕》）从此，松柏成为不惧严寒、顽强不屈、坚忍勇武的象征。一般而言，无论植物还是动物，一旦被赋予某种象征意义，就会逐渐演变为一种文化符号，慢慢浸入到这个民族的精神血脉之中。譬如松竹梅，皆因其耐寒的品性而被誉为“岁寒三友”，而松树居三友之首。诗人们喜欢以松为诗，画家们喜欢援松入画，平民大众也喜欢把松竹梅装饰在门楣上照壁上家具上，表现的都是对其高尚品格的精神向往。

历代文人笔下，松树时常被比拟为各种奇谲而跌宕的人生范式，让风霜欺凌它，让雨雪压迫它，让厄运笼罩它，让不公缠绕它，恨不得把种种人生苦难都强加给它，然后，看它从容看它隐忍，进而让它抗争让它崛起，最终赢得生命的重生。在陶渊明笔下，“青松在东园，众草没其姿。凝霜殄异类，卓然见高枝。”（《饮酒二十首》）在南朝范云笔下，“修条拂层汉，密叶障天浔。凌风知劲节，负雪见贞心。”（《咏寒松诗》）在诗仙李白笔下，“愿君学长松，慎勿作桃李。受屈不改心，然后知君子。”（《赠韦侍御黄裳二首》）在杜荀鹤笔下，“自小刺头深草里，而今渐觉出蓬蒿。时人不识凌云木，直待凌云始道高。”（《小松》）在白居易笔下，“有松百尺大十围，生在涧底寒且卑。涧深山险人路绝，老死不逢工度之。天子明堂欠梁木，此求彼有两不知。”（《涧底松》）诗人们悲叹的是松树的命运多舛，更是人生的跌宕不平；诗人们赞美的是松的品格，更是在表达对世间高尚人格的向往。

其实，松树值得赞美的品格，并不仅仅是岁寒后凋。在我看来，还有它的开阔胸襟和包容精神。它为众多弱小的生命提供食物和生存环境，让它们依附自己高大的身躯繁衍生存。单看那些动物的名字就知道其与松树的亲密关系，如松鼠和松鸡。松树的奉献精神也常为人们津津乐道。它全身都是宝：躯干是栋梁之材，也是造纸的上等原料；枝叶可以入药，松针的药用价值早在唐朝就被孙思邈发现并应用，现代医学的研究更发现松叶对高血压、心脏病、糖尿病等疾病，具有良好疗效；松树分泌的油脂不仅可以制作体育运动不可缺少的松节油，还是油画家常用的油彩调和剂；松香不仅可做香料，还是各种胡琴不可或缺的发声辅料；即便是松根和残枝，也可以烧制松烟，成为制墨必备的黑色涂料……

哦，了不起的松树，了不起的松树精神。难怪从古至今那么多诗人把最美好的词语献给你；那么多画家把最精彩的笔墨赋予你，这一切你都当得起！

说起绘画，我不由得记起少年时期也曾学过一阵国画，老师最先教我的就是画松树，他有一句话我记得真切："松树的松字是怎么来的，知道吗？"我摇摇头。他告诉我，松树的树冠永远是蓬松的、开放的、舒展的，它张开枝干，才能接纳八面来风，所以古人就给它取名叫"松"。画松，关键是画得要"松"，不能让死墨团成一堆儿……我最终也没能把松树画好，不过，这个关于松树得名的说法却让我受益终身。

如今，我已年近花甲，与书翰笔墨打了大半辈子交道。殊不知，与书翰笔墨打交道，其实也就是直接或间接地与松树打着交道——想想看，每天用的纸张，或许就是松树原浆制造的；挥毫写字，那研的墨也是用惯了的老松烟；墙上悬挂着自书的刘长卿名诗："泠泠七弦上，静听松风寒。古调虽自爱，今人多不弹。"门廊处高悬着上海名画家的丹青佳构，画题恰是《松柏常青奇花遍地》；读书时见松入眼，聆曲常思大提琴……说起来真是有点奇妙，在所有西方乐器中，我最偏爱的就是大提琴，就像中国乐器中最爱古琴一样。而两种乐器在我的心底都与松树有关。

听着那低婉浑厚、沉郁高邈的旋律，我会自然而然地联想到阵阵松涛，想到大提琴的松木面板，想到刘长卿的“松风古调”，进而想到孔夫子的“岁寒后凋”——是的，在这里，松是一种风，是风格风韵风采风骨，是有声有色有温度的——“静听松风寒”。

希望之树

王必胜

清雅醇和的诗意，穿越旷世时空，在偌大的呼伦贝尔草原得到共鸣。

此时，内蒙古阿尔山林场，清澈蜿蜒的哈拉哈河畔，微风吹过夏末的晌午，笔直的省道犹如一条分割线，将两旁林带间肥绿的草地，划成畦畦田园。晨雨过后，草木葳蕤，东北黑土地越发油亮如洗，踩上去，脚头黏实黝黑。

田畴阡陌，植被丰茂，万物葱茏。

眼前，偌大草坪上各类植物随风起伏，有野生藤状花茎、有自然疯长的燕麦，最惹眼的是新栽的树苗。从机耕道下到一畦较大的胡苗圃，花草沾衣，枝叶拂人。林业技术员小孟抚摸一株齐肩高的小树，仔细查看，如同对待久违的孩子，他喃喃道，长得好快呀！同行的林业局领导说，是啊，比想象的好。原来，这块种玉米、小麦的农田，去年春天退耕还林，栽上引进的小树，一年内就长势喜人。

这些不太起眼儿的小树，经冬历夏，扎下根，长势良好，叶片绿中染上霜白，枝条略有尖刺，在阳光下，摇曳摆动，似乎在向人们致意。初识者好奇：这就是传说中的“大果沙棘”吗？就是林区着力推广的沙棘吗？

是的，田圃中的沙棘小树，亭亭玉立，昭示着林区人退耕还林的成果。一眼望去，沙棘排成一线，前后约一米五，左右三五米的间距，伸向远方，脚下是套种的蒲公英、甜菜、赤芍的簇拥，其势如仪，妆成林带草地一道独特风景。

种植沙棘是阿尔山林业局退耕还林的一项重要举措。大果沙棘适宜在高寒山地林中生存，可造林绿化、防止水土流失；其果富含维生素 C，色泽鲜亮，经济价值和观赏性都高。近年来，大果沙棘成为林区退耕还林绿化的首选树种。小小沙棘在高纬度的阿尔山林区落户，一年多来已种植五万多亩。起初，人们担心这“沙漠的精灵”在林区草地上水土不服，经过一年多的培植养护，如今，成活率已近九成。眼下，当年生的大片沙棘小苗，出落得像模像样，令同行的几位林业人无不喜形于色。

你可不知道，起初工作多难啊！真正的“水土不服”是人们的意识跟不上……林区领导介绍说。

退耕还林的国家战略，在阿尔山林区进入攻坚战。2019 年春，林业局为了推广沙棘，干部下沉到农户家，到田间办公，反复做工作。也难怪，多年来都是承包林地的栽种习惯，让农户们接受变化，要有一个过程。

去年早春，林业局书记办公室，不请自来十多人，是来向领导提意见的：退耕还林不是说要“退耕得生态，百姓得实惠”吗？还林可以，可是老百姓的收入咋办？群众有疑问，领导不能回避，局里广开思路，多想办法，引进易存活、高效益树种。但是，改掉多年种地的老习惯，改种没有听说过的树种，这个预支的远景，想让百姓心里接受，很不容易。干部们苦口婆心，大道理与现实可能，调查数据与愿景目标，“他山之石”的图片视频……来回地谈心交流，“虽然心有所动，但还是有大大的问号”。那好吧，让他们走出去，到现场参观学习。于是，局里先后组织到一些省市的沙棘种植地观摩。在辽宁义县，内蒙古通辽、赤峰，黑龙江林口等地，沙棘产业规模化的发展前景，让一些观望的人触动很大。局里随后又拿出可行措施，比如，让种植户参与培训，参与种苗的挑选，技术人员指导套种，在资金上优惠倾斜，管理上跟班督促，最后签订收购计划和承诺书等“全方位跟进”。2019 年，终于完成了一万多亩退还的指标，今年上半年，又完成了四万七千多亩。这五万多亩退还林地上，都是大果沙棘树苗当主角。

春天，万物勃发，林区开始栽种沙棘的“春季行动”。伊尔施镇一林场的韩振春，是最早的行动者。他家有两台拖拉机，招来二十五名工人，加班赶时间，三天就完成了七百多亩的栽种任务。天一亮，机声在静寂的林带响起，欢快的节奏，表达了对未来的期待。植树机前面开出垄沟，人工跟上挖树坑，再是一株株沙棘苗放入，扶正，踩实，浇水，一气呵成。“我们种下树苗，也种下希望。”韩振春说，他家七百多亩沙棘，还套种蒲公英、蓝靛果。三年后，沙棘进入盛果期，林下的药材也有收入，就能实现林场说的“绿富双收”啊！老韩的喜悦带动了不少观望的农户，大果沙棘成了阿尔山林区退耕还林追捧的树种。

历经七十多年的奋斗，阿尔山林业局成为内蒙古自治区第一个人工造林保存面积达百万亩的林业局。如今，构筑生态优美的家园、建设生态文明、守护大东北绿色宝库已成为人们共识，林业人坚守退耕还林信念，矢志不渝。在无边无际的绿色世界里，一株小小的沙棘，也许微不足道，然而“林保”工程、生态建设、构筑美好的家园，每一个微小的举措，都是一份可贵的收获。

义气松

蒋子龙

天津的 7 月，一切都是黏糊糊的。空气是黏糊糊的，阳光是黏糊糊的，黑暗是黏糊糊的，身上是黏糊糊的，汗水是黏糊糊的，世界像挂了一层胶，甚至连自己的思维和语言也变得黏糊糊……它不同于潮湿，潮湿是水分多；黏糊糊是胶状物质多，永不干净，永不清爽，怎么也不舒服。

这时候最幸运的莫过于能投身大兴安岭的林海之中，在伏天享受到一片清凉。中国地图是一只脖子挺得很硬、尖嘴有力地向里弯起、随时准备向前冲跃的雄鸡，兴安岭则是它骄傲的金冠。“驶上”金冠就觉得汽车突然变成火箭，直立起来向高处爬去……但放眼窗外，大地还是平的，庄稼长得非常之好，绿得冒油、发黑，仿佛能生出阵阵烟雾。

汽车如灵巧的爬虫，在庄稼梢上飞行，裹着一身绿烟。进入这种如诗如画、如梦如幻的境地，我的记忆和想象也变得分外活跃，耳边似回响着上世纪 50 年代流行的民歌，“高高的兴安岭一片大森林，森林里住着勇敢的鄂伦春”，忽而又变成吕文科演唱的《走上这高高的兴安岭》的旋律……

兴安岭是个神话，是个很熟悉又全然不被了解的神秘世界。“蓊郁尤甚，松桦蔽天，早不见日”，山鸡野鸟伸手拣，獐子狍子拿棒撵，鹿麝送上门，黑熊闯进院……车头前出现了黑森森的奇峰异峦，打开车窗便有大自然的渺渺香气扑进来，伴随着林涛的轰鸣和各种野鸟的合唱，心里不觉涌起一种朝圣般的洁净和急切。如今朝拜大自然，也是一种朝圣。

然而人类对大自然的掠夺和毁坏最早也是从崇拜开始的。当地最早的宗教就把熊当作图腾崇拜，称熊为“祖母”“舅舅”。这并不妨碍他们猎熊，只是猎到熊以后要举行仪式，抬回时要假哭，口中念念有词：“打死你绝不是故意的，是误杀，求你保佑。”但熊肉不能分，要统一煮、共同吃，熊骨和熊头按照他们的风葬仪式安放在树上，同人死了以后一样，让其自然风干风化，回归自然。我在大兴安岭的森林里听到不少关于猎人和动物的传说，也增加了许多有关大森林的历史知识。

内蒙古的大兴安岭在清朝以前是没有采伐工业的，清初曾有过“四禁”政策：禁止采伐森林，禁止开采矿山，禁止狩猎及捕鱼，禁止农耕及放牧。清末，随着东清铁路的修建，森林采伐工业开始兴起，首先是铁路两侧的森林很快被砍光了。当然，它也促进了社会生产力的发展。以后俄、日入侵，实行“剃光头”“拔大毛”的掠夺性采伐，抢走了一千多万立方米的木材，使蔚然长林“渐成为濯濯矣”，大兴安岭受到严重的伤害。

我来到的这片山岭并不是特别的高，若用巍峨、雄峻、粗犷、奇绝等赞美大山的字眼来描绘它，似不甚贴切。在我的眼里，声名雄健的“大兴安岭”竟带着几分女儿气质，灵秀、娇嫩、洁净、妩媚。站在一个高岗上远眺，只见森林不见岭，这正是大兴安岭的迷人之处，它是林海中一个连一个的浑圆的波浪，绝不是露出水面的突兀峥嵘的褐色礁石。

连大兴安岭的早晨也都是绿的，田野一片青须须，云雾渺渺，轻飘漫散，天籁般的颤音灌满我的双耳，森林的呼吸汇成强大的音流在空中嗡嗡震响，充满骚动的静谧，是一种生气勃勃的文静……静穆的山林似乎在等待一个辉煌时刻的到来——日出！朝日如一枚巨型的松塔，在林梢上颠了两颠，霍然爆裂开来，金黄色的松子倾泻而下。霎时，把一片嫩绿的大兴安岭染成焦黄。

铺展在我面前的森林非常广大，有山皆绿，却很少见到大树——那种独木擎天、几个人抱不过来的古树。这里无霜期短，每年只有七十天到一百天，树木生长缓慢，这儿的“树王”每二十年才祝一次寿，也就是说二十年才算长了一岁。一棵长了二百年的树，我也能轻松地抱过来，但木质坚硬，耐腐蚀力很强。在克一河一带见到的大多是第二代或第三代林，树干直径一般为二三十厘米左右，挺直高细，树高大都在二十米以上，有的高达三十多米，整齐，漂亮，令人赏心悦目，难怪人们把兴安岭叫作“绿色聚宝盆”。可在过去的岁月里，人们甚至要砸盆取宝。从实用主义的立场出发，树太大了不一定好用，这里的每一棵树都是好材料，都很值钱。

我还发现一个奇怪的现象，越是山岭的阴面，森林长得越茂盛，一片深绿，郁郁蓊蓊。它们自成气候，相互挡风遮雨，棵棵树都长得挺拔粗壮。而在阳光充分的南坡，空间广阔，树木反倒稀疏平常，甚至矮小变形，呈浅绿色。当地人给生长在阴坡上的密林起了一个非常响亮的名字：“义气松”。它们被命运安排在阴坡，就绝不挑肥拣瘦，品性谦虚而坚韧，不霸道、不张扬，喜欢过集体生活，成群团状地长得高大繁茂。义气松的身上没有刺儿，也没有太多的疤瘌节子，一门心思往大里长，往高里拔。只有长得大，根才扎得深，好吸吮地下水分；枝干高拔，才可以更多地接收阳光，因此它们棵棵都有二三十米高，树干笔直溜光。人们也格外喜欢它，做栋梁，打家具，当枕木，铺大桥……这也“决定”了它们容易遭砍杀的命运。它们只顾讲“义气”，可人类的“义气”呢？

泰山顶上松、黄山迎客松，充分展示自己的个性，千姿百态，容貌可人，吸引了无数人去观赏，去仰望，被诗人赞美，被画家描摹，被印成彩照，被拍进电影，成为人间宠物。倘有一条枝丫干枯也会成为一条新闻，人们会为它的安全大声疾呼。我孤陋寡闻，似乎从未见到有人描绘或颂扬过义气松，因此不揣浅陋，写此短文，表达我对义气松的同情和尊重。

它们之所以这般仗义负重，或许跟曾受过“皇封”有关：“许你随风飘荡，不许就地生根！”义气松的松子顶风能飞八十米，顺风可飞二百米，你的松子到我这儿来生根发芽，我的松子到你那儿去长大成材，你中有我，我中有你，充分发挥杂交的优势，一代代地培养出这股异常顽强的生命力。即使长大后仍然互相帮衬，互相扶持，砍不完，杀不绝，义气贯千秋，天地存肝胆。

至此我忽有所悟，谁说义气松没有个性？重义气本身就是它的个性。没有缺点不一定没有个性，横生枝丫也不等于个性丰满。义气松是大兴安岭的主要树种，是兴安岭这块讲义气的土壤养育了它，它又成了兴安岭的骄傲。它那倔强的躯干恰似森林进化的脊骨，有这副不倒的脊骨才有绵绵不绝的绿色。正是义气松，令我对大兴安岭肃然起敬，并感激它长满了这种能启迪人类心智的树木。我从来没有非要记住过什么树、什么花、什么草，今后却决不会忘记大兴安岭这种独特的乔木——“义气松”！

岳桦礼赞

宋占方

陶潜有诗云：春秋多佳日，登高赋新诗。

时逢佳日，我也孕育一份诗情，晨起登临长白山余脉、辽宁的天华山。一夜骤雨过后，晓霁雾漫，山径唯见近前的枫树，殷红如滴，娇艳诱人。

我于雾里沿着隐隐约约的小径从南坡快步而攀，欲在雾散之际登上山巅，一览秋阳当空、云海浮动之美。

临近中午，我登上仍然弥漫大雾的海拔 1200 米的山巅。只见那雾源源不断地从山下如决堤潮水般冲上山巅，若不是日头从疾驰的云絮里时而露脸，时而掩面，大地翕张光影，还真有“人在天上”之感，而寂寥的山巅北坡，乔林茂密，松杉森森，林海茫茫。一片风清尘敛，山静似太古。那从南坡卷涌上的雾霭，转瞬就被身后北坡贯上的山谷风荡尽消弭。山巅截然形成一道雾与晴空的分界，形成罕见的气象奇观。

我边待大雾消遁，边做峰上静观。

身旁，从南坡腾涌而上的雾气，忽而被北坡的山风轻轻掠散，巅上幽林忽现；忽而，又一波次的雾帐蔽天拂地，漫卷而上，眼前苍林顿失；忽而，山后天风又至，迷雾骤然淡施，且隐且现，欲散还聚，宛然峰崖古木之吐纳……

就在一阵阵变幻不绝的雾岚嬗变之际，旷远的南巅雾隙里挺立一株株早已落叶，唯有皎洁树干的岳桦，那“翩若惊鸿，婉若游龙”的身姿，似众仙狂舞，抚琴动操。一派“欲使峰巅白，欲令众山响”的景象。

岳桦，是中国东北山地森林垂直分布的最上方的树种，其志在高巅，坚韧不拔，节操贞洁，超凡脱俗，可谓树木的隐士。如果说松柏之尊在于叶翠常青；梅树之魅在于花期独放；那么岳桦之韵就在于其虬枝的逸态所秉承的感召心扉的力量。她的身躯依然有白桦之白皙，莹澈静穆，窈窈有神。由于她生长在海拔千米的高山顶部，风速大、土层薄、无霜期短，因此更耐寒、耐旱、耐瘠薄。她虽属乔木，却生长十分缓慢，百年以上，树高仍在五米左右。其木材密度胜于水，是一种能够沉水的木头。她终年摇曳天风，枝干弯曲扭捩，皆横向伸展、盘曲、萦回、缠连，百出以尽致，万变以随机。似乎勾画天上的云烟、颤动的风痕，又似乎诠释巅上的雷鸣风动、日星辉映、四时嬗变……她那闪耀于冉冉雾影中欲飘欲逸、似断似连的飞扬、内敛的银枝树冠，不但是北方山水画家梦寐的神韵，更是她在大化流转中的生命欢跃的舞蹈。她如一阕阕引人遐想的古人幽婉缠绵的山水诗吟，又如一曲曲扑朔迷离的即之愈稀、淡不可收的五弦琴乐。

东坡有言，琴之韵不在琴，不在指，而在心。是说在空明的心境中，琴不必弹奏，用心就能感应琴的妙乐。这正是此处无声胜有声的妙境。正是以林泉之心，与巅上岳桦相逢、相融——只有此时，山川、林木、日月、云岚都随之奏响……

雾聚雾散，缥缈恍惚，似神非神，似仙非仙，天华山那拙曲激扬的岳桦、那昂扬迸发的岳桦，仿佛广阔的山林交响，有似激昂的旋律，把生命搏击的激情推向高峰；有似持续的级进，彰显天地的广阔与绵远；还有的似千万个跳跃的音符，那是万木争荣在漫漫的雾海之上……一曲曲、一波波，在持续不尽的雾霭激荡里，玄音袅袅，如游如荡……

山静日长，白雾苍石。日西斜，我于峰上仍然未能透过雾幔远瞩层峦叠嶂、云海浮动之大观，可是岳桦神灵般的清音已使我独沉湎于峰巅，如酣如醉……

下山时，想起“竹林七贤”的阮籍于苏门山上造访大隐者孙登，隐者一字未语，阮籍长啸而退，至半山坡，唯闻山顶有鸾凤之音响彻山谷。我边仰慕雾里岳桦，边沿石径至半山，雾遁去，我豁然幡悟：岳桦不啻为有诗情的树、画意的树、音韵的树，不啻为绝顶燃起生命的绝唱，她更是北方山林昂扬迸发的神采，北方山岳的风骨与精魂。

稠李子花，稠李子果

朱明东

树叶黄，野果香，秋色映山梁。一串串豆粒般大小的黑果挂在树上。

大兴安岭秋果并不多，稠李子算是一类。初到大兴安岭，家里的菜园子就栽着几棵稠李子树。它们其貌不扬，到了晚春，枝丫上才渐渐绽出白色的小花，一朵朵，一簇簇，散发出阵阵馨香。母亲问邻居大姐，这是啥花？邻居大姐说，树叫稠李子树，花就叫稠李子花，还结果呢，那果就是稠李子。

一点一点，一粒一粒，稠李子树悄然出果，没几天，嫩嫩的幼果挂满了枝枝丫丫。可长着长着它就不长了。不长也就罢了，它却变黑了。结的那果还不如山里红大，样子也不比山丁子美。我跑到菜园子里摘了一颗放到嘴里。哎呀，可真涩。

望着菜园子里的稠李子树，我心里长出一片不开心的草。我缠着父亲栽几棵樱桃树、沙果树或者杏树。父亲说："没熟的果子咋能不涩？大兴安岭气温低，不是啥树都能活。"父亲缓缓坐到炕沿上，用火柴点了一支旱烟，深吸了一口后，为我讲起一个故事。刚开发大兴安岭时，正是数九寒天，岭上岭下到处飞雪。别说行走，就是想找条路都难。可铁道兵们没有被吓倒，他们在恶劣的环境下，爬冰卧雪，战天斗地，硬是在莽莽群岭中建出一条壮美的铁路。那时候，铁道兵们生活很艰苦，稠李子就成了他们打牙祭的主要秋果。正值稠李子熟时，呼玛河两岸结满了又黑又亮的稠李子，可上游却发起大水来。一时间，洪水滔滔而下，将岸边建桥用的木材都卷进了河里。为了挽救国家财产，几名铁道兵乘船打捞木材。行至河中，船不幸被激流打翻。岸上的副班长付铁虎见状，毫不犹豫地跳入冰冷的呼玛河中，在把一名战友救上岸后，又毅然向河中奋力游去。怎奈水流湍急，一个浪头过后，付铁虎就不见了踪影，最后战友们在下游找到付铁虎的遗体……

父亲眼睛湿润了，我则抽泣起来。父亲告诉我，要在大兴安岭扎下根活下去，光好看不行，还要耐寒有毅力，这样才会茁壮成长。到了秋天，稠李子熟了，它就会变甜。我默默倾听，父亲娓娓叙说。付铁虎牺牲后，铁道兵们在营地附近栽了一排稠李子树。第二年春，这排稠李子树都开满了像雪一样白的花，离它们很远就能闻到馥郁的香。到了秋天，稠李子树叶黄了，每棵树的枝丫上挂满又黑又亮的果。

能在大兴安岭生长的树，都是坚强的树。寒冷的日子，稠李子树忍寒受苦，任风雪肆虐，依然坚定生长。春风越岭，稠李子树绽放容颜，给大兴安岭回报灿烂的笑。风吹，它落花；雨落，它结果。当秋光洒满大兴安岭，稠李子不仅黑得明亮，也甜得醉人，颗颗吹弹可破。

雨后出彩虹，北山公园越发清新。沿着林荫小道，我拾级而上。静穆中，我发现北山公园除了郁郁葱葱的樟子松、落叶松等树外，还生长着一棵棵稠李子树。稠李子低调而随和，不显山不露水，平凡而朴素。山林中，河岸边，它都不独揽秀丽。它适应了大兴安岭这片土地，早已将自己的根坚实地扎了下去。

稠李子本属落叶乔木，学名达乌里鼠李果，有药用功效。稠李子清热解毒，止咳祛痰。那年，母亲牙痛。邻家大姐告诉母亲，用温酒泡稠李子喝能止疼，一试，牙果然不疼了。打那以后，母亲每年秋天都要采一些稠李子，晾晒成干放入玻璃罐里以备药用。

那年，我在湖北工作。母亲给我打电话："想不想吃稠李子？要是想，妈给你邮点儿去。"我脑子里一下子涌出那圆溜溜黑乎乎的豆豆来。我连说："妈，您可别邮了，怪难看的，还让人笑话。"放下电话后我才反应过来。母亲哪是要给我寄稠李子，分明是提醒我：无论走到哪里，都别忘大兴安岭，别忘在大兴安岭的爹和娘。殷殷切切，我终于在父母的召唤中，决定回到这片哺育过自己的土地。湖北朋友问，好好的为何要调回去？我笑着说，一方水土养一方人，大兴安岭的稠李子怎能离开脚下的山和岭啊。

这些年，小城没少栽植稠李子树。稠李子树生命顽强，栽了就活。稠李子熟了，不需入山入岭就可随处相遇。与妻子在甘河公园散步，正走着，妻子用手指道："瞧，稠李子！"路旁果真有一棵高大的稠李子树。它可比当年菜园子里的稠李子树高大许多，那上面结的果也比原来的黑，比原来的亮……

南京悬铃木

李青松

球果如铃，叶展如掌，皮剥如片，冠大荫浓，枝条舒展，树形优美。此谓何树——悬铃木。

悬铃木有很强的吸毒、滞尘和隔噪音的作用，是许多城市栽种行道树时的首选。而很多人将悬铃木称为法桐。

——其实，这是一个错误。将错就错吧——不过就是称谓嘛！即使不知道它的名字，通过树皮、树干、树冠、树叶及其花朵和果实等特征，也可以了解一株树。

因为树木也是有灵魂的。

认识一株树，就像认识一个人，了解得越多，关系就会越深厚。当你长期观察一株树，它的一点点细微的变化，你都了然，你能理解和感受它的思想和欢愉的时候，树的灵魂就负载着你的灵魂了。

十九世纪，中国就有悬铃木种植。南京石鼓路小学校园里至今保存一株高二十余米的二球悬铃木。此树被称为——南京市“〇〇一”号悬铃木。

南京是因悬铃木而久具盛名的城市。而实际上，南京的悬铃木既有北美悬铃木，也有英国悬铃木。二者怎样区别呢？也不难——一球悬铃木产自北美，二球悬铃木产自英国。

排除一球二球，只有三球悬铃木产自法国，但在中国的地面上却鲜见三球悬铃木。南京的悬铃木，一球北美悬铃木居多，二球英国悬铃木也有相当的数量，就是未见三球悬铃木。

正式在树木分类学上将法桐命名为悬铃木的人，是我国植物学家钟观光先生。在文学作品中，悬铃木象征着浪漫、寂寥等。但南京人对悬铃木有自己的看法。南京人偏爱悬铃木，一代代人种树不止，从“〇〇一”号悬铃木算起至今，南京总共种植了十五万株。

然而，“四月飞雪”——悬铃木的飞絮问题，弄得南京人有点措手不及。飘絮随意飞舞，甚至进入行人口鼻，确实算不得文雅。专家为此也颇费脑筋，据说曾尝试用太空飞船把悬铃木的种子带入太空，利用太空的宇宙高能粒子辐射及其磁场作用，使种子产生变异，再返回地面选育新种子，使其不再飘絮。其实，飘絮是悬铃木的一种本能——它是以此方式，向全世界传播自己的种子。它要让自己的身影遍布大地。

某年，南京因建设地铁三号线需要，准备砍伐一些悬铃木，消息甫一见报，一些市民表示反对，希望能将树留下来。最后建议被采纳，地铁给树“让路”。

悬铃木是南京的城市名片，它承载了南京人太多的历史记忆，留下了太多的故事。因之悬铃木，南京人感受到了分明的四季变化。随着空中滴落的第一声雁鸣，悬铃木摇曳的早春之美就不必细细描绘了。单是夏天，悬铃木宽大的叶子在行人头顶深情握手，进而形成的一条条绿色穹顶长廊，足够南京人享用不尽。

悬铃木树荫遮挡了灼热的阳光，让南京人忘记难耐的酷暑。是的，谁能说南京人的幸福指数里，没有悬铃木创造的清凉呢？

听听桃花

邹园

三月风来，花木盛开。前去探赏富阳新登半山村的万亩桃林。春天约我。

听听，谁在云天下的桃林里，清了清嗓子，长吟一句——面对桃林，春暖花开。此番套用名人诗句，竟面不改色心不跳。不过用在这里，还行。

一

“万亩”在我的想象空间里，是数千万亿的朵瓣蕊叶，挤挤挨挨密密匝匝地嘤嗡成一片海。浮云飘，腾轻雾，起风了，浩瀚的花海，在半山村摇过去荡回来，连绵回旋，奔涌而去。那气势！

真正站在万亩桃林里，我的眼前，没有海。

它化为轻纱，浮在半山区依偎峰峦了；它变成珠串玉佩，缀在山野的衣襟上了；它还绕成丝带，盘住山间小路曲折蜿蜒，最后绕出一团粉雾随云飘走，仿佛找到主了；或者在山林边缘躲躲闪闪，羞得不行，倏然间，扶摇直上顺风悠旋，离天很近了……

二

万亩桃林，原来是以这种方式展露和铺排，春天的格局原来可以这样设计布局。不一定非得是“海”才是磅礴，非得是“大舞台”才叫壮观。

大自然的沉静和机巧，岂是我等平俗之辈所能品量。

而我，一听“万亩”，只想到海。

我们在城市风景区栽一株桃，旁边种一株柳，缀一道名胜“项链”出来。可谓春光漫漫几重秀，一株桃花一株柳。美则美矣，但那桃花不是桃，是演员。看她，扮笑颜，扮芬芳。和柳树扮演你侬我侬恩恩爱爱。但经年累月，作为桃，她孤独于尘世，自怜于清凄。哪有半山村土生土长桃花们的顺心如意，肆意灵动，相伴成趣？三三两两，排排行行，或小众扎堆，或三五成群，接地气，沐旭日，听山风，览云天。

她们不谙“平台”，她们不屑“造势”，因为她们没有演出任务，她们叫桃花。

什么是演出？柴门农妇待来客，洒扫院落，圈好鸡鸭猪狗，沏山茶，斟土酒，端几碗农家荤素，足矣。但如非要在八仙桌上插瓶玫瑰，场院门口铺红地毯，那就是演出。

再比如，在一个聘任仪式上，一片美辞滔滔。言者说“今天丽日高照，惠风和畅”。小说家汪曾祺在旁立即说：“请改成今天天气不错。”又曰：“在场莘莘学子，一代俊彦……”汪先生说：“请改成在场学生们也挺好。”这样的“同声翻译”幽默至极。意思很明确，不要随意“扮演”

文化。口头表达随意最好。故作艰涩未必“文化”。讲大家都懂的大白话，也是文化。

什么时候，我们遵从自然，崇尚天性，不演出，就好了。

三

四下幽静。仿佛听见窃窃絮语。我断定，桃林里，肯定有属于她们自己的细语轻笑甚至叹息。阳光灿烂或者轻风片雨之时，桃林里温润细碎的声息不断。

她们的生命历程，有许多值得言说的东西。这是用无数寂寞和等待换来的。

蛰伏漫长酷冷的一冬，始终期待着苏醒，伸展，孕芽，含苞，绽放。冬夜霜重时分，无数伸向天空的枯枝膀臂，在渴望迎接春天。深抵地心的黑褐色泥土里，包藏着多少密集而有效的春天信息啊。飘荡在黑暗里的无形码，一个又一个，隐秘的呼号那么清晰而悠长，全被无一遗漏接收了。

喜光喜温喜肥沃，是她们的生命习性。所以，在深土里守护自己的根系，在寒冬蓄养好养分，明媚的晨光中她们竖起耳朵，等待春天的“叫早”。然后梳妆洗理，渐次开启迎春的笑靥。

无须行政法规，无须文件下达，没有讨论和提案，也不用到朋友圈广而告之或者“摇一摇”。她们只遵从天地自然的法规指令。

自觉，是春天使者的使命。忠诚，就是严守季节生命的节律。

桃之心语，桃之心率也。坚强有力，节奏饱满。否则，何以输送出充盈丰沛的血液，浇灌出树干刚劲，枝叶丰盈，苞蕾结实，花朵丰硕？

烂漫，得益于烂漫的原则。

盛开，取决于盛开的纪律。

看桃花，其实也是听桃花。世间绝响，无异天籁。

四

眼下，半山万亩桃林，执意要为春天举行一个美丽盛典。

感恩天时地利，感恩生命轮回。

仿佛是一支庞大的乐队，每一树桃花都摆出提琴手的架势，枝丫横陈是它们的长笛黑管和萨克斯，甚至还有的敲着架子鼓，为优雅起舞的桃花仙子伴奏。每一枚音符，都像蜜蜂般穿梭来回，盘旋，俯冲，追逐花海。

沃土，春风，飞鸟，溪泉，都在聆听。因为同属季节。

严寒，酷暑，阳光，雨露，都是客串，因为息息相关。

她们的狂欢只有自己听得见。因为人间热闹已经满满。

那千万条枝花蕾密布，恰是千万挂翘天鞭炮。只等春光引信的点燃，一瞬间，粉瓣飞洒，绯云迸裂，引爆大千世界的万籁俱寂。

自然世界，崇尚无言。

文学，也是无言。记得少年时代看的第一篇短篇小说是肖平的《三月雪》。贯穿小说主线的“三月雪”，是一种生长在北方山地的山花。粉白，细碎，春来时发出淡淡的幽香。我记得里面有个情节，一位年轻的女战士每当黄昏来时，在窗口低唱：

在北方，

广漠的平原上，

年轻的姑娘背着枪，

献一束鲜花，

给死去的娘。

北方。黄昏。姑娘。花束。远走的娘……极为寻常的画面，极为简洁的文字。

如今的人也许会问，肖平何许人？岁月无声。出奇安静。

但是，它让一位文学爱好者半个多世纪之后，身在江南三月风吹桃林花纷飞之际，突然想起《三月雪》这部小说，想起作者名字，并且毫不费力地背出里面的章节。

安静。文学的生命力。

所以司马迁安静。曹雪芹安静。列夫·托尔斯泰也很安静。1910 年 10 月 28 日离家出走的托氏，二十多天后逝世于那个叫作阿斯塔波沃的小车站。身后的风雪世界一片迷茫。在他永久栖身的亚斯纳亚·波利亚纳的森林里，没有他的墓碑和十字架。他拒绝喧哗。

人世间最巨大的轰鸣是安静。

五

在富阳新登这座千年古镇，万亩桃花虽为一景，更有如同桃花般芬芳久远的古镇遗韵。

承载千百年厚重粗粝的古城墙，沉重如磐。倏一抬头，却看见砖墙缝隙芳草萋萋，新绿娇翠，沐浴天光；

在新登中学的古景“圣园”里，阳光披覆的碑林前，黑白分明的“金石可镂”四个大字，让人心神皆震，如砸重击；

“三院士”纪念馆里，周廷儒、周廷冲、黄翠芬三位科学家，奋斗终身报效国家的事迹感人至深。但他们在世时鲜为人知。站在雕像前，他们宽厚地对我微笑，睿智而深邃的瞳仁里，写满宁静淡泊。

还有细雨湿润的青石板路，古藤缠绕的千年古道，舒缓漫流的古城河流水，古色古香的巷子街口……

谁又能说，它们不是根植于新登古镇这块历史沃土中的另一番“桃之夭夭，灼灼其华”？桃花无言，笑对春风。

告别半山村，我被一片桃树堵住去路。这面坡的桃树特别硕壮。花朵浓郁绵密得让人喘不过气。我无退路。在花团锦簇围追堵截中甘愿投降，幸福被俘。任由旁逸斜出的枝杈们，举起粉红粉白温柔枪管，直抵我空乏落寞的灵魂。

赞歌戛然而止。我怕我的赞美，配不上桃花。

躁动不安的现实里，如何做到，既保持耳畔的清静，又在心灵掀起波澜?

胸臆郁结时，思绪纷乱间，游走山野，清逸萦绕，风烟俱净，听听桃花。

棕榈树

周天勇

奶奶家的后院，就是一座宝藏。

一小块平缓的坡地，坡地一角，长一棵毛桃。桃树高大，枝条都撩到了瓦檐。这毛桃可是个宝，它是我们家唯一的果树。坡地对面靠山，小山坡挺陡，左右两侧，兀立着突起的岩石。

小院子是我们兄妹三人的乐园，院子里的一草一木，我再熟悉不过了。

山坡脚下渗出一股清泉，哥哥就地挖出一口小水池，酿上一池清水。我们从河里捉些小鱼儿，养进池里。此后，我们有事没事都要蹲到池边瞧瞧，看小鱼摇头摆尾地游弋，是莫大的享受。哪个孩子不喜欢鱼儿啊，是不?

小山坡虽陡，却难不倒我们。孩子就是野猴，哪个犄角旮旯不爬?每个角角落落，我们都要翻它个底朝天。陡坡上方，树林密不透风，高处幽暗，看起来很危险，我不敢上去。但是陡坡的半腰处，可以跨到左方岩石上，那里有块平整的好地方。我就在那里发现了成片的棕榈树。

高岩边矗立着一棵高大的棕榈，脚下平地上，齐刷刷长出了一片膝头高的棕榈树苗，足有好几十棵。这片树苗，应该是大树掉落的种子长出来的。

与别的树木相比，棕榈树有点特别。别的树，万变不离其宗，主干上长枝条，枝条上长叶子。棕榈树呢？它不这样。它的叶子直接长在笔直粗壮的主干上，所有叶子集中在树梢。棕榈叶子很怪。首先是大得夸张，每片叶子比锅盖还要大，叶柄比小杂木的树枝还要粗。其次，形状也奇。许多条狭长的叶片，基部粘连，顶部开叉，拼接成一片大叶子，每一条叶片就是一把长剑。棕榈叶看起来像极了一把大蒲扇。挺拔的棕榈树，有气势，够威猛，就像戏台上背插战旗的武将。棕榈叶集中长在树的顶端，底下的主干上，包裹着一皮皮叶鞘，也就是棕榈身上最有用的棕皮。棕皮像笋壳一样，紧紧裹着树干。剥棕皮是爷爷的事，剥掉一批，棕榈树就长高一截，很有趣。

爷爷有一柄长长的弯刀，专门用来剥棕皮。爷爷两手紧握弯刀，在棕皮基部选好位置，刀刃紧紧抵着树干切进去，然后绕着树干环切一圈，切断离了，轻轻一揭，棕皮就像白菜叶子一样剥下来了。

棕皮是好东西。蓑衣、棕绷、棕绳、棕刷，都是用棕皮做的，斗笠的夹层，也用棕皮遮阳防雨。屈指算来，衣、住、行，都离不开棕皮。棕皮做的器具，十分耐用，多少年也坏不了。

要说棕榈全身都是宝，真不算夸张。一棵棕榈树，我们全家老少各取所需。

爷爷负责剥棕皮，叶子则归奶奶和母亲。端午节包粽子，以箬竹叶包裹，包紧后得用棕叶捆扎。棕叶有韧性，耐煮。煮出来的粽子，粽衣碧绿，绳子也碧绿，浑然天成，碧绿如玉的色泽引人食欲高涨。

将棕榈叶长长的叶柄完整留着，抽掉硬邦邦的叶脉，再把叶片劈成细丝，就做成了一把拂尘。这是农家最好的驱蚊刷，家家户户都有这样一把刷子。夏夜，母亲用这把刷子在蚊帐里来来回回甩，前后左右、边边角角仔细甩一遍，蚊子就全被赶跑了。少了蚊子的骚扰，可以睡一个安稳觉。

而那些大人们认为无用的东西，到了我们手里，又能变得妙用无穷。譬如棕榈的树干，在爷爷和父亲眼里，毫无疑问是一段废物。这树干也奇怪，看起来又粗又直又圆，上下一般粗细，像是很有用，但实际上，棕榈的树干全无用处。它的内部，全是一条条膨胀的纤维，像什么来着，像玉米秆，不结实，不耐用。换作别的树，这么粗壮，这么规整，一早做家具了，棕榈树树干却没人要。它连烧火也不顶用，根本就烧不进去。被认定为废物的棕榈树段，它的用途还得靠我们去挖掘。这个妙用，是哥哥发明的。他把树段一片片锯下来，每片就是一个溜溜的小圆盘，中间挖个小孔，小板车轮子就做成了。把轮子装到车轴上，两根车轴间钉上木板，一辆精巧的小板车出炉了。板车前头穿上绳子，牵着到处炫耀，嗵嗵嗵，这是很洋气的事。村子里很快掀起一股“板车风潮”，伙伴们疯狂地寻找废弃的棕榈树，干起了木匠活。很快，板车充塞村街，几乎到了人手一辆的地步。聪明的哥哥总是领先一步，人家以有板车为荣，他早就开始了豪华改装。怎么改呢？加轮子，每边都装双轮。他的“豪车”一溜出去，就惹得伙伴们眼红。棕榈树干不是没人要吗？咱有的是轮子哩！

玩乐赶趟儿，我们从不缺花样。白白的人出门，黑黑的猴子回家。奶奶说，你哥俩倒是干点正事啊！就不能去地里种点东西吗？

哥哥满不在乎，我却可听奶奶的话了。想来想去，棕榈挺有用，就种它吧。我想起了奶奶后院的棕榈树苗，那儿有现成货呢。

我独自挎上小竹篮，带着棕榈树苗，爬上后门山，来到了竹园菜地。地边有一条通往竹园的土路，每年挖笋都要由此经过。我决定把树苗栽在路边，棕榈可作篱笆，能把菜地保护起来。我认真地排好株距，种下了七棵棕榈树。

此后，我常要去看看，后门山的棕榈树是否长大了，长高了。但是，回回都令我失望，它们长得极慢极慢，似乎是一群停止了生长的矮老树。不知从哪年开始，我再也没去看棕榈树了。渐渐地，我把它们忘了。

那个雪天，再看到它们，赫然发现，无心插柳柳成荫，树苗已长成了大树。我已不再是少年郎。真想不到，当年的懵懂少年玩儿似种下的棕榈树，居然成材了。这么大的树，是我亲手种出来的？真不敢相信。

雪天，林木都被厚厚白雪覆盖了。唯有棕榈树，尽管树冠也积满了雪，扇形的巨大叶片却依然顽强地撑出来，卓然独立。雪地里的棕榈树，远远就能分辨出来。原野一片混沌，雪白的世界只剩下棕榈树，这里一棵，那里一棵。

是的，只剩下棕榈树了。催我种树的奶奶早已走了，剥棕皮的爷爷也早已走了。棕皮再也没人剥了，山上的棕榈树，棕皮从头长到脚，它们全都长成了野树。

飘香的胡柚林

周华诚

一

过了小雪节气，果园里的胡柚全都摘下树了。家里地面上，堆满金灿灿的胡柚。娇凤奶奶坐在小竹椅上包胡柚。薄膜袋子用手捻开，吹一口气，放进一个胡柚，顺手一转，袋口拧成一条绳。包胡柚是个简单活计，却耗时间。这满地的胡柚两万多斤，没有半个月哪里包得完。

广播里播完新闻，开始播送戏曲。娇凤奶奶知道，11 点了。她起身，把电饭煲的电源打开，然后出门。她要去胡柚林里看看，老伴这会儿还在地里干活呢。今天风大了起来，娇凤奶奶出门时紧了紧衣服——天真的冷下来了。

天气虽冷，但胡柚林却枝繁叶茂，将人藏了起来，只有轻微的声音被林间的风送出来。娇凤奶奶躬身钻进林子，绕过两棵树，这才见到徐老师。徐老师是她的老伴，正执一柄锄头，在离胡柚树根部一米多的地方，细心刨出一条条浅沟来，再把复合肥施进去。一棵树，总要刨十来条浅沟。施好了肥，再用浮土覆上。也有人图省力，直接把肥料施在泥层之上，那样一浇水，肥力就流失了。徐老师觉得这么干，是对胡柚树的不尊重。

“还没好呢？该吃中饭了。”娇凤奶奶说。

听见声音，徐老师歇下锄头。风从胡柚树梢掠过，呼呼地响。徐老师额上冒出微汗。

徐老师如今七十六岁，娇凤奶奶六十九岁。两个人在一起，将近五十年了。

二

胡柚的“祖宗树”就在胡柚林中。给那棵树下肥，徐老师格外舍得下本。

你这是偏心。娇凤奶奶说。

但徐老师只管自己下肥，一锄一锄，刨开地表的泥土。这棵胡柚老树，已经一百二十岁了。当年徐老师还小的时候，这棵树就在了，年年秋天挂果，满树金灿灿的。那时候，全村也只有这么一棵，家里人都管它叫“橘子树”，只是这一棵“橘子树”结的果实，口感与别的树不一样。

到了 1983 年，浙江省常山县农业局调查林果资源，发现徐老师家这棵果树有些特别。特别在哪儿？这棵树，看起来像香泡树，却不是香泡树；果实吃起来像橙子，又不是橙子，酸中带甜，味道不错。由于这棵树所在的地方，是澄潭村的“胡村”这个小村庄，大家就把这果子称为“胡柚”。专家算了算，当时那棵树的年龄，就已七十多年。

后来，县里决定繁育推广这棵果树。由这棵老树繁衍出来的胡柚群体，遍布整个常山县，胡柚也成为这座县城的知名特产。徐老师家的这棵树，由此成为常山县的胡柚“祖宗树”。

有人追根溯源，问徐老师这棵胡柚树是从哪里来的呢？徐老师也说不好。

澄潭村的祖先，在明末从浙江汤溪迁入，但他们的祖居地，并没有柑橘栽培的历史。因此，胡柚并不是祖先迁徙时带入的。澄潭本地倒是有各种橘树种植的传统，专家们说可能是自然杂交产生的。看来这是块宝地，种子在这里落地发芽，诞生出美妙的果实。

在徐老师的自留地里，胡柚树的实生群体还有一批，有十几棵，树龄在五十多年。当时为了挑选培育最有品质的胡柚，农户和科技人员一起，经历了漫长时间的选育，慢慢地才让品种定型下来，然后推广到全县各地。

徐老师记得，当初他们家人把胡柚挑到城里，是当作“野货”卖的，多人看，少人买。那时大家都吃本地衢橘，这果子还无人识得，大家都看个新鲜，价格却不到本地衢橘的一半。只因那胡柚丰产，年年结果，家里人才手下留情，保存下来。

大家怎么会想到，后来胡柚会成为一种佳果，并名声大噪呢？

三

徐老师退休已经十四年了。退休前，徐老师是一名中学教师，教数学教了四十一年。

娇凤奶奶问他，你这一辈子，教了多少学生？

徐老师一下算不出来。真要算，一年两个班，那就得一百多人，四十多年，你说得有多少？

倒是常常有学生在路上见到他，叫一声“徐老师好”。有时看对方面孔，面熟得很，但徐老师也想不起对方是哪一届的学生了。

有时也有三五个学生，结伴来家里看他，顺便也看看那棵胡柚“祖宗树”。他的学生里，有开工厂的，有外出务工的，有在家种田的，跟春天胡柚树上的花朵一样多。

徐老师的儿女们也都在外地，徐老师退休之后，儿女们都希望二老能享享清福，也商量着让二老搬到城里去住，可他们没有去城里。

还是住在乡下老家舒坦。徐老师说，这角角落落，闭着眼睛都能摸到。空气好，水好。娇凤奶奶补充说。

还有这胡柚树呢，一百多棵，也不能不管。徐老师又说，这棵胡柚“祖宗树”，我得好好照料呀。

胡柚成熟时，一两万斤果子，都要采摘下来。现在村庄里的年轻人不多，很多事情都是老两口互相帮衬着，自己慢慢干。慢就慢一点，不着急。

胡柚树高高的，免不了要爬树。胡柚疏果，把青果摘下一部分来，晒干了也能卖钱。有一次，就在爬梯时，娇凤奶奶一不小心跌了一跤，把手摔伤了。后来到省城医院住了二十天，出院后，又在杭州的女儿家里休养了三个月。

“你们还真把自己当年轻人了，这怎么行？”“为那一点胡柚，不值当！要我们说，那些胡柚树，干脆不要管了。”儿女们心疼地说。

老人家嘴上应承着，可心里还丢不下那些胡柚树。休养好了，回到老家，老两口转着转着，又转到胡柚林中去了。

四

刚采摘下来的胡柚，并不是最好吃的。果子得放一放，放上一个月两个月，果实里面的糖分多了，就甜了。剥开厚厚的柚壳，果实的囊粒汁液饱满，一口下去，汁水又鲜又甜。

“冬天在空调间里，剥个胡柚吃，非常享受。”这个话是女儿跟她的朋友们说的。女儿见老两口的胡柚那么多，就在朋友圈里吆喝。不断扩大的宣传，不断累积的口碑，让胡柚销得更远。上海的，北京的，南京的，杭州的……有人吃了，年年都惦记着买。

除了口感好外，胡柚还有药用价值。胡柚清凉，利肺，能预防感冒。胡柚壳剥出来煎水喝，村里人感冒了，这么一碗喝下去，发一身汗，感冒好得快。

徐老师和娇凤奶奶平常侍弄这些胡柚树，都是慢慢来。做得动，多做一点；做不动，少做一点。“有得做，都是好事情。”徐老师说。

“祖宗树”上结的胡柚，特别受欢迎。这棵树年年能结果一千多斤，有人开价五千元，想把整棵树包了。也有人说这个价钱太便宜，应该卖一万元，或者更贵一点。徐老师笑笑。他说，“祖宗树”一百多年了，这树结的果，不能只看卖多少钱。只要大家喜欢胡柚的味道，自己就心满意足。毕竟，胡柚的好滋味，都是用时间养出来的。

五

吃过中饭，徐老师又扛着锄头去胡柚林了。

娇凤奶奶也跟着去。徐老师干活的时候，娇凤奶奶就在一旁看一会儿。看看树，看看草。

穿过林间的小路，风吹着胡柚树叶哗啦啦地响。等这一批复合肥下完，天气会完全冷下来，树叶也要落光了。

但是，等到冬天过去，春天再来，胡柚花开的时候，整个林子像落雪一样，那个香啊！

十里飘香。娇凤奶奶喃喃地说着。

不止十里啊，现在一个县的胡柚面积十万亩，说百里飘香也不过分。徐老师接一句：继续干活。

干活的声音，安安静静的，却随风飘到远远的地方去了。

追思的树

陆春祥

坟上种什么树，曾经是有规矩的。宋代赵令畤的笔记《侯鲭录》，卷第六，引《春秋纬含文嘉》说：天子坟高三仞，树以松；诸侯半之，树以柏；大夫八尺，树以栾；士四尺，树以槐；庶人无坟，树以杨柳。

三仞，一仞八尺，皇帝的坟，高度应该十米不到。一直到士，一米多点。老百姓的坟，绝不能很高，否则就“乱了规矩”；松柏，常青不落叶，常用来形容品格高洁。然而士大夫不管品行有多好，也只能种一般的栾树、槐树，落叶乔木。孔林中，哪怕是同宗，能树碑的只有七品以上的官员孔；平民孔只能是一抔黄土，加几棵柳树罢了。

那杨柳，田边地边，水旁河旁，随地生长，虽满树枯枝，二月春风一剪，粒粒绿绽，率先报春。柳树下，三两茅舍，炊烟袅袅，酒旗幌子，在夕阳下摇动。这家客栈，在迎候旅人的到来，这些旅人，贩夫走卒，一定都是普通百姓。月上柳梢头，人约黄昏后。在这样的环境下约会，庶人平民，想想也是幸福的。

坟上为什么要种树，我猜除了树的象征意义外，也因为树是人类重要的衣食来源。风雨茅庐，那柱子，那篱笆，那树皮、树叶，哪一样都是温暖的屏障。春夏秋冬，人类可以从树上摘得各类鲜果，树也是哺育人类的母亲。

清代作家钱泳的笔记《履园丛话》，卷五《景贤·乡贤一》，说了一个孝子，在父母坟前种树，发家致富的有趣故事：

> 有个姓蔡的老翁，少时家里很穷，仅种田一二亩，靠帮人打工为生。父母去世后，他就在家的原址上将父母安葬，墓建好，土堆上，周边全都种上松树、楸树，并且编织好篱笆，将坟围起来，村人都不理解，笑他痴。两三年后，松树、楸树逐渐成长，树下长出不少鲜菌，当地人都叫它松花菌，价格非常不错。这菌每天都长个不停，他早上摘个一两筐到集市卖，能得数百文。如此十余年，他居然积资千金，以之买田得屋，有田数百亩，成为远近闻名的小富翁。

在我看来，蔡翁的发家史，其实就是一部孝顺史：父母在，不远游，安心务农，虽然日子艰难，但能尽孝，这也是实在的日子；父母去世，精筑墓，树成荫，他们也能长久地安息。上苍对孝顺之人、老实之人，回报是丰厚的。

这一切，是蔡翁事先都计划好的吗？很难说是计划，不如看作是好人的福报。即便是计划，那也是以孝顺为前提的，这需要孝心加时间，长久地忍耐和培养才行。

这个坟上树的故事，默默无闻，却充满温馨，中华民族的优秀传统，草蛇灰线，伏脉千里。

写着树，我的思绪，一下子又闪回到了以前，在那参天古树丛中工作的情景。

上世纪90年代，我在浙江桐庐县委宣传部上班，所在地有一座千年古寺，叫圆通寺。彼时寺没了，路还在，我们的通信地址是：圆通路5号。圆通寺山边，古冢遗迹犹在，不知年头，不知身份，估计僧人百姓都有，长着青苔的墓碑，静静伫立。

清乾隆二十一年（1756）编撰的《桐庐县志》上，有一则官司，就是因树引起的。圆通寺当家和尚很喜欢种树，寺院内外，田头路边，种了上万棵。附近老百姓担心树长高后会妨碍田地日照，影响庄稼生长，于是将老僧告了。县官接状问僧人：您看怎么办？看来县官不糊涂。老僧也不说话，埋头写了四句诗：本不栽松待茯苓，只图山色镇长青。老僧他日不将去，留与桐庐作画屏。

桐庐县政府后来南迁，寺庙原地重建，圆通路5号又变成了千年古寺。我曾进去过一次，昔日的部委办局又变回了殿堂经所，香火极盛，令人颇有感慨。古树森森，我不知道圆通寺的哪些树是那老僧种的，但桐庐人在老僧种的大树下乘凉是无疑的。

睹树常常思人。1980年我参加高考，7月下旬，通知书发放前，我情绪忐忑低落，外公却一直比我自信，不断鼓励，认为我一定考得上。30日，知晓高考通知的前一天晚上，我亲爱的外公突发脑出血离世。父亲在外公的坟前四周种了一片杉，如今，杉木早已成林，清明扫墓，祭奠完毕后，我们常在林边小憩，缅怀外公。

1980年9月，我去浙江师范大学中文系读书。教我们宋词的，是叶柏村教授。虽是小个子，但声音的磁性十足，略带沙哑的那种磁性。叶老师是国内著名的宋词研究专家，每每兴之所至，常常会吟唱。词的咏唱，我后来听了不少，大多字面上激情有余，远没有叶老师那么有味道。

叶老师说，好的宋词，在宋代就是流行音乐，会被人一遍一遍反复咏唱。1991 年，叶柏村老师去世。他有遗嘱，他爱师大，请求将他的骨灰，埋在师大老图书馆附近的一棵扁柏下，不留姓名，所以知道的人极少。我们回母校，总要去追思一下，扁柏已经长大，我们站在树前思念。叶，柏，村，有叶，有柏，有村（浙师大地处金华高村），树如人，扁柏的清香，伴着叶老师磁性的声音，又清晰地回响在耳边。

世易时移，坟大多变成了碑。起先，树荫碑，碑掩树，不用多少时日，树就成林，成景，碑则成了符号。矮碑高树，那些逝去的灵魂，与大地同绿，与大地共生。

衢州木芙蓉

肖复兴

冬天的衢州，依然一片绿意。老城墙已经被拆得只剩下盲肠一般断断续续的几段，聊胜于无地保护着老城，苍老的手臂一样弯弯地扬起，和古老的护城河一起呼应着以往岁月的流淌。

这座位于浙南的城市不大，30 万的人口，相较于京沪这样的庞然大都市，是非常令人羡慕的那种宜室宜家的风格。不过，和大都市一样，这里也充满着许多房子孩子票子位子医疗交通乃至假冒伪劣等等的烦恼和痛苦。庸常的人生，由这些烦恼和痛苦组成的琐碎日子，总是多于快乐和幸福。

只是当我走到老城莲花街道的一个社区服务中心，这样的想法，遭遇了动摇。这样的社区服务中心，在全国的许多社区都有。走进去，发现不一样的，是这里的大厅中有几株圣诞树一样的大树，被称为心愿树。心愿树，我也曾在多地见过，都是人们将红色的布条系在老树的枝头，作为祈福之用，与庙宇中的香火相似，带有朴素的民间宗教意味。这里的心愿树不同，系在枝叶之间的是心形的纸片。纸片上写着的小字，或多或少，或密密麻麻，或歪歪扭扭。但就是这些字体各异的小字，如同一群飞出蜂巢的蜜蜂，撞击在我的心头，刺一样，一下子蜇疼了我。

那些心愿，该是多么的微小乃至渺小。不过是有老人需要一支拐杖，他家的老拐杖坏掉了；有老人想吃一碗面条或带鱼，他们的儿女不在身边，他们已经很久没有吃到面条和带鱼了；有老人希望有人帮助扶他下楼晒晒太阳，因为他老伴的腿摔伤了，无法再搀扶他下楼；还有的是家里需要一床过冬的棉被，有的家需要帮助把窗前越长越高已经遮挡光线的枇杷树移走；还有一个孩子喜好 NBA，想要一个篮球，他的父亲外出打工，母亲卖烤饼，拿不出钱来为他买一个属于自己的篮球；另一个只有 9 岁的孩子，因为脑瘫，只有年迈的爷爷奶奶照顾，无法带他外出，他只希望有人能带他坐汽车到市区里转一圈……

我在想，这些平凡却真实的心愿，在一些小康人家那里，根本算不得什么。更不要说对于那些脑满肠肥的人们，他们在灯红酒绿中的一掷千金，早已大大超过这里心愿树上所有心愿所需要的费用。但是，就是这些最普通最平凡最琐碎的心愿，让这座城市变得那样真实，有了怦怦的脉搏跳动；让生活变得那样可触可摸，有了渴望的眼神、期待的心，和家召唤亲人那种呵气如兰一般的温度。或许，表达这些在一般人看来真是微不足道的心愿的，都是这座城市里的弱势群体。在任何一座城市里，都会像存在高楼大厦和低矮茅舍一样，存在有贫富两种阶层。好的城市，是能够有能力更有爱心，去关爱弱势群体并进而缩短他们和富有阶层的距离的。能够发现这些心愿，并让这些心愿充分地表达出来，是一座城市的这种能力与爱心表现的第一步。

这个叫莲花的社区，让洁白美好的莲花有了名副其实的意义。他们构建了这座平台，让这些心愿花朵一般盛开在心愿树上，让这里的居民知道就在他们的身边还有这些弱势群体，他们拥有这些朴素平凡的心愿，只要我们看到，举手之劳，便可以帮助他们实现这些心愿。于是，这里的居民，谁都可以从心愿树上摘取一片或几片心形的心愿卡。那情景，想象中都让人感动，素不相识的人，在摘下心愿卡的那一刻相遇，那一个个小小的心愿，像一枚枚小小的爆竹，在那一刻被点燃，迸发出一朵朵明亮的火花，那火花不会如节日里漫天的烟花一样大，却一样的灿烂。于是，摘下那一片片心愿卡，便像是摘下一颗颗果子，果子都含有一颗心。帮助完成心愿的人，便不是施舍，不是扶贫，而是邻里之间的一种互助，一种自救，一种心与心的自然而亲切的交流，禽鸟皆遂性，草木自吹香，各自的心里都得到满足和升华。

帮助完成这些心愿的人，大多也是社区里的普通人。他们不是腰缠万贯的人，不是慈善家，他们谈不上是慷慨解囊，拿出的却都是带着他们体温的血汗钱。他们有的只是学生，拿出自己的奖学金；有的只是打工仔，节省下自己的饭钱；有的自己也是风烛残年的老人，却拿出自己的退休金……但就是这些人，帮助了这些心愿的完成。看那一对老夫妻实现了围枰对弈的心愿，有了一副象棋；看那一位失去丈夫自己又是残疾人的母亲，终于让自己身高一米六五的漂亮女儿有了一件过年的衣服；看那位 84 岁的老人突然失去了丈夫，最大的心愿是找到他们的金婚照片，终于有人帮助她找到并修复，摆放在她的房间……

面对心愿树，我心里充满感动。感动在于那些心愿，圆荷浮小叶，细麦落轻花，是那样的微小朴素和平凡，却像一粒粒种子撒进相互的心田，开花结果在以后长久的日子和记忆里；感动在于那些心愿的表达和心愿的完成，是从陌生之地到回家一般的彼此的呼应和召唤，以至落地生根。

走出这个社区服务中心，来到不远处的孔庙，这里是宋高宗南渡时孔子第四十八代孙建立的古庙。仁爱，是孔子的核心，也成为这座城市普通百姓的道德之根。吸引我的不是这里的大殿古树和“生民未有”的匾额，而是古庙最里面的偏僻一隅，铺铺展展紧贴一面墙的木芙蓉，在冬日里竟然盛开得那样烂漫。想那高高悬挂的匾额，怎么会是“生民未有”？那些美好的心地和景象乃至人，明明存在着，并像眼前的木芙蓉一样默默地盛开着。

遇见树

苏沧桑

盛夏七点钟的阳光照在雕花旧木床上，照见尘埃在光线里浮沉，水母般忽明忽暗，也照见一个女婴的落生。如同一粒种子，被飞鸟衔来，又随意丢弃。我落生在一个叫楚门的江南小镇，在阳光、灰尘与血水奶水混合的气息里，发芽。

我相信，江南的每一个婴儿，第一次睁开眼睛时，一定会看到树，至少，也闻到过树。树就在屋外，从老屋的每一个缝隙里，渗进来暗绿色的呼吸，提前让一个婴儿感受泥土的味道，雨水的味道，星辰的味道，早晨和黄昏不同的味道——万物生命之初的清纯味道。

我看到过树，也如同，我一定看到过祖先们，虽然我的记忆里并没有他们。祖先，就是墙上黑白照片里英俊的外太公和墙下佛龛前日夜诵经的外太婆，简单而神秘的构成。每一个人的生命，都起源于祖先们的爱恨情仇，而我们对他们几乎一无所知。就像一棵树，它一定是有来历的，但它并不知道自己来自何处。

其实，我想说的是，那时，树还是树，我还是我，同为平凡的生命体，离祖先一步之遥，离大地一步之遥。

然后，一棵棕榈树，成为记忆里第一棵具象的树。它孤零零地站在祖母家老屋后一个很大的菜园子里。菜地匍匐着矮矮密密的一丛丛碧绿肥厚，只有一棵棕榈树，鹤立鸡群。剑一样的树叶，总在午后晴朗的太阳风里奋力挥舞，而一阵雨后便垂头丧气，像一个永远对当下心不在焉而执着眺望远处的诗人。关键是，它结满了硕大的海珍珠般的累累果实，金黄色的，极其紧实。可是，果实不能吃，白长了。我问树：你结的果子不能吃，为什么还要结果子？树当然没有回答。

于是我猜想，世界上有些东西，其实是没用的，比如棕榈树的果实，还比如一棵棕榈树，它长在那儿，和没有长在那儿，有什么区别呢？还有，学校里有两棵枇杷树，会结可以吃的枇杷，可是，更多的时候，它身上爬满了棕色的毛毛虫，让人毛骨悚然。我想，身上每天被毛毛虫爬着，活着有什么意思？还有一棵老桂花树，我跟母亲说，那棵桂花树闻着很臭。母亲说，怎么会臭的呢？你的鼻子有问题吧？其实是太香了。我又想，它那么香，却被冤枉成臭的，那它活着，也没什么意思。小镇边的山上，也有很多树。但是，它们长在那儿干什么呢？又不会吃东西，也不会玩，更不会说好听的话，大多也不会结好吃的果子。如果世界上没有树，也没关系的吧。那么，如果世界上没有我，也没关系的吧？

于是，我想，我和一棵树一棵草，其实是一样的。怎么长大，怎么活，怎么玩，也都是一样的，自己心里舒服就行了吧。这样一想，顿时如释重负。那时我不知道，世界上有“无忧无虑”“闲云野鹤”这些词，说的就是当时我像一棵树一棵草那么没心没肺的状态。

几年后，与一棵树的遇见和别离，生命的味道开始变得不一样。一棵与我同龄的桂花树，在一个下着大雨的春日午后，被连根挖起，从乡下运到了我家，栽在刚刚造好的院子里。

一个孤僻的女孩和一棵孤独的树，开始精神上的相依为命。树干、叶子，都特别干净，花香很淡，我喜欢。坐在树下读书写字，有好的句子就念给它听，有想说的话，就在心里说给它听。风吹过来，树叶发出沙沙的响声，世界离我们十万八千里。常常，我会呆呆站在树下好半天。有一次，做错什么事被母亲责怪，我在树下站了很久。夜深了，树像一个人，被黑暗笼罩，我被它笼罩。雪从它身上纷纷落下来，我听见一个声音说："你长大了，你应该……"

生命里出现了"应该"这个词——你应该这样，你不应该那样……十八岁，当我离开它去杭州读书，发现，整个杭州城都是桂花，仿佛我走了三百六十公里，桂花树跟了我三百六十公里！

隔着三百六十公里，我问树：我想和你一样，和所有的植物一样，不离开土地，不张扬，不索取，不争夺，一生都保持植物般的优雅，可以吗？树没有回答。

很多年后，又来了一棵树。

是一棵幸福树。搬新办公室时，朋友送的。它真的是一棵树，而不是花草。它被两个花店的工人很费力地搬到十七楼。它长在一个很大的花缸里。花缸是粉紫色的，柔弱得似乎难以承受这么高一棵树。

我"应该"了几十年，终于达到了人生的某种"高度"：干活的地方，睡觉的地方，都离地百尺。像城市里无数人一样，离地越来越远。但我没想到树也搬到了楼上。

办公室朝北，整天没有一丝阳光。曾经有一天，我被一缕阳光晃了眼，百思不得其解，最后发现，是阳光被对面大楼的玻璃反射过来。这可怜的一丝阳光，细微得如蝴蝶的吻，在树叶上缓缓移动，叶子幸福得微微颤抖。树会怎么想呢？它的一生，估计要和我一起，永远禁锢在此，灯光，自来水，是它的阳光雨露，就像，方便面、快餐，经常是我的午餐。多么可怜。

奇怪的是，以灯光为生的幸福树，居然枝繁叶茂得不可思议。时时有缎子般的新叶，从树冠处一丛丛地钻出来。有时，出差回来，见它蔫蔫的，浇点水，又舒展了。它怎么这么逆来顺受呢？怎么这么像我呢？

终于，叶子的方向出卖了树的心。过一段时间，所有的枝叶都朝着窗口倾斜过去，像无数只伸向救命粥的手。绸缎一般的嫩叶，像婴儿的嘴唇，贪婪地找寻着乳汁的方向。树什么都没有说，却什么都说了——我渴望！我渴望阳光泥土的味道，雨水的味道，星辰的味道，早晨和黄昏的味道，蝴蝶和鸟的味道！

这棵树，永远也不会有鸟来筑巢。

十七楼的窗外，一阵乌云路过，雨水随后滴落，落不到树上。一阵风从窗口路过，试图摇动窗内的树枝，树一动不动。

风想，树不是这样子的，这是一棵假树。

风会不会想，树边上那个女人，也是一个假人？

枇杷天下多

胡竹峰

杨梅上市的时候，枇杷黄澄澄挂了一树。初夏端阳枇杷熟，夏至杨梅满山甜，俗谚是这么说的。今年的杨梅还没吃到，今年的枇杷也没吃到，留待明年吧。往年没吃到的樱桃，今年吃了不少。几次说好要去买杨梅的，临时又买了话梅；几次说好要买枇杷的，临时又买了荔枝。像我写文章一样，常常跑题。近两年写作，经常跑题。文章偶尔是顽皮的小孩，伊在电话里说小兮活泼得很，出门像脱缰之马，爬高爬低，不亦乐乎。

有人形容新年时孩子的模样："小辫朝天红线扎，分明一只小荸荠。"是不是可以改成"小辫朝天红线扎，分明一只小枇杷"。上次回家，我喊过小兮小枇杷的。小兮更幼些的时候，还喊过她小青蛙、小蛤蟆、小臭虫、小花猫、小萝卜……乱套了，伊说以后只准喊"小宝"或者"小贝"。

枇杷晚翠，格比荸荠高，与滋味无关。"枇杷"两个字，念出来有音律美，不像荸荠，发音走气。

归有光的《项脊轩志》读过不下数十遍，一笔"枇杷"，尤好："庭有枇杷树，吾妻死之年所手植也，今已亭亭如盖矣。"

《震川先生集》读过一回，不能忘的是《项脊轩志》《先妣事略》《寒花葬志》几篇，一往情深，以细事见之，使人欲涕。

我有文章结尾即学的归有光："祖父离世后三年，庭前柑树枯死了。"纯属纪实，笔法却来自先贤。写文章如学碑帖，得了老庄司马、韩柳欧阳的笔意，那是造化是福气，一辈子受用。

《归震川年谱》载，归有光先祖至十四世曰罕仁，宋咸淳间为湖州判官，子道隆，始居太仓之项脊泾。后归道隆之孙归子富迁居昆山，明正德元年归有光生于此。清人张潜之有《归太仆故宅诗》：太仆昔未遇，读书宣化里。中有项脊轩，卷帙每盈几。

太仓、昆山去过数次，见不少民居庭有枇杷树。可惜多不大，未有亭亭如盖之茂盛，少了生气。

有年去杭州，枇杷上市时。路边买得一兜枇杷，一路酸酸甜甜，不觉得岑寂。

枇杷好吃，苏州东山白玉枇杷尤佳，易剥皮，果形大，肉汁甜嫩，透似玉雕，为枇杷中之妙品也。安徽有白沙枇杷，稍晚熟，或不逊白玉枇杷。好多年没吃过，忘了其味如何。我乡岳西多枇杷树，大抵栽于池塘边上。所结枇杷果小，略有酸涩，二十年没吃过，我并不怀恋。

枇杷树好看，好看在叶上。

枇杷叶是锯齿形的，金农画枇杷叶，叶络历历在目，锯齿波涛起伏。金农笔下的枇杷叶很笨拙，笨拙得有真趣。张大千画枇杷叶仿佛芭蕉，又像鸡毛，好在这鸡毛不当令箭，倒也洋洋一派喜气。吴昌硕画枇杷叶仿佛毛毛虫。齐白石为了表现枇杷叶上的锯齿，用浓墨在叶子周围打点，暮鼓咚咚在纸面敲打，脱了俗。我见过有人画枇杷叶如豆荚，还见过有人画枇杷叶如蝉翼。

沈周也喜欢画枇杷，其笔下的枇杷叶干净纯粹，不声不响，有静气。有幅墨画枇杷题款说："有果产西蜀，作花凌早寒。树繁碧玉叶，柯叠黄金丸。"金农有幅《枇杷图轴》，在博物馆看到过。一枝枇杷，硕果累累，笔法古拙，质朴苍老。更妙的是题跋，款识："橛头船，昨日到，洞庭枇杷天下少，鹅黄颜色真个好，我与山妻同一饱。此予十年前自度曲也，本为晋岩世老先生画复书前词。七十六叟金农记。"有意思的是，金农将"我与山翁同一饱"记错了，写成"我与山妻同一饱"。

金农笔下的枇杷不算高品，比不上吴昌硕。吴昌硕的枇杷是逸品，潘天寿的枇杷是能品，齐白石的枇杷是妙品。"鹅黄颜色真个好，我与山翁同一饱"的话，齐白石加吴昌硕加潘天寿都写不来。

吴昌硕题枇杷诗，有"鸟疑金弹不敢啄，忍饿空向林间飞"一句，笨拙、做作，不如金农来得自然。

枇杷叶性苦，微寒，可入药。清肺止咳，降逆止呕。我小时候身体不好，没少喝枇杷止咳露。

枇杷晚翠。晚翠的意思是说枇杷叶经冬苍翠不变。《千字文》上说："枇杷晚翠，梧桐早凋。"范质《诫儿侄八百字》诗："迟迟涧畔松，郁郁含晚翠。"都有夸赞之意。晚翠比少年得志好。汪曾祺有本书叫《晚翠文谈》，写到云南大学西北角有一所花园，园内栽种了很多枇杷树，月亮门的门额上刻有"晚翠园"三个大字。

有年去徽州，一老街出口处见一堵青砖残墙，墙里好几棵枇杷树。青砖残墙，天气阴郁，枇杷被雨水打湿了，叶脉毕现，在天光下形成一圈一圈的浓绿。撑伞立于树下良久，盘桓谛视，恋恋不忍离，别之多年矣，犹难忘。那是我见过的最美的枇杷。

青松的情怀

洪振秋

在植物的国度里，青松是一种极为常见的树种。中华大地从南到北、从东到西，比比皆是松的踪影。但青松却有一种其他植物无以比拟的气质。那一树树、一丛丛“公”字形的绿色树冠，使得江南江北尽显朝气蓬勃、浑厚华茂的青松气象。

我长期生活于江南徽州山区，耳目之所接，尽是满山遍野的晴翠，这晴翠就是青葱满目、生机勃勃的青松林。大地有了它们，从此变得有了魂，有了魂就不同凡响。只要你细心观察，还可以发现，山峦之巅，怪石之上，有许许多多参差不齐的黄山松，植物学家称它们为“天海矮松”。尽管长得矮小，却让人感受到它们的挺拔苍劲。它们生于深岩石罅中，永无肥壅，风雪不停摧残，然其貌俊美，细鬣攒针，婆娑于茫茫云海之中。一株株瘦小的黄山松，正撑着一把把雪花小伞，漂浮于云海，再现着唐诗宋词的绝美意境。此时，你觉得它弱小吗？风雪也好，骤雨也罢，它还是那样的坚韧、勇敢，恣意摇曳，低吟浅唱。

青松的岁月大都是风霜雨雪，因而练成它铁骨傲霜冰、清气满乾坤的气质，造就它摩天抚云的胸怀。它永远是那么绿意葱茏、生机盎然，是世间永恒的绿色使者，所以，人们都喜欢称它为劲松、翠松。墨色的枝丫纵横交错，虽经磨历劫、伤痕累累，却依然顽强地支撑着一顶顶

"公"字的松毛帽子，或大或小，一直保持着一种正色庄重的模样。松涛似海浪一般奔腾，根根条条的龙鳞虬枝铮铮作响，发出一波又一波极有韵律的声音。松下的淙淙清泉也变得充满诗意，吟诵着《诗经》《楚辞》中的名句，"山有乔松""如松茂也"……或浪漫或豪迈，或婉约或旷达，氤氲其间，令人心旷神怡。

青松即使燃烧，化作烟尘，依然芬芳于人间。古人早已把它的烟尘制成一片片幽香的墨锭，黑中透亮，能在宣纸上化作行云流水的墨迹。因为它的墨痕，让后人领略到唐诗宋词的飘逸，元曲的苍凉，明清小说之意蕴。因为它的墨韵，又让后人见到烟云万状的湖光山色，《清明上河图》的古雅，《富春山居图》之流韵……此乃万载存真的松烟墨之所为。

青松虽然声震山野，誉满寰中，却韬曜含光，从不张扬。许多树林中杂木颇多，青松处于硕大强悍的树种之旁，时时被挤压，被侵占。杉树、榧林、樟树、皂荚树、枫树、银杏树……它们似乎都威武霸气，在青松四周疯长、攀比。青松从来不恼也不怒，即使被挤到了涧底，依然能够低垂着头顽强地生长。青松有一种以径寸之苗，长出遮盖百尺之气势。所以，青翠如泻，让山脊次第织染着凝翠，从而获得四季常青的好口碑。青松这种胸襟和境界，足以让那些形形色色的邻居们揣摩和评判了。

松也开花，笑意盈盈。松花美丽易逝，却能够一直在唐诗宋词中绽放。花期来临，它们一刻也不敢怠慢。松花盛开，盈润饱满，姿色艳丽，看上去，像是镶嵌在树枝上金灿灿的小风铃。花纷纷坠落时，一地斑斓，地上便生出了一朵朵如伞一样的野松菇，或粉红、或玫瑰红、或珊瑚红，还有少量的蓝绿色。它们或羞涩地打着小伞，或相拥而抱，一团团，一簇簇，姹紫嫣红，是美的盛宴。它们不断引来川流不息的人群，还有左蹿右钻的野兔、松鼠们，热闹非凡。

写到这里，我情不自禁地想起陈毅元帅“大雪压青松，青松挺且直”的诗句，那松涛奔腾的意境又浮现在我的眼前。一棵棵高洁的青松，不怕风吹雪压，一丛丛、一片片地簇拥着，处处迸发出宁折不弯的刚直和豪迈气概，傲然挺立着雄气勃发、愈挫弥坚的伟岸形象。

“亭亭山上松，瑟瑟谷中风”，这是青松在寒冷的冬日里，给我们的昂扬自信。

构树扶贫记

斯雄

我从小生活在江汉平原，那里河湖沟汊多。当地原生树种不多，能存活的，必须是耐水性的，比如柳树。但柳树属不材之树，无论做房梁还是打家具，几乎都用不上，大多当作柴火烧了。

有一天，去安徽六安市所属的国家级贫困县霍邱，路边不断出现一个标语，引起我的注意："发展构树产业，助力脱贫攻坚。"

构树产业？还真是第一次听说，那时候我连构树是什么都不清楚。从网上搜出构树照片一看，才恍然大悟：太熟悉、太常见了，在我老家随处可见。

构树属落叶乔木，叶呈螺旋状排列，两侧常不对称，叶片边缘具粗锯齿。其红色的雌性球形头状花序，一些地方称之为"鸡蛋花"。据说，淮河以北多称为"楮树"，淮河以南称为"皮树"，也有称"麻叶树""醋桃树""皮桑"的。大约因为叶面的形状像一张猫脸，我们小时候都叫它"猫子树"。家乡农村的田间地头、房前屋后、浅山丘陵，河畔、山谷、荒野，都有构树的身影。即使在城市，犄角旮旯里也常见其踪迹。但构树并不怎么招人待见，甚至有人以"谷田久废必生构"来形容。

构树虽也像柳树那样"不材"，倒也有些功用。《本草纲目》说，该树开碎花结实如杨梅，有益气、明目等功能，过去遇灾荒年成，构树还可以救急救荒。不过，即使作为药材，构树也不稀罕，功用并不独特和突出。一种不材之树，怎么突然与扶贫挂上钩，还弄成产业了？

4 月，我走进霍邱县彭塔乡赵圩村的育苗基地。一片并不平整的土地上，长满郁郁葱葱的构树，高不过两尺，枝杈繁茂。负责人随手掐断一根构树的枝丫，断面很快流出黏黏的白色乳液，他说："人的皮肤受伤或发炎，过去民间用构树的乳液抹一抹，就能起到消炎止痛的作用。"

构树本身好"养活"，在生长的过程中无须施化肥、打农药，基本处于"散养"状态。这点倒和柳树差不多。

我原以为，育苗基地里的构树，就是随处疯长的野生构树。一问方知，是杂交构树。杂交构树是由中科院等研究机构在野生构树基础上，采用现代育种技术，经过十多年的筛选和试验种植培育出来的。其植物粗蛋白含量是玉米的二点五倍，黄豆的一点八倍，远比野生构树粗蛋白含量高。而且杂交构树叶片肥厚，较野生构树丰产。

在我的印象中，构树长得都很粗壮，高可达丈余，可以荫翳蔽日。宋人刘克庄曾如此勾勒构树下的美景："楮树婆娑覆小斋，更无日影午窗开。一端能败幽人意，夜夜墙西碍月来。"

"这么小的树苗，要长成大树，需要多长时间？"我问。

"不需要长成大树。树苗生长两三个月，就收割一次。"育苗基地负责人说，收割的构树枝叶，并非直接可用，而是经过发酵，加工做成饲料。

六安市还在裕安区顺河镇建有构树产业扶贫示范基地，连片种植构树，所生产的产品由生态养殖公司负责收购，作为奶牛精饲料，据说已可替代进口的苜蓿草，产奶量比过去高出一截。

科技的力量，经常创造变废为宝的神奇。曾经被认为“不材”的构树，居然能有如此大的功用，确实出人意料。把构树养殖与扶贫嫁接，这更让人没想到。

做事情，只要有心、用心，终归会有回报。六安市花大力气建设的两个示范基地，其扶贫模式大体差不多，似乎并无多少新意，也可复制，成效却相当显著：引进杂交构树，建成产业链，流转贫困户的土地，让贫困户获利；安排贫困户就业，从事育苗、插苗、补植、除草、保养、浇水等工作。仅彭塔乡的三个园区，就成功带动三个村六十六户贫困户脱贫致富，成为名副其实的“增收工程”“富民工程”。

千百年来的一种不材之树，如今却能驱动一方经济，引导贫困人口脱贫致富，让田野里呈现新气象，长出新希望。

细数起来，身边的“不材”之物，应该还有许多。其实，那不过是我们以往的一种认识而已。要是改变观念，合理转换，加上合适的支撑，把更多“不材”变成“材”，应该也有可能。

树犹如此，其实，事事如此。

好大一棵木麻黄

余清楚

古人云，天人合一，道法自然。

人有时会物化为树，高大飘逸，伟岸挺拔。

树有时会异化成人，充满情感，有血有肉。

那岛，那人，那树。

东山岛，谷文昌，木麻黄。

一

2015 年 3 月，人民日报社社长杨振武亲自带队，深入东山岛采访谷文昌同志的先进事迹。4 月 7 日，人民日报头版头条刊登《“四有”书记谷文昌》的新闻报道。被习近平总书记称赞为“在老百姓心中树起了一座不朽的丰碑”的谷文昌，再一次被人们传颂，一个并不被大众熟悉的树种木麻黄又一次被提及、被铭记。

东山岛位于中国福建省南部沿海、台湾海峡西岸，是福建省第二大岛。我至今还记得第一次登上东山岛的情景。2015 年新年上班的第一天，我跨过连接大陆和东山岛的八尺门大桥，踏上东山岛的土地，顿感南国风情扑面而来。冬日艳阳，温暖如春，绿树成荫，草木葱茏。绵延的海滩如少女的臂弯，妩媚动人。沙粒温润如玉，涛声不绝于耳。海鸟于碧波上空浅吟低唱，姿容潇洒得令人陶醉。青山绿水间，更令我心为之动神为之牵的是那郁郁葱葱、傲然挺立的木麻黄。

木麻黄，有点拗口，有点特别，但记住了就不会忘记。该树原产于太平洋诸岛，中国引种约有 80 多年历史。它属常绿乔木，树干通直，姿态优雅。木麻黄生长迅速，抗风力强，不怕沙埋，能耐盐碱，是中国南方滨海防风固林的优良树种。在东山岛，只要有海堤，就有木麻黄防护林。木麻黄列阵迎风，如坚强的哨兵，年年月月，护卫着东山岛 20 多万岛民安居乐业。

登岛采访，是为了一个人，一个在东山县当过县委书记的人，一个让木麻黄在东山岛落地生根、茁壮成长、绿树成荫的人，一个让东山岛从荒漠变为绿洲的人，一个让东山人民从贫穷走向富裕的人，他叫谷文昌。

东山人清楚，没有谷文昌，就没有木麻黄，没有木麻黄，就没有今天东山人的幸福生活，为了感念谷文昌的功德，当地人亲切地称呼他为“谷公”。什么人配享“公”字之尊？“周公吐哺”“包公断案”也。

其实，当东山岛群众亲切地把木麻黄称作“谷树”的时候，在他们眼里，谷文昌就是一棵扎根于东山岛的木麻黄，一棵根植于老百姓心坎的木麻黄，一棵对党无限忠诚的木麻黄。要读懂谷文昌这棵树，也许需要一辈子。谷文昌和木麻黄跨越时空、超越自然的人树情缘，谱写了一曲人相守、树相依的时代颂歌。

二

习近平总书记经常提到福建的两个名人。巧合的是，都与东山密不可分，一个是古人，叫黄道周，一个是今人，叫谷文昌。

黄道周（1585—1646），明末著名的爱国主义者，万历十三年出生于东山岛。他为官清正，不谐流俗，忠言直谏，多遭贬谪。明亡南逃，隆武帝即位福州，黄道周任武英殿大学士兼吏、兵两部尚书，以大学士自请率兵赴江西抗清。不久兵败被执，押到南京，劝降不从，写下“纲常万古，节义千秋，天地知我，家人无忧”的血书，慷慨就义。试想，一个被明代著名地理学家徐霞客称为“书法为馆阁第一，文章为国朝第一，人品为海内第一，其学问直接周孔，为古今第一”的一介书生，手无缚鸡之力，竟然慨然起兵，以卵击石，舍生取义，活脱脱的一个文天祥再世，令人潸然泪下，唏嘘不已。

谷文昌，一个与东山岛结缘的人，一个与木麻黄结缘的人，一个平凡而又极其伟大的人。是党把他派到了东山岛，是党任命他当了东山县委书记。是他，让木麻黄登上了东山岛，绿遍了东山岛，使这个过去寸草不长、风沙肆虐的荒凉岛屿，如今成为莺歌燕舞、草木茂盛的绿岛。

1950 年 5 月，谷文昌随军渡海解放东山岛。他来自河南省林县，可能并没有想到，整个岛上光秃秃一片，根本就没有“林”字可言。一年四季 6 级以上大风不断，森林覆盖率仅 0.12%，风沙肆虐时可埋掉大半个村庄，“乞丐村”到处都是……面对荒岛，面对风沙，他说，不制服风沙，不绿化荒岛，就把这把老骨头扔在岛上。

谷文昌，经历一次次试验，一次次失败，依旧坚定，不蛮干，不气馁。从1955年到1957年的3年间，他先后试种过10多个树种，几十万株苗木，都未成功。

“众里寻他千百度，蓦然回首，那人却在，灯火阑珊处。”他终于在广东找到一种名为木麻黄的树。拿回来试种时，遭遇持续一个多月的倒春寒，遍植全岛的数十万株木麻黄树苗几乎全被冻死。在将要绝望之时，技术人员发现在白埕村还有9株木麻黄活着。就是这9株成活的幼苗，点燃了谷文昌心中几近破灭的希望。据当时和谷文昌一起打拼的同志回忆说，他捧着那9株新绿的幼苗，高兴得像小孩一样，脸上乐开了花，“你们信不信，能活9株，就一定能活9000株、9万株！”

历史既有偶然，就有必然。谷文昌毅然决然选择了木麻黄的同时，木麻黄也毫不犹豫拥抱了谷文昌。此刻的谷文昌和木麻黄，犹如一对山盟海誓、不弃不离的情侣，铸就了一座造福东山人民的丰碑。

三

木麻黄，是默默无闻的树，是无私奉献的树，是东山岛的生命树。东山岛，因谷文昌而变，因木麻黄而美。东山岛人民感念谷文昌的功德，把谷文昌称作“谷公”，把木麻黄称作“谷树”。

就是这9株稚嫩的木麻黄，如星火燎原，在东山岛弥漫开来，浓绿起来，固住了沙的侵蚀，挡住了风的横行，护住了草的生长。东山岛变了，山山披绿，田田吐翠，水水生烟。东山人民变了，不再外出乞讨，不再沙进人退，从此耕田种地，出海打鱼，安居乐业。1964年，谷文昌离开他工作了 14 年的东山岛，到福建省林业厅当副厅长。他深深地眷恋这片倾注他无数心血的土地，离开时，他虽有不忍，但已不再遗憾，因为他完成了党交给的任务，实现了“不救民于苦难，共产党人来干什么”的承诺。

青山不语，已成记忆。木麻黄不语，已成丰碑。东山人不语，“先祭谷公，后祭祖宗”却相沿成习。

1987 年，谷文昌去世前，没有向党提出任何要求，唯一的请求是：“请把我的骨灰撒在东山”“我要和东山的百姓在一起，和东山的大树在一起”。从他的遗言就可以看到他的“东山情怀”和“木麻黄情结”。如今，他面朝东方，面向大海，静静躺在东山的怀抱中，岛上成千上万的木麻黄环绕着他，像持枪挺立的卫士一样，共同守护着他的梦想，他的土地。

每逢佳节倍思亲。谷公去世后，年年清明时节，无数东山岛上的群众，自发来到谷文昌陵园，在“谷公”墓碑前摆满鲜花、香烟、美酒、水果等祭品，寄托哀思。因为，在东山的父老乡亲心里，谷文昌不是亲人远胜亲人，他给东山老百姓心中带来的福祉、留下的故事，比台湾海峡还深还宽。

在东山岛的赤山林场谷文昌的陵墓右侧，有一棵胸径 36 厘米、高达 16 米的木麻黄树，英姿挺拔，静静地陪着 1959 年曾经亲手种植它的主人。1987 年，他走了。去世前他提出要回归东山，要与木麻黄为伴。这棵和东山人一样感恩的木麻黄，为他主人的墓，遮风挡雨，守碑护灵，满腔忠诚。

木麻黄作为福建沿海最主要的海岸防护树种，已大步走出东山，沿着蜿蜒绵长的海岸线延伸。在平潭，在莆田，在泉州，到处都能看到它挺拔伟岸的身影。感恩谷文昌当年的坚定不移，感谢木麻黄如今的绰约风姿，昔日狂沙弥漫的不毛之地东山岛，成为闽南的旅游胜地。东门屿景区成了国家森林公园，风动石景区成了国家 4A 级景区，东山岛的旅游人气逐年上升。

四

当初在东山岛采访时，就很想去林州看看。看看林州以什么样的情怀和气魄，造就了谷文昌同志不一样的精彩人生、不平凡的意志品质。

2015 年下半年，因参加在林州召开的谷文昌同志 100 周年诞辰座谈会，去寻访了谷文昌故居。车在太行大峡谷中穿行，断崖壁立，群峰峥嵘，雄险峻伟，不可名状。从市区行车约半小时，来到大峡谷中一个狭长的洼地，中间有一条小河，些许流水无声流淌。半山腰有个古朴安静的村庄，叫南湾村，就是谷文昌的老家。他家的老宅子还在，是个小巧的四合院，依山而建，采集大山里的叠石建造，独门独院，有花有草，冬暖夏凉，林州人普通而独特的庭院。如今已成为谷文昌事迹陈列室。

谷文昌在东山岛与贫穷和荒漠顽强搏斗的同时，在他的故乡林州也开展着一场与大自然拼争的壮举。20 世纪 60 年代，为改变“十年九旱，水贵如油”的恶劣环境，林州人民在极其艰难的条件下，从太行山腰修建了引漳入林工程，这条“生命渠”后来被世人称为“人工天河”，周恩来总理曾自豪地告诉国际友人，红旗渠是新中国的奇迹。

刘禹锡在《陋室铭》中说：山不在高，有仙则名；水不在深，有龙则灵。斯言是哉。正是南湾村，这个太行山里毫不起眼的小村庄，厚植了谷文昌吃苦耐劳、坚忍不拔、一心为民的崇高品德。一个北方汉子，南下东山岛，一干就是 14 年，筚路蓝缕，孜孜以求，终于用忠诚书写、用生命锻造，成为所有工作在一线的县委书记的楷模，成为东山人民心中年年祭祀的“谷公”，成为一棵根植东山岛的永不凋零的木麻黄！

在东山岛柔软的海滩上漫步，看着层层叠叠的木麻黄，在海风中自由生长，随风摇曳，仿佛谷文昌的身影在大地行走，谷文昌的形象在空中升华，谷文昌的精神在人间传扬。

好大一棵木麻黄。

湄洲岛上的红树林

朱谷忠

炎夏已尽，潮汐退去湿热的气息，滋润着温柔的湄洲。然而今年这里，随之而来的清凉刚刚落脚，一阵又一阵的风雨却强势降临，让全岛的一切都迅速进入迷茫之中。那几天，风雨在青色和灰色混淆的朦胧中，一次次摇动触眼可及的林带和村落，并以“沙啦沙啦”的声响，不时敲击着苍茫的海天，捶打着泛起的云烟，给人带来几分惊悸。

还好，一阵风雨过后，天空会透出明亮蔚蓝的一角，有点刺眼的阳光，像瀑布一般突然倾泻下来。此刻，令人惊异的是，岛上西亭澳大堤下，大片滩涂上却有熠熠生辉的红树林，毫不畏惧地迎着海面荡起的阵阵波浪，轻摇着身子，发出悦耳的声响。

我正是在那天雨后来到这里的。陪同的老许告诉我：“看！这就是湄洲岛上的红树林。”顺着她的话声，我趋步向前，目光所及的广阔视域里，但见一大片红树林，无遮拦地铺满滩涂，粗细密集的嫩枝，展现着水淋淋的丰韵。细看，它们全然挺立于淤泥之中，却有着沁人的青翠；一簇簇，一丛丛，高矮相似，延绵成壮观的阵营。下堤拨开叶片，挤挤挨挨的须状根立即显现。它们或倚靠，或倾斜，却极有规则地排列成绿茸茸的原始丛状。有的叶瓣中间还有几朵凋落的小花，未开放的则形成嫩白花苞，细细的芽呈青绿色，如雏鸟探出尖细的头，仿佛在探寻什么。

莫非，红树林的神经末梢还保持着警惕，还在窥测天气的变化？两天来的强降雨，已使大堤内的木麻黄和龙柏显得有些疲惫和零乱，但在这陆地与海洋交界处一带的浅滩，能在海水里生长、根系如网一般嵌入泥中的红树林，却安然无恙，倨傲挺立，俨然是海边一队队无畏的消浪先锋。

红树林，正是海岸的保护者！

我从资料中获知，红树林是世界上少数几个物种最多样化的生态系统之一，生物资源量非常丰富，其中有底栖动物、鸟类，还有变种的藻类等。人们发现，凡有红树林存在的海域，几乎从未发生过赤潮。原来红树林能吸收大量的氮和磷，对水体起着净化的作用。难怪人们会对它不吝褒词，称它是天然的污水净化厂。

然而，过去一般人很少注意到，红树林还有着极强的抗灾能力。以福建为例：1958 年，强台风袭击闽南，各地均有很大损失，但龙海县角尾乡海滩上，因生长着茂密的红树林，结果该地段的堤岸安然无恙，农田村舍损失甚微。1986 年，广西沿海发生特大风暴潮，合浦县总共近四百公里长的海堤，被海浪冲垮近三百公里。而凡是堤外分布有红树林的地方，海堤就巍然不倒……可见，红树林是海岸防护林体系的一道天然防线。

不过，西亭澳的红树林，与我在其他沿海见过的红树林有所不同。别处的红树林，有的可高过人身，而这里的红树林却普遍低矮，但叶片肥厚，藤蔓葳蕤，枝干中似有汁液汩汩流淌的声音。特别是在阳光下，根、叶向四面八方伸展开来，葱郁茂密，仿佛一幅巨大的充满质感的油画剪影。

久久面对眼前的景物，我不禁放飞思绪。我知道，这其实是自己被某种东西触动时，进行的一种场景回放。不需闭上眼睛，便有一幕幕画面穿越时光，翩然闪现——

湄洲岛，对许多人来说充满魅力，这里有“湄屿潮音”“九宝澜黄金沙滩”等多处风景名胜，一年四季，吸引着无数的旅游者纷至沓来。然而，多次踏上这座岛屿的我，尽管每次都能收获一种喜悦和亲切，但始终让我心生愧疚的是，这期间，居然没有一次近距离地接触过这一片红树林！

历史上，在福建海域，曾经有着绵长的红树林带，常见它们的树干被潮水淹没，只露出翠绿的树冠随波荡漾，成为壮观的“海上森林”。然而，无须讳言，古代的人们对它也鲜有记载，只知刈下红树林根茎的刀口是血色的，能提取制作红色染料……长期以来，由于人们普遍认识不足和保护不力等原因，加之围海造田，红树林的面积曾一度锐减。

而今，随着人们对生态环境保护意识的日益提高，奋发有为的湄洲人，以炽热的情怀、坚定的信念，在这座岛上洒下汗水，年复一年地在恢复海洋生态方面下功夫，使绵延的海岸线到处都是赏心悦目的颜色，不断给岛民和游客带来惊喜。不是吗？除了越来越多的滩涂受到保护，眼前的西亭澳红树林的生态也已在修复、扩大，它们连缀起花、草、虫、鱼、鸟，共同装点着湄洲岛的生命诗意与独特的自然韵致。

“随着红树林的不断生长，湄洲岛将依托红树林拓展新景点，以吸引更多游客来此旅游观光。”这是岛上生态建设者们近年来常放在口头上的话语。现在，这里已建起红树林公园。它背靠宽广的滨海大道，与岛上的生态公园连成一体，面向碧波荡漾的海湾，不仅成为鸟类嬉戏的天堂、植物生长的王国，也是人们踏青、赏鸟、观海、体验自然风情的好去处。

无疑，红树林不仅是湄洲岛的珍稀资源，也是可供人游览的景观。但老许介绍说，在西亭澳，由于没有入海河流，缺少淡水冲刷，盐咸度偏高，红树林生长比较缓慢。因此，为扩大面积进行的人工种植试验，一度并不顺利。这些年间，正是岛上的生态建设者们，经过不断摸索，慧眼选择出一种叫秋茄树的胎生苗，采用三角形插植方法，使试种最终获得成功。由此，这片红树林，被当作滩涂的新兵，海岸的新宠。

了解到这一切后，我的心里不禁涌起一种钦佩之情。这时，有两个在大堤上为红树林木栈道进行测绘的当地工作人员走过来，向我介绍说："有了秋茄树这片红树林，近海的海洋生态越来越好，岛上渔民捕到鱼的种类也多了。"从他们口中我还得知：秋茄树还被誉为"海洋之肺"，在防风护堤、涵养水源等方面有重要作用，也为许多浅海生物提供了绝佳的栖息地。

眼下，西亭澳红树林伸展的滩涂上，已经有大量的螃蟹、跳跳鱼等生物，还吸引着白鹭、海鸥和各类迁徙鸟来觅食栖息、生产繁殖。在不损害红树林的基础上，未来滩涂养殖也有望带来一定的经济价值，岛上群众也当会从切身利益中感受到红树林是他们的保护者。

瑰丽，雄奇，幽深，朴拙……湄洲岛美的形态千变万化，繁复多姿。但在我看来，现在红树林又为这里添上秀美的一笔。是的，置身在西亭澳，面对红树林，只要倾心相与，就能够听到每一处翠绿的心跳声，捕捉到它们丰富而微妙的表情变化。久久凝视，一种与海天共融的情感就会在心中积聚。那是一种与这片土地血肉关联、休戚与共的情感。湄洲岛，也会渐次打开她丰富而深沉的美。

泉州的树

陈志泽

一

夏季的泉州城里，谢了花的刺桐树，全力地生长着枝叶。每年春末夏初，直到盛夏，刺桐树在烈日下长得格外翠绿、茂盛。而寒冬来临之后，也许是为了让古城沐浴更多的阳光，刺桐树又毅然将它蔽空的阔叶落下。这时的刺桐树虽然叶子落了，但人们并不觉得它丑陋，反而更被它的品格所感动。

民间有传说，刺桐树“如叶先萌芽而花后发，则五谷丰登”，故刺桐有“瑞桐”“奇树”之称。史载，北宋有一位叫丁谓的廉访使来到泉州，他本想观赏刺桐开花的美景，没想到只有满树的绿叶迎接他。然而，当他听说刺桐树如果先长叶后开花，这一年就会五谷丰登时，便转忧为喜写下诗作，表达出他希望刺桐树可以“叶先萌芽”从而兆示丰收的心情。而另一位泉州知府王十朋，对这种传说却不在意。他一到泉州就察看全城地形，带领百姓修建池塘战胜旱涝等灾害，也写下了咏刺桐的诗句。

每次有朋友来到泉州，我都不忘带他们走近刺桐树，给远方的来客讲述泉州的悠久历史和灿烂文化……

二

泉州的榕树，一棵就是一处风景。古城建设过程中注意保护古老的榕树，所以，在泉州城里走着走着，不经意间就会遇上一棵老榕树。它们威武、苍劲、高大，阳光将丝丝缕缕的气根染成金色，鸟雀飞来，啄理起老榕树独特的“美髯”。好一派诗情画意，令人赏心悦目。

而那些遍布于乡村的榕树，则成为每一个村落的组成部分。乡亲们常常在榕树下开会，孩子们喜欢绕着榕树嬉戏，“南音迷”随时在榕树下摆开“南馆”唱南音……过去乡村里有人出洋，往往就在榕树下依依惜别。远行者的蓝印花布包袱在乡间小路上渐行渐远，榕树下，送别的亲人含泪的眼睛久久地注视着那身影。

对于鸟雀们来说，榕树成了它们的村庄。它们在榕树宽广的树冠里安家。早晨与黄昏时分，喧闹的鸟鸣声仿佛要将榕树的层层翠绿洞穿，而榕树却像收获珍宝一般将声声鸟鸣收藏心间。

我见过这样的奇观：小溪时常涨水，人们过溪艰难，溪旁的榕树努力地把自己的根向对岸生长。于是不经意间，人们发现，一座有生命的“桥”横跨在溪水之上。走在这样的“桥”上，让人怎能不油然而生感动?

榕树的生命力顽强。高大的榕树被台风击倒在地，但它并不会枯死，那残存在地里的根竟扩展开来，扎进更深的地层并向四处延伸，而裸露在地面上的根就像是竖立的一团钢筋铁骨。多少次了，我走过“倒榕”旁时，都禁不住驻足抚摸它那栉风沐雨的根，感受着榕树生命的沧桑和给予我的人生启示……

三

在泉州，相思树之多、之美，让人惊异。相思树是泉州一种具有特殊意义的树。泉州是历史文化名城，是许多台湾同胞的祖籍地，也是著名的侨乡。也许是为了站得更高，好眺望亲人、骨肉同胞，相思树都长在山岭上。而阔别家乡的游子回到家乡后，也常常要登临家乡的山头去看望他们思念的相思树。我就见过一位游子肃立在相思树面前，长久注视着树，直至热泪盈眶，然后一个转身再度离别……

相思树长得柔韧、秀美。它的树叶细密，随风扭动的腰身像是在舞蹈。风让相思树飞扬出星星点点的黄花，淡淡的幽香飘满山野，飘向天空和远方。如果风大些，相思树会抖落相思豆荚，仿佛在弹奏一支动听的琵琶曲……

泉州不能不提的名树、奇树还有很多：开元寺里那一棵至今仍在寒冬里枝叶茂盛、初春又早早萌发芽眼的千年桑树；安溪那一棵传说为悼念英雄岳飞而“枝枝朝北”的古樟；清源山弥陀岩那一棵榕树和重阳木融为一体的“天侣树”；德化美湖那一棵传为神木的千年樟树王……

我想就不一一细说了，拼搏进取的泉州，人杰地灵的泉州，什么奇迹不能在这片土地上诞生呢？

徽饶古道坚强树

梁衡

通常，我们确定一棵树的树龄是看它的年轮。如果告诉你，有一棵树连年轮都没有了，却还青枝绿叶地活着，你相信吗?

在安徽与江西交界的浙岭，山路弯弯，石梯接天。山口有巨石，上书“徽饶古道”。古驿道下山进入江西婺源界，路旁有一棵古樟卓然而立。它下临一马平川，天垂野阔；北眺远山如屏，层峦起伏。这棵古樟在网上被称为“坚强树”，它像一位检阅历史的将军，自宋以来，就这样俯视大千世界，阅尽人间之变。树之所以名“坚强”，是因为它创造了生命的奇迹。

三年前，我第一次经过这里，一见这树即有一种说不出的激动。类似的古树名木，我见过苏州的“清奇古怪”汉柏，那是雷电的杰作，四棵树撕肝裂肺，东奔西突，两千年了仍顽强地存活。也见过宁夏五百岁的震柳，那是世界级大地震的产物，一百年前，灾难之手从地心伸出，生将一棵老柳撕为两半，现在仍枝叶繁茂，如一团绿云。但是，还从来没有见过天火从天而降，硬将一棵大树的树心掏空，空得只剩下一个薄壳，像一个工厂里废弃了的铁烟囱。当地为加强保护，筑了一个高台小心地将它拥立在上，四周又设了栏杆。那天我踏上高台时，庄严之情油然而生，有一种走近英雄碑的感觉。我绕树一周，轻轻抚摸着它粗涩枯硬的树皮。树皮已经很薄，六米之围的树身，只有一个指头厚度的树皮，轻轻叩击，嗡嗡有声。它完全是借助筒状的力学原理，巧妙支撑才不会倒掉。树约三四层楼高，仰头看树梢，云卷云舒，鸟啼鸟落。树下有洞，洞内足够宽敞，地上长满了茸茸的绿草，如毡如毯。我小心弯腰进去，仰面平躺在这块不规则的地毯上，透过朝天的洞口，看绿叶婆娑，白云飘过，有一种当年躺在内蒙古草原上的感觉，只差飘过一首牧人的歌。

一棵树，一棵有生命的树，怎么就像一个铁烟囱似的屹立在旷野上了呢？当地人说，十多年前的一天晚上，突然雷电交加霹雳一声，这棵千年古樟，就如一根蜡烛一样被轻轻点燃了。大树喷着火苗，映红了半个天空，直烧了三天三夜。就是树上的余烟也袅袅地飘了半个多月。到火灭烟散时，古樟本已腐朽的内瓤已被全部烧尽，只留下了一层盔甲似的外壳。但祸兮福所倚，大火过后树的内壁已经完全炭化，反而有了抗腐能力，从此雨淋不朽，坚挺至今。我小时候常见路边的架线工人，在埋木头电杆前，先将其下部烧焦。这说明若要木不朽，先炼之以火。人们都以为这棵树死了，像一个标本那样小心地保护着它。但是天火炼木本是要它凤凰涅槃的，怎么会让它去死呢？三年之后，人们惊喜地发现在树腰、树梢处吐发出了一层嫩芽，渐渐地又长出一层新绿。婺源向以黛瓦粉墙的徽派民居和漫山遍野的油菜花给人轻柔的印象，如今这个秀美的背景又添上了坚强的一笔。

这棵坚强树引起人们的关注，一度在网上热闹了一阵子，后就沉寂下来，而我却总不能释怀，第二年便再去上饶婺源搜求资料。树者，书也。我想，要读懂一棵树，先得读上几本书，读懂书中的人。婺源在历史上的文化崛起是南宋之后。全县在唐代时进士屈指可数，宋代就猛增到数百人。靖康之耻，宋人南渡，大批望族、文人聚集婺源。同时，因江北为金人侵占，这里也就成了前线。于是自南宋以降，独立、坚强、自尊、向上，就成了徽饶道德的主流传统。这种精神不断砥砺发扬，长久不衰。我灯下翻书，那一个个有志、有节、有能、有为之士，如那棵坚强树一样，在历史长河的彼岸向我们默默颔首。

在我看来，在古道上喊出坚强不屈第一声的人是朱弁（1085—1144）。他正当北、南宋之交的乱世，就出生在离坚强树四五十公里的紫阳镇。赵构的江南政权一成立，即派使者到金国去议和，朱弁为副使。弱国无外交，金人不但不加理睬，反将朱弁扣留，这一扣就是十七年。金人惜其才，十七年间屡屡逼他为官，他凛然道：“自古交兵，使在其间，言可从，则从之；不可从，则囚之、杀之，何必易其官？”他将使节印抱在怀里，片刻不离，表示若再加辱，就抱印而死。他南望故国，感慨赋诗：

> 关河迢递绕黄沙，惨惨阴风塞柳斜。
> 花带露寒无戏蝶，草连云暗有藏鸦。
> 诗穷莫写愁如海，酒薄难将梦到家。
> 绝域东风竟何事，只应摧我鬓边华。

诗写得悲愁交集，沉雄刚毅，钱锺书评其有晚唐之风。在这样的境遇下，他也没有忘记尽忠报国，完成了对北国人事、景物的调查，返宋后即上递朝廷。他的流亡诗抄也成了重要文献。一般人知道汉苏武留胡十九年，却很少知道宋朱弁留金十七年。十七年的坚持，这要有多么坚定的信念？他在徽饶古道上举起一面坚守气节的大旗。

大名鼎鼎的朱熹比朱弁小四十五岁，祖籍婺源，也是个主战派、硬骨头。过去，我只知道他是个哲学家、文化人，写过那首著名的“问渠那得清如许，为有源头活水来”。这次树下读史，才知道那活水之源即是他正义的胸怀。朱熹到江西星子县任职，正赶上大旱，他组织百姓平安度灾。灾后他向朝廷写了一封长长的汇报，大诉民间疾苦，痛批军政腐败，言辞激烈。他为官有两个特点，一是每到一地先调查研究，“下轿问志”就是从他而来；二是刚正不阿，有那不干净的官员知他要来上任，就先主动辞职。晚年，他被推荐去给皇帝讲儒家经典，但总是借机大讲民间疾苦，要求整肃纲纪。皇帝听得不耐烦，很快就把他赶出宫去。朱熹一生官场浮沉，治学不辍，但依旧忘不了家乡。家乡的那棵坚强树啊，民族恨，臣子泪，多少忠魂日夜萦绕在树梢。

婺源虽小县，却名士不绝。为官廉政，坚持真理，已成了这树下绵长的清风。宋末名士许月卿，许村人，常犯颜直谏，写了《百官箴》，列出各职各官的注意事项。元代汪泽民，为官一尘不染。明代大臣汪鋐心忧国事，主持兵部，引进西方“佛朗机”大炮，遍布海防、边防，抵御外侮。这都是在坚强树下发生的坚强事。

当历史的脚步刚刚迈过中国近代史的门槛时，有一个人出现在树下。他就是大名鼎鼎的中国铁路工程第一人詹天佑。詹家祖居老樟树下的岭脚村。1872 年清政府派出第一批留美幼童，十一岁的詹天佑即在其列。他学成归国后正值帝国主义列强欺我无人，肆意瓜分、垄断中国的铁路修筑权。清政府决定修一条津榆铁路，要架滦河大桥，河床泥沙深，水流急。先由英国人设计，失败；又转手日本人，不行；德国工程师出马，还是不行。詹要求试一试。他采用“压气沉箱法”，获得成功，外国人刮目相看。不久，詹在英法两国相持不下时接手西太后去祭扫西陵的新易铁路工程，四个月通车。而最长中国人志气的是京张铁路。路在八达岭从山中穿行，地形十分复杂。英、俄两国没有争到修路权，就封锁技术，威胁不给任何帮助。詹天佑大胆启用本国人才，并创造性地把工程变学校，一开工即招收练习生，同步教学培养。为测工程最难的八达岭隧道，他攀岩踏雪，餐风饮露。从青龙桥到八达岭地势最陡一段，他不用通常的“大回环”，而用“人”字形，两个车头，前拉后推，巧妙解决难题。京张铁路的成功，使詹名扬中外，他先后出任了中国众多重要铁路的总工程师，并代表中方在远东铁路会议与列强唇枪舌剑，为国家争主权。他洁身自好，要求学生和子弟“勿屈己而徇人，勿沽名而钓誉”。

我对詹天佑的第一次印象，是十七岁那年考上大学坐京张铁路进京，当列车缓缓通过那个著名的“人”字路段时，全车厢的人都探出身来，向路边詹天佑的铜像默默行注目礼。这次又去看了离坚强树不远的詹氏祠堂和詹天佑纪念馆，都是詹氏族人和民间集资所建，高大敞亮，藏品丰富。我印象最深的是一张当年詹天佑对八达岭路基的地质测绘图。在乱石如麻、荆棘丛生的荒岭上，像切蛋糕一样切出一个坡形剖面，上面满是密密麻麻的数据和外文符号。那是光绪年间，科学的曙光终于初照这亘古的八达岭荒原。

今年我又三访坚强树，发现虽斗转星移，这里的人们仍然守树如玉，义心不改。上世纪六七十年代，岭脚村一位名詹永萱的文化人默默地征集文物。当时一百元收来一麻袋杂玉，他慧眼识珠发现其中一粒疑是“猫眼”，带到故宫鉴定，果如所猜，价值不菲。前面提到的乡贤，明代大臣汪鋐亲身佩带的一条玉带，居然也被他们收来。后来成立县博物馆，詹任第一任馆长，馆里多半重要文物都经他之手，那“猫眼”自然成了镇馆之宝。詹永萱的儿子詹祥生从小受父亲耳提面命，子承父业，现在是第二任馆长。詹家父子不知过手多少文物、瑰宝，虽一毫而莫取；也不知接待过多少名人要人，不卑不亢，虽布衣而有名士之风。那天我向小詹馆长请教了许多问题，他还特别讲述了詹天佑送给家乡“灭火水龙”的事。

我在树下的高台上凭栏眺望，远山一线，白云悠悠。以这棵树为半径，方圆也就不过百公里吧，坚强之人，数之不尽；大义之举，连绵不绝。这还只说到土生土长的婺源人，如果算上北人南迁，再至上饶各县，在此生活过的爱国诗人，如岳飞、陆游、辛弃疾；革命先烈方志敏，民主人士黄炎培，还有上饶集中营里的英雄群体，就更多了。说到这里，我不得不略费笔墨提到一个人。我们报社有一位老记者名季音，当年的新四军战士，曾被关在上饶集中营，九死一生。今年已经九十六岁，还在写回忆录，发表文章。行文至此，我不觉动了情，专门拨通了电话，向他表示致敬。他说全北京，当年上饶的狱友也就只剩两人了。岁月的尘埃正在一点一点地覆盖上他们的身躯，最后他们或将无言地离去，但有这棵擎天一柱的英雄树为他们代言，这一代代的慷慨悲歌就会永不停歇地震彻山谷，席卷河川，在青史上呜呜回响。巍巍古樟，山高水长。

樟树是我国长江中下游常见的树种，更是江西的省树。其树形高大，动辄七八米之围，树干横生旁出，荫蔽四方，千年不老，四季常青，蔚然而有文化之象。樟树从不亭亭玉立、孤芳自赏，总是枝叶交错你绕我缠，老干上覆盖着厚厚的苔藓，又常寄生一种“接骨草”，是骨科良药。

村民如有牛羊鸡鸭腿折，捣烂敷之即好。樟树还喜与他树共生，最多见的是苦槠树和红豆杉。樟喜随人而居，总是长在村头水口人气兴旺的地方，人树相依，情深意长。有倒地跨河者就顺便为桥，任人行走；有生路边浓荫如盖者，就让人们设个凉亭喝茶歇脚；有树洞中空者，孩童常出入嬉闹。我见过一棵大樟树，其树洞之大，在人民公社时期，里面曾养过一头牛，现在里面摆着一副麻将桌，供人打牌。一棵探身江边的老樟树，树枝扫到水面，一年上游发大水冲下不少人来，它竟如一把笊篱一样捞出十多个人。乐安县有一条长十余里的夹岸古樟树林，每株两抱以上。离坚强樟不远的婺源赋春镇还有一棵宋代古樟，一枝平伸探过河去，荫遮两岸。

樟者，木旁加章，此树大有文章。我在江西考查人文古树，几乎逢樟必有故事。这棵名坚强树的古樟“劝人信高洁，拳拳表予心”，就是专讲正义、忠诚、高洁、自强的故事。我信凡物之有异者必有其理，必暗含其情，等待有人来认识，来解读。

我们平常说读懂一个人不容易，其实要读懂一棵树更难。人难过百岁，树可千年；人才几族几种，树论科、属、种，有万万千；人有衣食保障还生命多舛，而树曝于荒野，山崩地裂，雷劈电闪，却仍然挺直脊梁；人的大脑里只存有一生的记忆，树的年轮里却藏有数朝数代的沧桑；人到须发皆白时，儿孙绕膝，大不了讲讲一生的经历，可大树呢，我见过三千年的大树，立于山，临于水，居然能不慌不忙，娓娓道出秦汉唐宋。一棵树，树皮上有多少道纹路，就有多少个故事；树枝上有多少张叶片，就有多少首诗篇。你要能读懂一棵古树，就得俯下身子去吻它的根，那根里浸泡着先人的血泪；你要能读懂一棵古树，就得仰起头去看它头上的天，那天空有无言的悲欢。请读懂一棵树吧，这是在考古，在探秘，在复盘历史，在追溯文明，在破解一本自然留给我们的天书，是在回望人类自身的成长。

也许别的地方还有类似的古树，但这样身高皮薄巍然而立的坚强树不多，树下又有这么多坚强的人和事的更不多。这是自然的选择，也是人文的表达，我们应该格外地珍惜它。

一棵树与一些人的相遇

刘诚龙

在莽莽苍苍的井冈山，有一座山峰叫黄洋界；在巍巍峨峨的黄洋界，有一棵古木叫荷树。那年七月如火，酷暑如荼。我千里奔赴井冈山，不经意地与这棵荷树猝然相遇，一道亮光在我脑中一闪，五百里的井冈山里，这一棵树便兀然定格于灵魂的取景框里。放眼望去，随处皆是形胜山川，定格于我相册上的有很多，有黄洋界的哨所，有仙女潭的瀑布，有百竹园的茂竹，有绘在一百元人民币背面的井冈主峰，这些都以景色的形态壮我井冈之旅的行色，而这一棵荷树，却以思想的姿势入我生命之旅的深处。

于我，这是一次不期而然的相遇。在逶迤盘旋的公路上，我坐在车上兜着习习山风，一路顺风，而突然之间，堵车了。我走下车来，徒步，走了几级石梯台阶，抬头望，这棵荷树就静静地与我两相对视，我仰视，它俯视，满身是斑驳的疤痕与疮孔，繁密的枝叶遮风避雨，在地上铺满偌大的一片树影。它是一棵古树了，一棵古树，可以傲然于群林的，是其经历，是它经历的风，经历的雨，经历的霜雪雷电。然而，这棵荷树，虽然高大，却未必雄壮，虽然刻绘了春秋的印痕，却未必可以沧桑自居。与之相遇之初，我对这棵身上挂着“全国重点保护单位”牌子的荷树心生好奇。井冈山茫茫林海，苍苍群松，千千珍稀，森森古木，为何这棵荷树先得风气，独得殊荣？

黄洋界上的这棵荷树，它全部的荣光来自与一些人的相遇啊。它以它站立的位置，它以它如伞的枝叶，迎接过一些伟人，荫庇过一些伟人，毛泽东、朱德、陈毅……这些搅动历史风云的名字与之紧密地连在一起，相逢一遇而成永恒。当年，往返一百余里，毛泽东、朱德、陈毅等革命领袖带着队伍从井冈山下去，到宁冈，到大陇去挑红米饭，去挑老南瓜，上得山来，就在这棵荷树下小憩乘凉，荷树，以它的一片叶子遮过领袖们热气蒸腾的头顶，它以叶荫中蕴蓄的习习山风吹过领袖们脸庞上与脊背上的硕大汗珠，它以叶与风互动的旋律为领袖们吟唱过悦耳动人的山歌山调。它百年如一日地站在黄洋界上，静静地张开繁茂的枝叶，如同一只正在孵蛋的母鸡，张开蓬松的翅膀。它以一种极平和的心态荫庇这些衣衫不整、面露菜色的人物，荷树不曾“想”到，它压根儿也“想”不到，它不经意地荫庇着这些人物，其实是在荫庇中国革命，它荫庇的是一个历史上从没有过的新型国家的诞生。

井冈山有的是树，而唯独荷树独享机缘，是因为荷树的得天独厚的位置吗？荷树站在黄洋界的顶端，纵目驰骋，群峰争峙，众莽腾跃，五百里江山都奔眼底，江西湖南两省尽来胸次，一览众山小，这里，确实宜于志士游目骋怀，确实宜于伟人高瞻远瞩。当年，主席坐在荷树叶丛荫中，他对他的战友说：“我们不但要从这里看到江西湖南两省，更要从这里看到全中国全世界”。站在荷树下，可以激扬文字，更可以指点江山，是的，荷树居于可以瞭望中国乃至世界的位置上，为荷树与伟人的相遇提供了地理上的机缘。然而，它的位置以及它积攒百年而撑开的绿荫，也只是这种相遇机缘的表面之因。坐在荷树下，我独自冥想，如果领袖们不去宁冈不去大陇挑粮食，这种机缘还存在吗？民以食为天，任何人的生命都无法避开粮食的喂养；兵马未动，粮草先行，任何一支部队也须臾离不开粮食的哺育。1928 年的井冈山上，毛泽东也是几千上万人的首长，三几年的井冈山，毛泽东更是几十万人的领袖，他们可以发号施令，他们可以免去挑粮的劳累与辛苦，一百多里，来回都是要用草鞋一步一步丈量的山路，一副沉甸甸的担子压在肩上，这是我们现在难以想象的事情，这在当时，也可能是让一些人难以置信的事情啊，你若去问当时的蒋介石，他就可能没法相信，当毛泽东肩挑一担红米饭在江西这边的井冈山上一步一步上山时，蒋介石的肩上空空如也，毛泽东赤脚踏在土地上，蒋介石全身悬在半空中。几年以前，我到过庐山，我听说在二几年到三几年，蒋介石多次上庐山，他不是走上去的，更没有挑任何担子，他是四人抬的大轿抬上去的，他哪里会想到，他的对手毛泽东会亲自挑粮食呢？

在井冈山历史博物馆里，我看到了朱德的扁担，修长、坚硬、两头尖削，苍黑的扁担已写满了历史的沧桑，上面“朱德扁担，不准乱拿”的字迹发出触目的亮光。“不准乱拿”，挑了一次，还要再挑呀，朱德挑粮，已然不是一种姿态，已然不是作秀式的一次性带头作表率，而是实实在在的同甘共苦，是一种毫无特权与特殊化的同甘共苦。在井冈山历史博物馆里，我看到了一只挑水的木桶，其底部已多处残缺，这是一只在我老家家家都有的木桶啊，它现在以信史的姿势站在博物馆里，这是毛泽东为一个叫陈香姬的房东老板挑水的木桶。当初，它沉甸甸地压在主席的肩头上，现在却耀目地印在中国革命的史册上，闪着文物的光芒。在这个博物馆里，我还看到了一枚称为伙食尾子的硬币，币值 2 毫，当初，上至毛泽东与朱德，下至司务长战士，每月都是五角钱的伙食，没有差别。一样的伙食，一样的浆布衣裳，一样地百里挑粮上井冈。正是因为这些“一样”，才使这棵荷树不仅仅与平凡的战士相遇，也使这棵荷树与这些伟人结下深厚的因缘。

“一样”，并不是一件容易做到的事情啊。千百年来，人与人何曾“一样”过？也是在井冈山历史博物馆里，我看到了一幅“三湾改编”的画面，上面画着的是一位身着大氅的军官向一位棉布粗袄的士兵高举黑鞭，我们不要把这幅画面想象成敌对我，这是我对我啊，这是红军初始时节的写真。三湾改编，从某种意义上讲，就是确定了一种“一样”的思想，就是让这种“一样”的思想改造与武装了共和国最初的部队，从而使这支部队蓬勃壮大。毛委员与老百姓一样挑水，朱军长与战士一样挑粮，这就使井冈山形成了强大的磁场。梁山好汉上梁山，他们向往的是人人都可以大碗喝酒大碗吃肉，毛泽东和他的队伍没有酒与肉来召集天下，他靠的是创立了并真心实践着的思想与信念来凝聚民心。此后，在延安窑洞，在中南海，在天安门广场，主席多次对身边人咕哝：“你们不要把我与群众隔开。”也许，此时的主席，有点身不由己，但他肯定忘不了，他与陈香姬拉家常的幸福时光，他与红军战士一同挑粮的峥嵘岁月。在三年困难时期，主席常常几个月不曾吃肉，他说：“全国人民都在挨饿，我怎么能够独个儿吃肉？”主席在井冈山形成的思想已根植心底。

过了黄洋界，险处不须看。我坐在黄洋界上的荷树之下，我看到一条黄红色羊肠小道劈开起伏苍莽的绿色，于峡谷的远处村庄里攀缘着爬上来，这条细长陡峭的山路，就是当年领袖们百里挑粮的路径。我久久凝望，我的面前，仿佛出现了一支长长的挑粮队伍，他们衣衫褴褛，他们气喘吁吁，他们步步生汗，他们唱着号子往黄洋界而来，他们中谁是毛泽东？谁是朱德？谁是陈毅？也许荷树认得，荷树认得书生模样的毛委员，荷树认得体格健壮一脸憨厚的朱军长，荷树认得满口四川土话的陈参谋长。荷树与他们有缘，它张开千万只手，扇动井冈山五百里的浩浩山风，为其接洗风尘，为其消除劳顿，为其蓄养精神以起程长征。

种楠记

罗张琴

一

世人常说江西省遂川县有三宝："金橘板鸭狗牯脑"，却不知它还有一样好东西——龙泉杉木。这曾是江西的贡木，素有"黄金条子"的美誉，当年都是走水路，从当地的蜀水到赣江入长江，再从长江入京杭大运河运往京师交割验收的。

旧时，靠山吃山、靠水吃水是农民的主要生存手段。遂川农民从山上砍下杉木、毛竹等，装进木排或竹排，顺流至下游去卖，渐渐派生出"放排"这个行当。

茶盘洲，遂川一个仅有二十一户人家、面积不到两平方公里的自然村，是蜀水滋养的宝地，有种楠的风俗。自古以来，村民无论贫富，只要家中有儿成亲或有女出阁，必在大喜之典次日，由新人在房前屋后合种一株楠木苗。

也许，在茶盘洲人朴素的世界观里，种楠，是扎根土地的决心，是生命昂扬的状态；看一株楠木茁壮，能感受自己活到久远的力量。先人朝代更替，茶盘洲的楠和人却"葱葱郁郁"活了下来。楠木渐次成林，规模上千株，其中围径三十厘米以上的有一百余株。"宋楠"是茶盘洲年岁最长、体形最大的一棵树。树身挺拔，浓荫匝地；树相威严，气象万千。茶盘洲人觉得他们得到了山水草木的庇佑，便将先祖定下的“楠木，只造不伐”的族规村约，世代相守。

二

五十多岁的何树生家住茶盘洲，是个“树痴”，一有闲暇就往楠木群方向走，“宋楠”跟前一待就是大半天。

何树生父亲早年是排工，每次放排前，会买一刀肉煮熟，再备些酒水，到码头祭祀。而他母亲待排出发，会手举搁着一双筷子、一把菜刀的平案，匍匐在“宋楠”脚下，虔诚祈祷丈夫“平安快到”。

在蜀水往来的许多木材商，垂涎茶盘洲的古楠木，常把他父亲召去各大酒楼，好生款待，兄弟般“交心”，循循善诱：“老何呀老何，你说你怎么那么傻呢，守着黄金吃馊饭。”何树生父亲知道这些人动的是什么心思。

楠木，多珍贵呀，不腐不蛀，不翘不裂，木性温润，韧性优；纹理细腻，有清香，自古便深受皇家和大商贾的追捧。说一寸黄金一寸楠，一点也不夸大。可楠木关系着茶盘洲的命运，断断砍不得。树砍了，水会到处乱流，怎么养土地？树砍了，茶盘洲一点绿也没有，鸟都不会来。没有“宋楠”的茶盘洲人，心里的那些事、那些愿望要到哪去说？

何树生父亲真想对这些人吼一嗓子：“要砍楠，白日做梦吧。”可他们偏偏都是开工钱的衣食父母，自己是得罪不起的。重话不能说的树生父亲便借着酒劲跟这些人讲故事。

——光绪年间，朝廷派兵来村，准备砍下“宋楠”作贡木。刚砍一个口子，村里男女老少全来了，手牵手围着楠木站几圈，说要砍树先把我们都砍了。为了保树，先人可是连命都可以不要的。

——我家老三叫树生。为什么叫树生？因为我堂客（老婆）生他的时候，难产，三天两夜啊，接生婆都摇头了。我急得吐血，两条人命，如何是好？我想到了树王。我跑到树王跟前，叩首，再叩首，“哇”的一声，老三落地。生了。母子平安。

故事听多了，木材商便也腻了，渐渐死了这条心。

三

难怪何树生对“宋楠”的感情比别人深。树生呀！

有两个儿子的何树生，特别想有个女儿。为这，他没少去跟“宋楠”磨：“崽是儿，女也是儿，什么时候送个女儿给我就好了。”树遂人愿，他后来真有了一个女儿。

女儿一出生，何树生扛着锄头兴冲冲去山上种了一株还愿楠，并给她取小名“楠楠”。楠楠和树一起长，长成栋梁材。大学毕业，进了广东一家大公司，之后处了个男朋友。小伙子人不错，家住井冈茨坪，是她的同事。共饮蜀水，乡情依依，两人相见恨晚。国庆长假，小伙子带楠楠去见父母。谁知，一见，见出大麻烦。

麻烦不在小伙子，也不在小伙子父母。事实上，他们人都极好，处事周到，随和亲切。让楠楠受不了的是居住环境。原来，茨坪有座规模上万头的养猪场，离男友家直线距离不过三百米。

楠楠回家向父亲哭诉："闻着猪场那股臭气，心脏特别难受，胃也翻腾，刚想从水缸里舀一勺水来压压，突然传来一阵震耳欲聋的猪刨食声响，瞬间，有一种水变绿魔妖怪的错觉，吓得连水带勺甩出去好远，蹲在地上，吐了个天昏地暗。"

爱情被猪场的阴影所笼罩，楠楠闷闷不乐。婚事一拖再拖。

女儿是父亲的心头肉，楠楠不开心，何树生这日子过得一点也不自在。不自在的何树生，那个冬天，更加频繁往楠木群跑，整日整日地与"宋楠"耳鬓厮磨。楠啊楠，你看你多会挑地方长呀，咱们茶盘洲山清水秀的。何树生盯着树王看。风吹来，"宋楠"点头称是。

四

那是 2016 年的冬天。

就在那个冬天，江西河长制全面铺开，两万多名河长在赣鄱大地踏起浩荡的春风。蜀水全流域实行"五头护水"，源头、地头、山头、岸头、户头，生态管护，一个都不能少。

蜀水源头在井冈山，流经茨坪，那个令何树生愁眉不展的万头规模猪场，尽管离河尚远，没有直接污染，但源头保护，防患于未然，井冈山市还是下大决心费大力气，将它停办拆除。紧接着，越来越多的违建物被清理，清河等专项行动一个接一个。菜地青翠，春梅初绽，油菜花顶着一片金黄，楠树的叶子绿得发亮。野牛在山坡上踱着悠闲的步子。它们甩动的尾巴，多像静默于旷野的河流中，那些被鱼虾穿过的水草。治理后的蜀水流域，美得像一幅画。

楠楠很快出嫁了。

第二天，回门，老何选一块好地，让女儿女婿合种一株楠木。

种粒的释放、树苗的栽植，既是某种告别，又在酝酿更新的希望。完工时，何树生瞧见了小夫妻的相顾一笑，眼泪“唰”一声，如泉涌。他自愿当起了巡查员，把河流、村庄当成自己守土有责的疆域，与河长们站在了一起。何树生明显感觉来茶盘洲旅游的人多了起来，村民手头的那些山货土货差不多全卖光了。生活越来越好。

昨天，何树生特别认真地在蜀水边上种了一株楠。问他原因，他突然有点不好意思起来。说，没名目，就是心里高兴。

此心光明，亦复何言。

夏津，有片古桑林

梁衡

对中华民族来说，黄河的伟大是说不尽的。我曾在上游，看刘家峡的绿波；在河套看八百里麦浪；在壶口瀑布听虎啸龙吟之声；今天又在它的下游，看到它如何为炎黄子孙造就这一望无际、直达海边的大平原。

事情的缘起是联合国粮农组织，在全世界清点农业家底，并颁发"全球重要农业文化遗产"证书。去年春天在山东德州夏津县发现了一片六千亩的桑树林，并认定这是目前世界上罕见的、古老完整的桑树群，随即颁发了证书。这是一片典型的人文森林，保存了地球上的农桑文化。去年第一时间我即去采访，今年又二访其地，探其脉络。

黄河造地是借其巨大的水能，经年不断地搬运泥沙来完成的。五十年前我刚大学毕业到黄河边工作，就记住了这个数字：黄河每年从上游向下搬运泥沙十六亿吨。这是怎样的一个巨人，一个移山填海的大力士啊！德州之夏津，处黄河下游。津者，渡口。夏津，传夏代之黄河渡口，可见其地历史悠久。黄河冲出龙门，行至河南、山东，挟带大量泥沙，早已高出地面而成悬河，稍不小心便崩堤决口，隆隆而下。据史料记载，自周至清代，黄河在夏津一带曾多次改道，二十多次大决口，一千五百多次小决口，这一条黄龙滚来滚去，搬沙运土，造就了豫鲁大平原。现在从空中俯瞰，在夏津的南北各留下四条大的黄河故道。它每淤完一块土地就侧转身去，再淤他处。河，本来是流水的，但黄河不同，它日夜流淌的是滚滚泥沙，送来为我们造地。所以黄河古称有德之水，今山东德州即因临德水而名。但这片沙土未经改造之前就是一片不毛之地，一片沙漠。风起时遮天蔽日，沙打农田，土盖房舍，甚至行人迷路被埋的事都有发生。天降其土，教人耕种，并不等于天上掉馅饼，大自然恩德之泥土是要用人的汗水调和才能收获的。于是，在黄河搬运泥沙的同时，先人们也就开始了在黄河故道上治沙造地的伟大工程。这其中最有效的手段之一就是种桑固沙，养蚕织帛。

历史上前辈劳作的情景我们已不得亲见，但很幸运，在夏津黄河故道上还遗存了这片六千亩的古桑树群，让我们一窥原貌。那天我们特意选了一块还留有旧痕的沙原。虽然起伏的沙丘早已为桑林所覆盖，我们在浓荫中爬上爬下，但还能看出沙山的旧貌。那屹立于沙丘顶上的老桑树，就如黄山迎客松一样，傲骨嶙嶙，又笑容可掬。我问，黄河决口，水漫平川，怎么会沙丘起伏呢？当地人说，你不知洪水过后，先是太阳晒，旱魔肆虐；风灾接着而来，吹沙成丘。这故道就如山峦一样起伏不平。现经历代一锹一镐地挖，大部分沙丘都推成平地。可知先民治沙造地，经多少年才有这沧桑之变。这里依稀还保留着历史上蚕桑兴旺的样子，齐鲁大地早在秦汉时便植桑养蚕，曾有“齐纨鲁缟”之称，经唐宋而达丝帛业的高峰。元代后因引进棉花，丝绸业开始下滑，夏津的桑树功能逐渐由养蚕改为食用桑果，到清代、民国又出现一个种桑高潮。联合国到这里来找农业遗产算是摸对了门牌。现夏津全县还存有百年以上的古桑两万余株，千年以上的两百余株。

桑树这种树单看外表就能读出历史的沧桑，它像一个老人，风雨都刻在脸上。在古桑园行走，几乎每棵树都有合抱之粗。树皮特别粗糙，那一条条奔走的纹路，都能插进一根手指。大概是为了便于采桑，桑树大都经人工修剪，离地一人高即向四边分杈，树冠极大。上千亩的桑园，浓荫蔽日，枝叶折射阳光，筛出金光万点。一粒粒桑椹，白的、红的、黑的，如珍珠玛瑙点缀其间。因为年代久远，许多老树都中心开裂，或张开乌黑的树洞。但奇怪，不管多老的桑树，树身整体都很平整匀称，它不像老槐树那样浑身堆满高高低低的疙瘩，也不像老柏树那样会将树干拧成麻花。它是那样的安详，虽年迈仍留意衣着，讲究仪表，树纹粗而不乱，树干短而茁壮，手掌大的绿叶油油发亮。与枣树一样，它常会于老干上突发一根嫩枝，挑出一串桑椹，给你一个惊喜。这千亩老桑园中弥漫着一种甜甜的诗意，令人油然想起《诗经》和汉魏古诗中许多采桑的美丽诗句。

园中最具代表性的三株树都有一千五百年以上的树龄，两株都以“龙”命名。“腾龙”那株，一出地即腾空而起；“卧龙”那株，因雷击劈为两半，树皮爬地行数米后又跃起再生枝长叶。第三株最奇，被封为“桑椹王”，出地半人高后即分为五杈，当地人说是如来的手指，每根指头也有一抱之粗。游人在树下，可以与先民从容对话。一位从济南来的老者正在仔细看着说明牌，他说老远来不为吃桑果，而为了解一点古桑文化，而他的孙子早和伙伴们到树下摘桑果去了。这里游客买票入园是可任意采摘的。现在这个园子已是一座桑文化园、休闲园，也是一座桑树基因库。它保存了大甜紫、白子母、红子母、江米椹、玫瑰香、长柄白、小草莓、白椹等多个稀有传统品种，当地也成立了桑树开发研究院。县干部自豪地对我说，中国四大农书《氾胜之书》《齐民要术》《王桢农书》《农政全书》，前三本书的作者都是山东人，而且都离夏津不远。

桑树林的贡献还不仅在养蚕、结果，其对生态的影响极大。首先是防风固沙，保持水土。桑树最适宜沙地生长，旱涝不避，沙打不埋。其根深入地可达八米，根幅是树冠的几十倍，任多大一片沙地，多么长的故道，都会让它的根网编扎得密密实实，咆哮的沙龙就再也不可能翻身了。除了固沙，它还是一个巨大的空气净化器，林中负氧离子丰富。这两年生态保护意识加强，特别是旅游业的兴起，人们猛然发现这片古桑林是一个金银聚宝盆，更是一个文化聚宝盆。现在当地已经用桑民入股的方式来保护、开发这片古桑林，既为社会找回了文化，又为村民带来了财富。而因这片古桑林的开发，还在附近催生了一个旅游度假小镇。真可谓老树新花，古为今用。

桑树与枣树虽为树木，但却同被称为“铁杆庄稼”，其栽培史与其他粮食作物同步。确实，稻、麦、豆、黍，有哪一种庄稼能这样挺立千年，年年结果呢？堪称铁杆。而且它们的果实都含糖量极高，是一项铁打的甜蜜的事业。巧的是三年前我曾采访过陕北的“枣王”，那是联合国粮农组织在中国颁发的另一份“全球重要农业文化遗产”证书。可见桑、枣同为国际所重视。中国的红枣产量占世界产量的百分之九十八，而桑蚕业则直接孕育出一条横跨地球的丝绸之路。一枣一桑，确实为世界农业作出了巨大贡献。

桑树无论多老，只要活着都会结果，那棵一千五百年的桑王，现每年还产果一千两百斤。现在全县年产桑果近四万吨，简直是又一个门类的粮食。桑树浑身是宝，而且都与活命救人、抗灾度荒有关。一枣一桑，饥年不慌。把它归入林业或农业，似乎都可。桑树的果实为桑椹，我们在树下随意采摘一粒，放在口中，如一块待化的冰糖。除吃鲜果，还可晒干，当储备粮。上天安排，桑椹的成熟期，正是农历小满前后，麦子待熟，青黄不接，穷人缸底无粮，这时桑椹就成了救命粮。明洪武年间组织人口大迁徙，朝廷的一条政策就是人口迁往有桑枣处。现在这桑园里的一些人家还可追溯到祖上是如何逃难觅食，落户到树下的。除食用外，桑枝可入药，治关节病；桑皮，去咳，利尿；桑叶可用来制茶、煮粥，清毒、降脂。寄生在桑树上的“桑黄”也可入药。

中国历代王朝几乎都把发展农桑作为立国之本，宋太祖下令凡垦荒植桑者可免田赋。元世祖颁布“农桑之制”十四条，规定每名男子每年要栽种桑、枣二十株。明太祖要求农民有田五亩至十亩者，须栽桑麻木棉半亩。官员中还有不少身体力行，积极带领百姓植树种桑的典型。夏津的这片古桑林作为文化遗存之可贵，除保存了农桑原貌外，密林深处竟还有一座清代种桑县令朱国祥的纪念馆，为我们复原了一个古代勤恳为民的好官形象。也可一窥当时的农桑政策。

朱国祥本为清康熙年间的京官，因为人正直被排挤出京，到夏津任县令。他下车伊始就到黄河故道视察，看到黄沙漫漫，认定这里“半地沙漠，不宜稼禾”“多种果木，庶可免风灾而裕财用”。又上书请求免收三年税赋，与民生息。他亲自下地总结栽树经验，发明了“包袱地”种植法，即地成四方如一块包袱，周边栽桑林围裹，挡风固沙，中间种植宜沙的花生等作物。若纯种桑时，又测算出每亩地以植六株为宜，进行推广。朱为官刚正、廉洁，上任不久即清理积案，平了不少冤狱。他最恨横征暴敛，盘剥百姓。他常教诲部属要珍惜民力，曾自制许多木盏为餐具发给同僚，提醒一粒一粟都来自土地，勿忘农本。现在纪念馆里还存有他当年发布的一张《禁革私派以苏民困》告示，全文如下：

为禁革私派以苏民困事：照得地方一应公务私派，久经奉旨严禁，各宪屡行通饬，不啻至再。谅全县绅民所素闻也。今本县忝篆伊始，访得合县里书尚有代派名目，则从前奸胥瞒官私行科敛，不问可知。查荒沙碱卤之地，频年以来水旱荐至，民不聊生。正供尚难完纳，何堪额外征求？本县既宰夏邑，即当为民兴利除害，方不愧此职守。岂肯目击，穷民之膏血任奸胥蠹吏之吮吸乎？除现在差拿严究，并将里书代派名目各等尽行革除。押令一体当差，合亟出示晓喻。为此，示仰合县人民知悉。嗣后，尔民正项钱粮，务须及早完纳。官免追比之烦，民鲜差扰之累。如本名下之钱粮完纳之外，倘有奸蠹仍向尔等多派分文者，许被害之人即行首告。定将私派之奸蠹立毙杖下，断不姑宽。本县素性耿介，焉肯容留蟊蠹贻害良民？凡在官民役，各宜猛省自爱，如有所犯必行惩究，勿谓本县言之不早也。

凛之，凛之，毋违特示！

我们现在读这个告示，还能感受到他的凛然正气，其对百姓何等同情，对那些贪官恨之入骨，字里行间，拍案叫骂：百姓正供交纳已够困难，你还忍心额外加派吗？既派我来这里为官，就要不愧职守惩恶佑善。以后若有手下人员，借机向百姓摊派，都可在第一时间告发，一经查实必定严惩，可不要说我没有提前告诉你们啊。治国先治吏，他正是抓住了这个要害，先整肃纲纪，深得百姓的拥护。清中期是夏县历史上桑树增加最多的时期，县志载“援木可攀行二十余里”，一片绿荫，郁郁葱葱。说是桑树之荫，其实是为政者给百姓带来的福荫。

朱国祥在任六年，到 1680 年调升离任。万人空巷，顶香案送行。本县乡绅联名请求朝廷准他留任。留任不成，当地百姓就为他建了一座生祠来纪念。在封建社会建生祠是民间对好官的最高褒奖了。更奇的是，到嘉庆八年 1803 年时，老百姓又为他第二次再建祠堂。这时距他离任已过了一百二十多年。晚清时局混乱，朱国祥的祠堂渐废，到民国初年，当地百姓又为他三建祠堂。旧县志中对好官多有记载，但两百三十多年间为一个县令三建祠堂，足见百姓对他惠民政策和爱民形象的深深怀念。旧衙门的大堂上常有四个大字：明镜高悬。清一代夏津曾有县官几多，唯朱国祥如皓月在天，永远活在这一片苍茫的古桑林之上，活在当地民众的心里。

黄河万年流淌，桑林千年不老。感谢联合国粮农组织发现了它的文化价值。什么是文化，就是人类创造的物质财富和精神财富的总和。什么是人文森林，就是记录、保存有人的物质活动与精神活动的森林。人文森林愈老，它所积淀的文化就愈深厚，这有点像考古学上说的文化层。并不是所有的森林都有文化，事实上许多森林都是自然态森林。恩格斯说：“劳动和自然界在一起才是一切财富的源泉，自然界为劳动提供材料，劳动把材料转变为财富。”伟大的黄河，中华民族的母亲河，给我们提供了自然界的黄土——最充分的劳动材料；勤劳的祖先又对故道里的黄土进行耕作加工，创造了物质财富及与之相应的精神财富。这就是夏津古桑林里所珍藏的文化遗产。

掌上一棵树

刘月新

大凡古树，多藏于深山老林，人迹罕到之处，像隐士，吸山谷之灵气，纳万物之精华。然而站在我面前的这棵一千七百年的古树，则挺立于古黄河南岸的冀鲁平原上，不隐不藏，绅士得很。

这是棵果树。人们纷纷揣度她的来历。有人说，是黄河水从上游裹挟来的种子；有人说，是小鸟从远方衔来一粒果仁，在此顽强地扎下了根。不管属于哪一种，她绝不是此地最古老的那一棵，因为黄河水在此已经流淌了五千年，而这种树在本地栽培了有两三千年，在她周围，千年左右的老树比比皆是。但我敢保证，方圆百十里地的同类都是她的子孙。

她到底是棵什么样的树呢？

她的生长地，在七八千年前，是一片茫茫浅海。随着大自然几度沧桑变迁，海水逐渐退去。到四千多年前，一条奔腾咆哮的大河——黄河，夹带着大量泥沙，如脱缰的野马自高原倾泻而下，流经此地入海，并渐渐淤积成陆地。黄河在入海口平原上左突右冲，频频决口，人们就跟水斗争，出现了大禹治水的壮举。大禹在黄河下游挖河疏浚黄河水，形成扇面形九河。我反复端详着这古代的九河图，总觉得它不像扇面，更像是摊开在平原上的一只巨掌——黄河肥沃的淤泥为肉，九河为筋、为骨、为血管，而九河之水则为血管里汩汩流淌的鲜血。京杭大运河由北向南蜿蜒，在手掌内呈弧线将九河串通连接，如同掌纹一般，于是这片平原就更像是一只巨掌了。

古树就是站在这巨掌上的一棵神树。

经历世代风雨雪霜、天灾人祸依旧岿然不动，说明她自有不凡的脾性。她耐干旱，耐盐碱，抗风沙，是极具生存本领的皮实树。此地少雨，又是海侵区，地下水苦咸，把根扎下去，喝也不是，不喝也不是，对她真是一种生死考验；这个毫无遮拦的大平原上，一到春秋，刮起风来可真是长驱直入、昏天黑地，她，就成了承接这狂风的一个勇士。

虽然在本地生存的环境不尽如人意，但她固守着家园，这种倔强脾气，像极了生活在这片大地上的众生。

眼前的她，树皮皴裂，疙疙瘩瘩，树干粗大但中空，透着说不尽的沧桑。在本地，长成一棵同样粗大的柳树或槐树，只需百八十年。但这棵树深谙“慢生活”的哲理，既然来世上一遭，快长疯长不如扎扎实实地缓缓前行，于是，她把树干长成了铁的颜色、铁的质地、铁的密度，把自己长成了一道风景。

她还确确实实是棵母亲树——开花，成荫，结果，结出的果像糖一样甜。一年一年，规律又有秩序，独立又顽强。

她也极谦虚。一般的花草树木，在早春时就竞相吐芳添翠，此时的她却像睡着了一般，光秃秃的干，光秃秃的枝，悄声地站在春天的喧嚣里，不到芒种时节绝不开花。如果不走近细看，她身上那一排排温润的突起物（即苞芽）都不易被发现。

这是一棵神奇的树，关于她的故事和传说多得很呢。民间传说里有这样的故事，唐代名将罗成曾在此歇脚拴过马。当年罗成回朝后，把落在马鞍里的几颗鲜红果子献给唐太宗，唐太宗尝了满口生津。还有，燕王扫北时，附近村一百多人为躲官兵追杀聚到大树下，大树周围立刻浓雾滚滚，这些人因此躲过一劫……

时光荏苒。不知何时起，在这棵古树的周围，呼啦啦长出无数棵树。像子孙绕膝，又像众星捧月。老树带着幼树，为这片大地增添了片片绿荫，为这里的众生奉上了粒粒果实。这果实，不仅甘甜，还极有营养，人体需要的二十四种氨基酸，她身上就有十八种，人称长寿果。这种果生可吃，熟可吃，还可以晒干碾成粉跟糠掺在一起当干粮。在她走过的那些岁月里，经历了无数的天灾，庄稼颗粒无收，但她尽其所能庇护着这方土地上的子孙，还救了来此地逃荒的许多外乡人。

这棵树的子孙，就是如今遍布鲁北冀南平原上的金丝小枣树。哦，忘了告诉你，这棵古老的枣树名字叫“唐枣树”。如果你来，她就站在古黄河的南岸，像等待归来的孩子一样，远远地迎接着你。

大槐树依然在

王　溱

中秋节去探访老邻居。

十五年前我们大院作为棚户区改造被夷为平地，之后便竖起一栋栋方盒式的大楼，大多居民选择就地安置，所以回到原驻地，会看到许多熟悉面孔。

这是李爷当初栽下的那棵槐树吗？密集的楼群中央迎风屹立着一棵大槐树，虽是入秋，却依然枝繁叶茂。尽管在水泥建筑的包围中显得有些孤单，却如同一尊鹤立鸡群的雕塑，在灰暗的色调中，散发着一股绿色的清新。

是啊，就这一棵。四十多年了，依然旺盛。每年 5 月槐花盛开时，邻居们还都来摘槐花。

摸着这棵足有一米粗的大槐树，眼前突然出现了一个熟悉的身影：略弓着身子，戴一副老花镜，眯着一双小眼，咂着薄薄的嘴皮，背着一双粗糙的手，笑眯眯走来。哦，那不是李爷吗？

久违了，李爷！您还好吗？

李爷没回答，但笑意不减，踏着碎步从树下慢慢绕过。

哦，李爷已经离开我们快三十多年，可他的身影还是那么的清晰。

李爷是大院的老住户，新中国成立前就住在这里。他原在四方机厂工作，进厂时不到十三岁，算是童工。后来又到了一家机械厂，从那里退了休。

在机械厂，李爷是供销员，跑外，负责购买器件。打我记事起，就知道大院里见过世面最多的人就是李爷。每年他在家的时候很少，大都在外地，跑的最多的是南方。

每次出差，李爷都要背一张小凉席。一米见宽，不到两米长。卷起来也就拳头粗细。开始谁都不知道李爷背这么个凉席做什么？后来知道了，这是李爷的“卧具”。李爷出差基本都是坐火车，按规定可以乘坐硬卧。但李爷从来不坐，一来乘硬卧就不能报销夜间补贴了，二来卧铺票很难买，要托关系，送点好处。李爷当时五十岁刚冒头，身子骨还硬着呢，所以觉得受点苦也无所谓。但长途乘车还是很遭罪，特别是夜间。李爷经常出差回来，脸色都是蜡黄蜡黄的，李奶心痛啊！后来李爷终于找到了“好办法”。他个头矮小，身子骨又不大，在火车两个硬座底下的空间里躺下，身子一缩谁也不影响，别人不注意也很难看得到。于是，他买来一张小凉席，白天坐在硬座上，晚上把凉席铺在座位底下，然后钻进去，枕着手提包闭眼养神，一觉睡到站。

李爷从来不当着邻居的面“吹嘘”自己见过什么大世面，尽管他几乎跑遍了全国各个大小城市。邻居们从他嘴里更多知道的是：江西的竹凉席便宜，上海的大白兔奶糖有时碰巧能买到，南京的板鸭很诱人，广州有种水果甜得能“齁死人”，叫荔枝……于是，买凉席、捎大白兔奶糖……也成了李爷的任务。有时他一次要背回来三四张大凉席。坚硬的竹条再卷也足有一只小水桶那么粗。几张卷在一起就如同一只大水桶，又粗又沉。背在身上别说一个五旬男人，就是身强力壮的小青年也吃不消。但李爷每次都这样背着回来。从市场到公交车站，再到火车站，再乘公交车，然后下了车再步行。等到了家，李爷每次都是气喘吁吁，那矮瘦的身子在粗硬的凉席面前越发显得纤弱。可李爷从不肯拿邻居们的“好处”，发票上的价格标得清清楚楚，一分一厘也不多收。

在大院里，李爷是长辈。一来住的时间久，二来年纪也算是大的，许多三十来岁的人都喊他“叔”，小一辈的自然就称其“爷”了。在单位，他就是个普通供销员，但厂里的领导似乎都很尊重他，过年必来拜年。每次书记厂长都是坐着北京吉普车来拜年，还拎着水果点心，这让大院的人羡慕得不得了。李爷跟领导们似乎很随便，说说笑笑，一点不拘谨。倒是领导们对李爷很客气，离开时一再不让李爷送出大院门。

长大后才知道，李爷原来也是非同一般的人物。当年在四方机厂做工时，正是中共地下党在青岛开展工作的活跃期。四方机车是产业工人相对集中的大厂，也是中共地下组织重点工作区域。李爷的师傅就是地下党员，他常带着李爷去参加一些革命活动。李爷年纪小，但还是帮着师傅做了不少事。地下组织被破坏后，师傅牺牲，李爷被反动政府抓去，逼问地下党的秘密。李爷佯装“无辜”，始终没说出一字实情。对方见李爷还是个“孩子”，没别的办法，训了一顿，便释放了。这段光荣历史，据说李爷没对外人披露过，倒是新中国成立后搞外查外调，当年的地下党员提供了这段历史，组织上才有所了解。

但李爷还是一直跑供销。有次他跟邻居喝酒，喝高兴了说，领导要提拔他当科长，他坚决不干。怎么不干？干多好！别人想干都捞不着干呢！邻居为他惋惜。他摇摇头说，我不是那块料。出了差错，会给领导丢脸，我自己脸上也无光。那种逼上架的事我不干。我现在跑跑供销，把力所能及的事情干好，就对得起良心了。

那时候，李爷跟李奶住在一间光线很差的房间里，前窗后窗都被院墙和楼梯遮住了光亮，但大院外面却是另一番景象。不算太宽的人行道上，栽种了很多槐树，一棵接一棵，老远望去，成排成行，很是壮观。槐树每年开花，白色的花瓣，既好看又好吃。大院里的人家几乎都会做槐花包子、槐花饼。到了开花时节，大院门口热闹非凡，挎着篮子、拿着兜子、端着盆子的邻居们吵吵嚷嚷地摘槐花，然后各显身手，将做好的美食互相送来送去，彼此分享。后来不知为什么，槐树被伐掉了。说要栽种更好看的树木，但从此无下文。邻居们的失望和沮丧可想而知。但谁也没有回天之力。

那年春天，李爷突然坐着一辆解放牌汽车回家，车上立着一棵很高的槐树。

就这儿吧！李爷指着大院一块空地说。

四五个穿着工装的小伙子喊着号子把树抬了下来，然后挖坑，把树栽了进去。

明年，顶晚后年，大家又会看到槐花了。李爷拍拍手上的泥土说。

这棵大槐树是他跟厂长要的。

从此，每天看槐树成了李爷，也成了邻居们的必做“功课”。

树有灵气。第二年，槐花如期开放。李爷背着手，眯着眼，笑眯眯地围着槐树走了一圈又一圈，那样子像是在看心爱的宝贝。

李爷六十岁那年退休了。

本来他要待在家里休息休息，享享福了，但大院旁边一家研究所请他去做门卫。所长过去跟着李爷跑过供销。一听李爷退休了，马上过来

邀请。

其实所长也是碰上了“难题”。原来研究所虽不大，但有自己的澡堂。那年月，洗澡是大问题。尤其是冬天，家里普遍没有暖气，洗个澡很麻烦。研究所职工的家属找个空子就往澡堂里钻，“蹭澡”。所里说了多少回了，但不奏效。门卫也不好意思管，也管不了。管急了，家属们吹胡子瞪眼，门卫都是些退休工人，哪敢得罪？

所长把苦恼如实相告，说师傅您是“老革命”，别人绝对得让您三分。李爷知道所长让他扮“黑脸”，没推辞。干了一些日子，找所长说，我看所里的人平时都很努力工作，不容易。关心家属更能提高职工的积极性。洗个澡担心什么？所长说，两点，一是工作时间来，影响不好，二是用热水多了，必然增加开支。李爷说，前者好办，规定个时间。周末晚上，周日全天。我来值班，不要加班费。后者，就个煤钱，少收点就够了。这样既不增加所里的开支，又能让大家得便利。行不？所长听罢也觉得有理，应了。皆大欢喜。

后来李爷把“福利”带到了大院。赶上过年大院的澡堂排不上队，他请示所长同意，大院的人交点钱也可以沾沾光。那阵子，大院的邻居们过年没少去研究所洗澡。

李爷没赶上大院拆迁，七十三岁那年离开了人世。去医院的前一天他围着大槐树转了好几圈，对旁边的邻居说，好好呵护，大树底下好乘凉啊！

大院改造时，开发商本来要砍掉大槐树，但听居民们讲述了树的来历，又查看了规划，发现槐树这块地方恰好是一个小广场，于是就保留了下来。

告别老邻居，回头再看大槐树，心里有种别样滋味。傲然挺立的树干，顽强伸展的枝叶，充满活力和激情，像是永远蕴含着蓬勃的生命气息。

那不就是李爷吗？他一直在这里，在邻居们的心里。

梅之颂

华静

一纸墨梅，疏密有致，老干新枝远近交错，浓淡相宜。着笔时，每一步都讲求顺序、走势和分量。

外公健在的时候，犹喜在梅花图上题诗。老人家抄录最多的是南宋诗人刘克庄的咏梅诗，“幸然不识桃和柳，却为梅花累十年。”外公应该是充分理解了诗人的志趣所在。

骨里红梅，“无意苦争春，一任群芳妒。零落成泥碾作尘，只有香如故。”那些缀于枝头的半透明的花朵，“冰雪林中着此身，不同桃李混芳尘。”梅花香径，“墙角数枝梅，凌寒独自开。遥知不是雪，为有暗香来。”一念花开，“我家洗砚池边树，朵朵花开淡墨痕。不要人夸颜色好，只留清气满乾坤。”铁骨冰心，“不经一番寒彻骨，怎得梅花扑鼻香。”凌寒独放，“梅须逊雪三分白，雪却输梅一段香。”

……

曾经记忆中的一个冬日周末。家里温暖的炉火上水壶冒着热气，室外传来长笛声。天冷，不出门，只看着那壶上的热气想象长笛的声音，一定会跑遍雪地，亲吻了每一朵梅花。

就像正月里接到成都友人的信息，告诉我说杜甫草堂的梅花开了。说那蜡梅，一年可花开二度，那枝梢上茂盛的花朵，让清冷的季节里有了鲜活的灵动感。

我把有关梅的话题浓缩到一段文字里，写这个让人深爱了千年的精灵，写这个在严寒中灿烂一树的花王。寒冷中的梅花，何以轮回千载依然将美留给了人间，她用什么样的姿态度化过谁的未来？

梅香在心，细细品，慢慢念。

记得百岁外婆在50多年前的小园里压梅枝的情景，她忘我地翻土、添土，我热情地想着那梅枝来年的模样，却只在纸上耕耘。后来，居住在十几层高的楼上，再也看不见那可以除草、施肥、浇水的小园子。而梅花，纵横在一张构图中，任我从我的角度描绘梅的风采。

在心底，那些梅，光影绰约，高洁坚韧，接近我心中那种恒定的美。

从南方到北方，梅，总是先于叶开放。原本产于南方的梅，在三千多年的栽培史中，以她高洁、坚强、谦虚的品格，带给人们奋发向上的励志模板。案头，瓷瓶里放置一枝梅，代表主人的志向，观赏时领略一种精神气质。田间，梅树成林，那梅花的花、叶、根、果都是入药的佳品。生长在北方的梅，在严寒里梅开百花之先，独天下而春。翻开《书经》，那句“若作和羹，尔惟盐梅”告诉我，作为调味品，梅早在三千多年前就出现在百姓餐桌上了。

可以想见，那一树树梅花，凌寒开放在古色古香的民居周围，营造出独具历史景象的文脉。文脉绵延，西汉末年扬雄作《蜀都赋》：“被以樱、梅，树以木兰。”让人们了解到两千多年前的梅，早已作为园林树木用于城市绿化了。

唐时，称梅为红梅，《全唐诗话》有记载：“蜀州郡阁有红梅数株。”南方无雪，梅无须傲霜斗雪地生长，但梅的品性和风骨，一脉相承。

“寒林三千树，独爱梅一枝。”梅花高坚的气节，被历代文人墨客、黎民百姓所敬仰。有时，我也会用对梅花的解读纪念那些用心奋斗的过往，将彻骨的诗情洒满每一个花瓣。

去年冬天，几乎无雪。于是打破了我踏雪寻梅的计划。我从网上下载梅花图片：红梅、松竹梅、蜡梅、乌梅，甚至将画家笔下的各种梅都收藏在一个文件夹里，取名为“梅苑”。目的很明确，为自己画梅找参照物。追求美是我一生的心愿。其实，我也想画出那五朵花瓣象征的幸福。

于是，在酣畅的笔墨中舒展了我对梅花的敬仰和喜爱。写在日志里的梅，吟成诗句的梅，画在纸上的梅，收在相机里的梅，念在心里的梅，统统穿过太阳光的明媚，笑意盎然地成为我精神的一部分。即使天色向晚，也丝毫不影响月光下的梅散发出的暗香和灼灼光华。

“画梅须具梅气骨，人与梅花一样清。”这是世人送给王冕的赞誉。元末明初，被称为“画梅高手”的王冕，洗墨梅花，卓然不群。他画出梅花的风骨、清高，将梅花的仙姿神韵解读为一怀高尚情趣、淡泊名利的胸襟。淡淡的墨痕，一种幽香跃然纸上，那是来自梅花的芬芳。被人格化了的梅花，于横斜的疏影之中和嶙峋的骨节之间，与兰竹菊并称“四君子”，尘色之外，梅花“化为人格，就是掷地有声的气节”。据说，明清时，民间甚至还有“瓶插梅花迎新春”的习俗。

覆雪悬冰的梅枝，蕴含着铮铮气韵。而在孤寒中开放的梅花，“俏也不争春，只把春来报。”有时，人们会忽略梅盛开的花期，但却会将开在任何一处的梅花记在心里。梅的记忆，凝固时光。我以为，梅花代表最完整的高洁。人们之所以对高洁有着无限敬仰，也因了梅花自身的高洁，也因了世上写梅花的诗文都如此唯美浪漫和悲壮。高洁之上，一首

《红梅赞》征服了我。我愿意像红梅一样的坚强。

让梅入画，把梅花刻在心里。堆积一枝梅的品质，仿若见证了人格的萃取过程，有着无穷的意味。萦绕在梅树之间的，是一枝迎霜傲雪的梅花带来的信仰，让人在探索人生时找到生命的华彩所在。那挺立在岩石上、山地里、狂野中的气节，就是一种立场，一种不停奋斗的品质。有韧性，在苦寒的境遇中矢志不渝，往上生长。因为高洁，所以人们常把梅和雪放在一起以突出坚强和个性。不经意间，就把梅花的香、梅花的美溯源到人性深处、历史深处去了。

难忘儿时母亲身着棉布中式袄的神情，淡雅素净，举手投足透着中国妇女特有的含蓄美。借梅喻人，母亲就是墨梅。她的美在于她善良、勤劳和肯吃亏。

从沂蒙山的抗日烽火中走来的祖母，绾着一个密实的发髻，眉眼间那种乐观的、无视苦难的笑意印在了我的心里，并没有一闪而逝，而是勾画成梅，至今挥之不去。

那首《红梅赞》，赞的是红梅品格。“红岩上红梅开，千里冰霜脚下踩。三九严寒何所惧，一片丹心向阳开。”歌词、曲调，都触动了灵魂，令我动了情感，壮了信心。或许，这正是《红梅赞》后来成为红色经典的重要原因，也是《红梅赞》的核心价值所在。

傲霜斗雪引领百花的诗意人生，是多少人的追求。说红梅，赞红梅，意在述志。赞誉梅花，也是赞赏自己的立身之德。

我曾在心里唱《红梅赞》，唱了一遍又一遍，直至一有机会，就在众人面前全情投入地唱出来，感动自己，也感染了别人。那一字一句对梅的诠释，让我与梅的情结渐渐深厚起来。

“瑞雪压梅枝，方显柔情傲骨。”蕴藏着一种价值观。突破逆境，关注自己的价值取向，挖掘潜能，获得新生。这应该是另一首《梅花颂》，因为人们赋予了梅某种有性格的生命力。多少文人墨客追随着一纸画面中的梅花从进入到自己怀想的世界，寻找过精神气质的来源，寻找过勇气的来源。

盛开了三千多年的梅花，开到今天一直不衰。没有哪一朝代的人忘记过她，停止过对她的赞美和歌咏。她栖息在历代文人的诗文里，拉长了人们的视线，冲击着看见和看不见的一种频率。

二十四节气里的梅花开在冬末，开在春首。那些傲然挺立的画面，那些盘根错节的乐观，那些苍劲古朴的厚重，浓墨淡开。相信每一朵梅花的方向都有属于她的浓墨点，都将和着那漫天飞舞的雪花，由里而外，深入人心。

赏梅季节，有两三个月的花期。我，迎着冬天和早春，在路上，不断看见开放的梅。

明湖春柳

王剑冰

济南多泉，济南人就像生活在泉上，随便哪里挖一下，就会冒出一股来。此话不夸张，看看老府志，都能看到这样的记载。泉多出水，水聚成湖，最有名的湖是大明湖。清冽的泉水汇流在一起，水的明，天的明，明前一个“大”，可谓到了极点。还没见湖，眼前就一片浩渺澄碧的景象了。

何况还有转湖一圈柳呢！柳喜水，所以济南多柳。“家家泉水，户户垂杨”那是当年历下古城的风姿。柳也就成为济南的市树。市树在大明湖最鲜明，堤柳夹岸，就像亮眼一圈茸茸的睫毛。济南人爱说“四面荷花三面柳，一城山色半城湖”。山是千佛山，远远地成了湖的映衬。湖与山本就是相合相照的两物，造物主又那般巧妙地将“大明”和“千佛”安排在了济南，济南有福。

早上来时，大明湖一片迷蒙，像缭乱的炊烟，人说那就是春气。深吸一口，那气息瞬间就把肺叶淘洗一遍，清爽得想喊。还真有人喊，只一嗓子，就将大明湖的早晨喊开了。水升腾着烟，烟袅绕着柳，柳撩拨着水。辨不明那色彩到底是青灰、淡蓝还是浅绿。阳光从云层里放射出来，将云雾穿透成一个隧洞，而后又穿透成一个隧洞。雾气弥散，照在柳上，柳瞬间成了闪电，爆裂出不同的形与势。

在这样的环境里走，会觉得有时这棵柳揽了那棵柳在耳语，忽而笑得腰弯了几弯，逗引得其他柳也跟着笑。但你听不见她们的笑，那些笑落进水里，被鱼儿啄走了。

有时你正走着，被谁轻抚了一下肩膀，是那种秀手轻垂的感觉。生疏地方，哪里来的艳遇？却是柳，待你回头，身子一扭又跑了。由此给你带来一种他乡遇故知的感觉。柳，自古以来就是有性情的。要不也不会有那么多人缠绵于诗，缱绻于文，将她当作感情的化身。

我一直以为柳是一位弱女子，却不知她能承受到季节的最后阶段。真的，待其他树上的叶子落完之后，你再去看柳，远远的柳还是散着一头浓密的长发，在那里迎风，任雪花飘舞。雪反倒像柳绵，我闻到了洋溢着的清气。

一个女孩在前面走，长发同柳融在一起，渐渐地，已分不清发丝柳丝。或也是这样的春天，另一个小女孩从柳絮泉走来，沿着熟悉的小路一直向前。湖畔的柳丝正拂出如花的絮，她轻轻踩过，把眼光放开，这时她看到了大明湖的全景。小女孩转过身的时候，后人说，她就是婉约词宗李清照。李清照的童年在这里度过，或许她会经常走到湖边来，明湖春柳，或许也滋养了她的性情和诗风。

在她的身后走来的还有一个人，就是情怀激烈的辛弃疾。辛弃疾出生时，中原已为金兵所占，因而他眼中的湖光山色另有不同，心中翻涌着两种波澜，一种是对大好风光的赞叹，一种是对失去山河的悲愤。所以他有“斜阳正在，烟柳断肠处”的词句。辛弃疾终在二十一岁召起两千人仗剑举义。两个世上最著名的词人，竟然都得到了大明湖的滋润。

湖边的小路被柳扭得弯弯曲曲，柳叶一撇一捺地书写着清明。隐约中看到了铁公祠，那是纪念与济南城共存亡的铁铉的，也见了大明湖的胸襟和情义。

一只鸥鸟在水面划，像快要掉落的风筝，一忽儿又拉起了。我一整天都在大明湖徜徉，一会儿坐船，一会儿上到岸上。柳的颜色已不是早晨来时的颜色，她像换装一样，一忽儿葱黄一忽儿红绿，上边缀了些湖光云影，或朝霞晚艳，还有拥拥攘攘的樱花。那美景已存在多年，但又似乎特意给我预备，等我来慢慢消受。

时光又似倒流回去。这年夏天，历下来了一位客人，李北海自然要在风景如画的海右亭宴客。这位客人不一般，于是就有了“海右此亭古，济南名士多”的诗句。宴饮必有好酒，诗中也就带了酒，酒飘散在柳上，现在还有那种酒香。

当然，这里不仅是杜甫来过，李白、苏轼、曾巩都领略过她的风姿。曾巩还做过济南的知州，出于对大明湖的喜爱，他亦如苏轼对待西湖，亲自勾画改造过大明湖。还有元好问，来了就不想走了：“羡杀济南山水好”，“有心长做济南人”。既然杜甫说过了济南名士多的话，真就有许多名人在这里生长，在这里留住。不沾什么边的，也要来走一走，到历下亭坐一坐。你看，乾隆饶有兴致地题写了“历下亭”的牌匾。刘鹗呢，通过“老残”留下了一篇不错的游记。郭沫若来得算是较晚的了，他有一副对联挂在亭廊上：杨柳春风万方乐极，芙蕖秋月一片大明。

树影在天上素描着，暗红色的光晕了一圈淡紫。风一吹，画布动起来。天渐渐晚了，湖水泛着暧昧的光，偶尔一条鱼蹿上来，那光瞬间化成了一圈圈的涟漪。

沿着湖快走出去的时候，一排柳歪着扭着的浸在水里，像是一群撩起裙裾、仍在梳洗的少女。真的就有了唧唧咯咯的笑，在哪棵树下传来，倒是看不大清楚了。

关于那棵树

葛小明

我的担忧或许是多余的。老榆树一直都是这样子，比其他树高出了不少，却谦卑地弯腰。我童年的记忆大多与此有关。小时候，我总是担心外出打工的父亲晚上回不来，担心母亲的药吃着吃着就没了，担心哥哥回来时看不到一个完整的家。有时候淘气，被母亲骂，我忍着不敢出声，生怕气坏了她，就哭着跑到老榆树下。哭完了，我会去抱着那棵树，摸着那些沧桑而粗糙的树皮，不用太久我就开始后悔了，母亲都那么老了，肯定活不过这棵老榆树。

夏天的时候，滚一个简单的麦场，收割完的麦子会被临时凑到这里。母亲独自在老榆树下等着打麦机的到来，我则在老榆树下负责烧水，“接待”打麦机的主人。开水一一分进树下的碗里，大家都有些迫不及待，活有多累人就有多渴。母亲喜欢靠着榆树休息，有时候父亲打工回来帮忙，靠着榆树的便是他。不一会儿，炉子的烟和他旱烟袋锅子冒出的烟便混合在一起了。父亲抽了几口，就咳了几口，他的后背不时地跟树皮摩擦。这时候我会格外注意父亲布满伤痕的后背，就像那棵树的表皮，纹理深刻，沧桑而久经风雨。

夏天一过，更忙的时节就到了，父亲从工地上回来，全身心地投入到秋收大军中。鲁东南一带，花生是最重要的经济作物，花生收得多，后半年的花销就会宽裕些，我的学费往往也是在这个时候开始凑的。父亲从很远的丘陵地把花生挑到老榆树下，堆成一堆，等花生干得差不多的时候，母亲一手拿着花生秧，一手握紧拳头，使劲地往石头上“摔”，花生就从秧上掉了下来。有时母亲气力不足，花生掉不下来，便需多用力摔几次，那种反复摔打的声音，城里人也是听不到的，它美妙而又让人心疼。可是，我宁愿永远都能听到这种声音，上学的时候，睡觉的时候，老了走不动的时候。

后面便是玉米，相比花生，玉米的收割要省力得多。玉米地在老屋的后面，近得很，收割也就方便。玉米的收割远没有花生那么烦琐，把玉米从秆上掰下来运回家即可。只是，玉米需要很长时间的暴晒，不然会发霉且不容易脱粒。暴晒的地点还是那棵榆树下。秋天一到，榆树的叶子就稀疏起来，秋风一吹，叶子便摇摇晃晃，落了下来。有时落到金黄的玉米上，有时落到母亲的白头发上，有时被风吹到很远的地方，消失不见，我又开始担忧了。

随着年龄的增长，我的这种担忧愈发加重了。外出上学的时候，我总会梦见我们搬出的老屋和那棵越来越老的榆树，梦见母亲的头发上落满了榆树叶然后变成木头一动不动，梦见哥哥和父亲匆忙往家里赶，却总也赶不回来。所以每次回家，我都会跑去老屋看看，到老榆树下站会儿，什么都不要想，什么也不用说。好像只要它还立在那里，这个世界就是完整的。我一次次地做梦，一次次地回家探望，一次次地虚惊一场，渐渐地，我开始放下心来，我相信，那棵树是有灵性的，它佑护着我们一家。

直到 2012 年秋天，我接到了一个不好的电话，是哥哥打来的。这些年，哥哥在外漂泊，我们之间联系也有限，哥哥主动给我打电话，往往是不太好的消息。果然，是父亲。父亲病了，被当地医院查出恶性肿瘤，已经晚期。我永远都不会忘记，那个电话以及我接电话旁边的那棵树。那是一棵泡桐，比老家的榆树粗壮很多，陌生得很。城市的树受到人们的爱护，总能长得格外高大，不像老家的那些植物，自生自灭，死的时候也没有收到过一寸注视的目光。挂断电话，我近乎瘫了，手不由自主地扶了扶那棵树。它的皮肤是光滑的，大概习惯了这样的爱抚或者是求助，它经历的沧桑连老榆树的万分之一都没有。我看到它满树的叶子都黄了，但却牢牢地站在枝头，风吹不落，秋带不走。我多么想，它就是我年过六十的父亲啊，永远不倒，哪怕再大的风雨，哪怕四面八方的寒意。我的手用力地抓了几下，指甲渗出血来。那棵树一动不动地站在那里，对我的一切无动于衷，我的血也染不红那些纵横交错的漠然。

买了最快的车票，第二天就赶了回去。第一个见到的人是哥哥，我朝思暮想又同病相怜的哥哥，和我一样要失去父亲的哥哥。哥哥说，基本确诊了，当地医院很确定，父亲和母亲都还不知道。说着说着，眼泪就不由自主地流了下来。我们没有拥抱，有时候拥抱并不能解决问题，那都是骗人的故事。我们甚至也不敢去面对父亲和母亲，因为那两双眼睛里还充满了希望，那两双眼睛里想的是早点出院，少花点住院费。那几天，仿佛就是我的一生，我已经看到所有的结局，想好了怎么土葬父亲，怎么让母亲一个人度过剩下的日子。两天后，我和哥哥又去找了那个大夫，反复追问父亲的病情，大夫一脸平静，头都没抬，说很确定，误诊的概率极小，你们来几次也是这个结果，如果还不放心可以去省城复诊。带上门，走出了那个审判我们的房间，谁都没有说话。窗外的天暗了下来，不一会儿整个世界黑透了。

那晚，我和哥哥回了一趟老家，好像只有回到那里，我们才能得到安慰。我们买了一些纸，去祖坟烧了烧，又去老榆树下烧了烧，毕恭毕敬地磕了几个头。我们并不迷信，其实中国人上坟也不能算是迷信，祭奠的时候就是祭奠自己。那晚，我和哥哥站在老榆树下，没吐一个字。老榆树还是原来的样子，只是在夜里显得格外低。我们站在旁边，月光下的影子一下子就黯淡了许多。很小的时候，我就希望能够抓住一个可以吞噬影子的虫子，把它放在树下，吃掉父亲与母亲的影子，因为我看到那两个劳作中的影子是那么的无力。我想如果虫子可以吞掉影子，那么它就能够吞掉正午的太阳，让他们少流点汗吧，让他们多活几年吧，我还没有长大，还不能够尽一个儿子应该尽的义务。终于，老榆树变成了那只虫子，只是它没有吃掉太阳，吃掉的是我和哥哥的悲伤。像儿时一样，我过去抱住了它，粗糙的纹理，硬硬的沟痕，风声到这里突然变了调子，平静了许多。

我和哥哥决定去一次省城，我们拿着父亲身体里取出的液体，走进了省城的医院大门。大夫拿着样本进去了，很长时间没有出来，那个等待，足足有一个秋天那么长。我想起远在医院的母亲，这个时节，她本应该在地里进行秋收的，早出晚归，累与喜悦同在。可是她现在却在医院里，一无所知地陪护着病床上的父亲。她会不会抱怨今天我们哥俩没有去病房呢，会不会念叨老家的那棵榆树呢，会不会想起刚刚嫁过来时的样子呢。哥哥心里想的什么，我不得而知，不过我想，他的沉重绝不亚于我。大夫出来了，有两个字是最响亮的，“没事”。其他的话，我一个字都没听到，但是这两个字，瞬间把我们哥俩无罪释放了！

事后，我和哥哥也没搞明白到底是怎么回事，只能理解为当地医院的误诊。可是那一年，让一生改变。以后的这几年，我们回家上坟，都要去那棵树下烧烧纸，对于那棵树，对于这个世界，我们心存感激。我们不信鬼神，只是单纯地希望那棵树长盛于我们心中，永远不老。

这时候，我想提一下幸福，什么是幸福？老屋旧了，却还站在那里；榆树老了，却还经得住秋风。父亲跟着母亲吃起药来，但是还能在花生地里挑起扁担，一步一步，走到离家最近的老榆树，这就是幸福。而我所谓的担忧也从未消失过，但正是这种担忧，保佑着那棵树，成全了一个家。

红了法桐

何 频

初冬，环绕焦作市区龙源湖畔大片深密的人工树林，黄绿相间的树叶还稠，尚没有露出大脱落的势头。冬青、石楠、桂花和法国女贞等常青树不要说了，就是本地国槐和白杨树的老叶也硬而峥嵘。寒鸦归林时刻，暮色越来越浓，我独自散步，见一株远树火一样燃烧着，好似乌绿深处炭火正红。遥看其树冠和树色，仿佛是大别山里经霜的老枫香。此地，我的家乡，虽然古来物阜民丰，素有“太行山下小江南”的美名，可并没有沐霜变红的枫香树啊！好奇地奔过去近观，啊，原来是一棵硕大的法桐！

法桐乃法国梧桐的简称，正儿八经的学名是悬铃木。在我工作的省会郑州，也以行道法桐多而骄人。深秋时节，法桐树叶五彩斑斓，入冬变褐变干枯，被冷风撕碎了也迟迟不肯落去，但大多不会变红，更不用说似乌桕和枫香一样的浓烈深红。据说郑州的大小新旧街道，行道树栽种法桐，历年累计达30万株不止。上世纪70年代，《人民画报》曾以《绿满郑州》为题，报道以栽种法桐为主的绿化成就，郑州因此被冠以“绿城”的美誉。高大伟岸的法桐树，春夏时节似绿水涨满了街道空隙，大多数应时由绿变黄变枯，不会变红。仔细地说起来，郑州满城的悬铃木千篇一律，只有离我家不远的一所大学，其校园球场中间，有并排的法桐数十棵，则年年秋后由金黄摇身一变而艳红。这就是树的个性与自然的奇妙了。

南京和上海人却习惯将法桐叫梧桐。早几年，2011 年开春，南京修地铁砍法桐树，曾引起轩然大波。类似的矛盾，在城市化进程和城市的改造升级中，其实各地都有发生。十几年前，郑州开始搞“四桥一路”工程，拓路修立交桥和高架路，主干道的花园路和金水大道相继有法桐被砍。原来双排大法桐被无情地斫去一行，市民与记者均感到心痛。郑州 1954 年成为河南省的省会，值六十年纪念时，新桐生长赶老桐，法桐蔚然又绿满郑州。去年，年逾八十的老市长动情回忆法桐引种到郑州的过程——当年，为绿化新郑州，主事的领导拍板选定以悬铃木为主做行道树，先是派人到南京和杭州采购树苗，供不应求的情况下，又派林业技术员去上海采购大批二球悬铃木的母条，回来就地繁育。当时的要求是“道路修到哪里，法桐树栽到哪里，绿化到哪里”。包括西郊的纺织基地，五六个大型棉纺厂的建设，也要求“基建竣工，绿化完成”。“绿城”美誉得来不易，法桐赢得“市树”的美名。

法桐属于高大乔木，粉白匀整的枝干高可摩天，美荫树冠大而浓密，帅气十足，最宜装扮城市。但是许久以来，法桐的来历来路颇有争议。比如，有篇《梧桐深深》的散文流布甚广。其中，作者借欧美友人之口，说法桐原产于中国云南。还有一说，我早前写一文《巴黎的树》时也援引过，认为早在王谢风流的东晋，中国园林就尝试种植法桐，它原产于华中的名山神农架。但其实都不对！法桐是标准的外来物种。如资料说，上海近代开埠时，“1887 年法租界公董局年报记载，当时公董局拨现银 1000 两，从法国购买 250 株悬铃木和 50 株桉树，植于法租界码头、花园”。受此影响，1893 年底，“公共租界的工部局董事会决定：批准订购 200 株法国梧桐，每株价约一两白银”，上海行道树正式开始移植法桐。而上海栽法桐固然是老资格，实际情形，倒是昆明市中心的翠湖后面，云南大学的老校园里，西式主楼“会泽楼”和中式建筑“至公堂”之间的大草坪上，四周海棠花围着一株拔地而起的“法桐王”，因为地广天高天蓝，印象里比上海和南京的大法桐都要大且丰满。那一次我被惊着了，看学子在大法桐下嬉戏、朗读，便默默地用了狮子搏兔之力把它摹画下来。

悬铃木或曰法桐是外来物种，分明已经被《中国植物志》确认。法桐来华，更早的历史考证，说天竺高僧鸠摩罗什曾经在陕西的户县修庙首栽悬铃木，当地曰袪汗树或净土树。巧的是，法桐来华也循丝绸之路开展，并且不止一路——西安、户县是陆路，上海算是海路。而云南昆明与越南及东南亚相邻，则是有名的南方丝绸之路。云南的植物爱好者说，19 世纪后期，是法国传教士首先将法桐带到了昆明。现在昆明的行道树，最突出的外来大树，还是法桐和桉树。从张骞汉朝出使西域那时代开始，首先把葡萄、石榴等果树引种到中原，再就是美丽行道树法桐，东西方文化交流绵延不绝，互通有无，古老而常青的丝绸之路，两千年来一直延续与更新着中外交流丰富的内容。

市政建设和城市绿化在各地变化巨大，起伏波折，也走过弯路，法桐曾经是牺牲品。郑州人曾经改造和嫁接法桐、砍法桐。花园路当年拓宽改造，砍去法桐之后，又尝试栽种过栾树与冬青。但不行，别的树冠都不够大，不两年毅然又换成了法桐。春天来了遍栽法桐，光杆树苗落地入土便成活发叶，绿叶树头蓬蓬勃勃变大，一街两行，一株又一株似熊熊燃烧的绿火炬。不几年稍一修整，法桐的树形与树冠就齐整了。前年夏天开始，另一条交通要道文化路也开工改造，市政遵从民意，不再重复砍大树的鲁莽，而是精心保护数十年的老法桐。我由此特地去看热闹，并随手“街拍”，只见张牙舞爪的机器，在工人操持下小心破路开地沟，路面下一地好沙土，细似炒面的无比绵软的黄沙土。黄河之滨深厚的沙土带些许碱性，最宜法桐生长。法桐绿满城市，秋来五彩斑斓，个别灵秀者入冬骤然变殷红。为什么法桐树叶会变红？想来全靠那小环境干净空气好，清洁空气湿润而澄明。如果汽车尾气排放多，建筑工地的扬尘不断，行道法桐就不会变红。为了城市绿化和美化，为了法桐冬来变红，治理雾霾实应快快行动。

柿树传奇

何频

天生树，说的是一棵传奇的柿树。

这么说吧，凡是出产柿子和柿树多的地方，树主人都知道，柿树要经过人工嫁接才挂果结实。那看着秋来入画，乘了金风玉露，枝头结满各种各样好果实的柿子树，如白石老人善画“事事如意”之丹柿，得来全靠费工夫。天生树不寻常，它是南太行山区一株秉天地灵气自然托生，不用嫁接就结出好果实的柿子树。三百岁的老柿树枝繁叶茂，是棵八月黄，年年都结出满树的好果实来。带着满头红叶的时候，它远看似一笼燃烧着的天火；风扫落叶后，沉甸甸的果实暴露无遗，仿佛挂满了无数的红灯笼。

老村整体搬迁时，这棵树变成了村头树。村民由世世代代住窑洞变成住成排成行的大瓦房，新村当初的选址，一方面考虑地势比较平坦，同时也相中了有丰满高大的天生树为依靠。老家人敬古树，以这棵巨大而出奇的天生树为骄傲为标志，还特地请人为它摄影，虔诚又恭敬地放在《北洼村志》的封面上。

柿树是果树，又不同于一般的果树。俗话说“桃饱杏伤人，李子树下埋死人”，说的是杏与李子这类水果不可恣意饱食，有副作用。但柿子在老家人心目中是尽可以放心食用的嘉果美食，自古又被誉为“铁杆庄稼”。山里人吃柿子的花样多，变着法子享用甘甜如饴的好柿子。柿子熟了，先从吃漤柿、吃烘柿开始，用烘柿和面蒸馍，炸祭祖用的小麻烫和焦花。尝鲜过后，要晒柿饼、串柿瓣、磨柿炒面，连跌烂受伤的柿子也不放弃，捡回来用它泡柿子醋。拾取初夏早落的小柿子喂猪，拿冬落的柿叶喂羊……柿子树真正是物尽其用。

奉它为“铁杆庄稼”，是因为柿子与救荒的故事联系紧密。满打满算，这里的农家过上不愁吃喝的安稳好日子，可着劲吃大米白面，不过才三四十年光景，糠菜半年粮的艰难度日并不遥远。对于我这样上世纪50年代出生的人而言，旧年曾听老人们拉家常，诉说最多的是逃荒要饭，扒火车去过徐州，辗转又翻山到山西各地。传说村里有家人过日子仔细，用吃不完的柿子掺了秕谷子粗糠，晒干炒熟做柿炒面吃。当年吃不完就积攒着，用历年积累的柿炒面和成泥，在住家窑洞的深处独自打了一堵断间墙。荒年来了，别家外出逃荒，背井离乡饿死人，但这家人却低调从容。有人发现，原来他们是靠暗暗食用柿炒面打成的墙土充饥的。

现在居家殷实了，生活富裕了，水果品种多，村民扩大种植品种，前前后后，五光十色，也曾经种桃杏和苹果山楂，但是，或因为桃树生长不吃年岁，或因为苹果的品种更新快，总之是市场变化大，人们的口味也刁钻，变来变去，还数柿子最好吃也最好卖。柿子本色，经得起时风变化的考验，好吃又好看。北洼村下坡出了山就是焦作市区，每逢秋冬，市民对山里人的好烘柿和带白霜的软柿饼，一往情深，爱吃柿子的口味一成不变。毫不夸张地说，祖祖辈辈，老家人是吃柿子长大的，现在还靠卖柿子增收。

柿树寿命长，生命力十分顽强。大柿树，老柿树，饱经了风雨沧桑。

冬天的时候，每一棵粗如黑铁的柿子树，如一个个不畏风雨的莽汉雕塑。主人要柿树方便采摘，尽量让它长得低矮。老家的柿树，多栽种在田间地头和高处的打谷场四周，老根虬曲着伏地裸露，树冠开枝散叶肆无忌惮。南北东西，远不止南太行，很多的地方都有柿子树，有高有低，细看却不难发现，树干上均有刀斧嫁接的痕迹，自下而上，大致由两截组成。

天生树不同！它没有最下边的母体老桩，树干粗大但浑然一体。一丈余的主干，除了瘿瘤和树疤，整体皮色均匀。下层的枝丫斜披着下垂，垂阴一亩见方，大有笼盖四野的气势。当年的夏天，学生娃最爱爬上天生树，不论男女，各登各的高枝乘凉。我则最喜欢扒着它最下面的一枝就地打秋千，或者干脆斜躺在树枝上摇晃歌唱。

说起一年四季，柿树最可观在早春与秋冬。因着它貌似蠢笨却发芽生叶很早，翠绿油亮的幼叶冒齐了，山里人望着它就暂时忘记了干旱缺雨，美好的愿景借机油然而生。秋天则是丰收和摘柿子的季节，八月黄摘在中秋节，小火罐迟到霜降后。秋收秋种的活动持续很长，夹杂着够柿子，农忙往往从八月十五绵延到廿四节气的立冬。红柿叶红果实，男人和女人担柿子的箩筐，往往一头还插着一把金黄散碎的野菊花。

1986 年新村建成之前，老村位于沟底，人家多住窑洞，一层层窑洞似蜜蜂的蜂房一样。长长一个冬季，枯山如睡，原本朴素静穆的山村，窑洞的前后左右，混合着土墙、石头墙和矸棚房，只因为有柿子柿饼和柿皮的橙红之色，或厚或薄，或暗或明，如油彩一样铺织堆叠着点缀山乡。晒柿饼晾柿皮的红色，红辣椒似的撩人的红色，一直红到春节，接着贴对子贴门神放火鞭的红色，新的一年就翻页了。有时候翻山走亲戚，从山梁上朝下俯瞰山村，老家因柿子柿饼柿皮而美丽如画。

柿子和煤炭，是老家地上地下的一双特产。煤是树变的，没错！沧海桑田，高岸为谷，远古的造山运动，埋没了曾经的树林而演变成煤海。村志里收录一幅硅化木的图片，就出土在天生树不远的地方。出山的大路上，北洼村临着著名的当阳峪陶瓷遗址。宋代人用煤烧窑制陶瓷。我曾经上小学的教室，房后有北宋崇宁四年（1105）立的《德应侯百灵翁之庙记》碑刻，记载着故乡红火出彩的一段历史，现在已经是全国重点文物保护单位。多年来，我试图从不同的角度察看老家至南太行的地貌。重峦叠嶂，沟壑纵横，枯叶一般的筋脉，凸显的是重重山梁。而老家位于南太行的边缘，则好像霸蛮的老吊与推土机，气势汹汹的，把最后一铲子石料混合着黄土，一举倾倒在黄河北岸。人站到北洼村的东山岭上远望，足下是南太行的最后一道屏障，前边就是茫茫大平原了。因为与晋东南唇齿相依，焦作煤多，出产优质无烟煤，人称“香砟”。英国人，近代的英福公司早早就到焦作开煤矿，后来的日本侵略者，专门整修了铁路以掠夺外运煤炭。新中国成立以后，1958 年大办钢铁，附近各县的人集中到山里来，到西山山岭上开矿挖铁汞，挖煤烧小高炉。80 年代开始，乡镇企业和私营煤矿争着在老村一带开煤窑，一边挖煤，一边破山烧石灰，办水泥厂。终于，山里自古的煤矿与煤炭资源，被粗放、无序的开发给掏空了。

天生树不仅是一个自然的消息树，它分明还是一位人世的观察者。它见证了英福公司和日本侵略者对中国煤炭矿产的觊觎和掠夺。见证过清光绪三年（1877）和民国三十一年连年（1942—1943）大灾，洼村全村外出逃荒，饿死和失散的达三百口人；经历了老村变新村，看着传统的山里人，因南水北调干渠经过家门口的焦作市区，城市诱惑越来越大，村人或者外出购屋定居，或者在南水北调工地上班搞绿化，逐步脱离了传统农业。

天生树既见证了村民搬家，从窑洞到住瓦房；也见证了矿产资源特别是煤炭的逐步枯竭。人事有代谢，往来成古今。变化了的是至少已经有两千年的煤矿开采史，如今老家的煤矿已采掘殆尽。但不变的是老家人对柿子的喜爱与钟情，好在柿子树一代一代茂盛生长，天生树依然枝繁叶茂。

天生树证明“天地造化，钟灵毓秀”所言不虚。但古树与大树的保护不易。北洼村曾经的老坟地，长着一棵比天生树还古的大栎树，“大跃进”时候被砍去了；老村的东场口，有过我从小看着的一棵黄楝树，风貌不亚于天生树，但后来在一场运动中也没有了；而老村搬迁的时候，一株老国槐，移不走也没法移，为复垦耕种，由村委会做主，把它整体与老村一起深埋在地下。村子前几年集体编写《北洼村志》，特地记录了天生树、大栎树、老黄楝与老国槐。现在乡亲们又合计着为天生树立碑纪念，慕名请开封老书法家、省文史馆馆员桑凡老人题署了“天生树”三个大字。洼村人希望天生树常青并永远年轻。

槐的怀想

乔叶

“老槐树，槐树槐，槐树底下搭戏台……”在这简单悦耳朗朗上口的民谣里，很小我就知认了槐树，爬的最早的树也是槐树——自家院子里就有一棵。爬它只在五月，因上面有槐花。清甜的槐花是乡间的美味。“五月槐花香，有福就能尝。”奶奶常常这么说着，就开始蒸槐花给我们吃。

而我常常等不及她老人家去蒸。爬到槐树上，就用手捋着槐花吃，一把一把地吃。柔嫩的花瓣就被我粗粗拉拉地吞到了肚子里。其实槐花的香并不那么顺溜，刚入口的时候，有着轻微的涩，然后才会甜美起来。它的甜美不是浓烈，而是淡淡的，这淡却很悠远。我从树上下来很久了，用舌尖儿舔一圈儿嘴巴，还能觉出甜味儿来。

五月的槐花，真是香啊。

这天来到沈丘，饭后无事，朋友说要带我们去看一个槐园。我想，槐花都已经开过了，槐树有什么好看的呢？犹疑着，客随主便，还是去了。

迎面而来的是两棵大槐，朋友说这是“把门槐”。能够把门的槐树，资历肯定了得。我走到右边的槐树前，仰头看上面贴的标签——树名：国槐。树龄：两千余年。朋友说这棵槐树被称为“中华槐王”。当初从晋陕两省接壤处的深山里移栽过来时，因其枝干太过繁茂不便运输，便只保留了主干，就这还特意为它开了几公里的路才运了出来。栽植到此时，为确保成活，一直由最资深的槐树专家为它制订栽植方案，密切跟踪，专人养护。

我围着它走了一圈，踱了足有五六步。问朋友这树有多粗，朋友说本地有顺口溜云："千年古槐树，胸围五米五，看着没多粗，仨人搂不住"。我看着那些婆娑的槐叶。两千年了，槐叶依然如处子般葱翠鲜嫩。看着看着，我有些恍惚起来，想起老家杨庄院子里的那棵槐树，它现在是什么模样？

"院里有槐，招宝进财。""院里有槐，平平安安。""院里有槐，福气常在。"这是奶奶经常唠叨的话。每到大年三十上午贴春联的时候，她都会叮嘱父亲在槐树上贴一张"树木兴旺"的红帖子。到了黄昏吃年夜饭的前夕，她都会让孩子们围着槐树走两圈，边走边喊："槐树娘，槐树娘，你长粗来我长长；我长长了穿衣裳，你长粗了做大梁……"我只喊过一次，还喊成了"我长粗来你长长"，喊完就气急败坏地冲她叫："迷信！"

五福迎宾槐、比翼槐、连理槐……槐树真多啊。环绕着中心广场的树木，也都是国槐，朋友说有 99 棵。99，天长地久的意思吧。中心广场叫"千字文"广场，顾名思义，《千字文》被镌刻在了巨型竹简上。此文作者是南北朝时期沈丘人周兴嗣。沈丘地，沈丘人，配上此文甚是妥当。《千字文》我只是听说，从不曾读过，可是，怎么回事呢？看了几句，居然也很熟悉："天地玄黄，宇宙洪荒，日月盈昃，辰宿列张，寒来暑往，秋收冬藏……"想了又想，是了，是奶奶曾经念叨过的。每到季节更迭的时候，她一边为我们做着棉夹衣裳一边就念叨着这几句。有一次我问她这些话是哪儿来的，她不好意思地说："你爷爷教我的。人家读过私塾哩。"她是个文盲。

然后便沿着弯弯曲曲的小径上了缓缓的小山坡，所到之处皆是我不曾见过也不曾听过的槐树：双季米槐，产地中国山东，科属是豆科槐属落叶小乔木。龙爪槐，产地中国华北，科属是豆科落叶乔木。朝鲜槐，产地中国东北。金叶垂槐，蝴蝶槐，产地中国北部……金叶垂槐，叶子在阳光下晶莹剔透，闪亮如金。蝴蝶槐的树叶状如碧色蝴蝶在枝头休憩，有风吹来，颤颤欲飞。

继续走。槐香湖、槐香山、观槐亭……朋友说这槐园有两万多株槐树，与京城槐园、山西洪洞大槐树公园齐称三大槐园。京城槐园我没去过，山西洪洞的大槐树公园我印象深刻。其实那次开会不在洪洞，我是在会议结束后特意转到洪洞去的，为的就是看看那棵大槐树。迎面就是一个根雕大门，根是槐根——来到这里的人，都是寻根来的。“问我祖先在何处，山西洪洞大槐树。祖先故居叫什么？大槐树下老鸹窝”。很小很小的时候，就听奶奶唱过这首歌谣。唱了不知道多少遍，唱到了我的骨子里。

可是，那棵最原始的槐树不在了。早就不在了。短暂的怅然之后，我的心情很快平复。那棵槐树在不在重要吗？我忽然觉得，这个一点儿都不重要。只要洪洞在，只要洪洞这个地方在，只要洪洞这个地方还有槐树在，只要还有一直想着洪洞大槐树的人们在，那么，最重要的东西就在。

——正如，亲爱的奶奶已经去世，物理意义上已经离我很远，可是我常常觉得她还活着，就在我的脑海，就在我的身边。所以，在这个下午，我悲欣交集地走在这个槐园，没有人知道，我携带着奶奶的声音和影像，充满了对她的怀想。

石榴落了一地

刘庆邦

我老家院子里有一棵石榴树，是我祖父亲手栽下的。祖父已下世 50 多年，石榴树至少也有 50 多岁了吧。几十年来，我家的房子已先后翻盖过三次，每次翻盖都不在原来的位置，不是往后坐，就是往西移。不动的是那棵石榴树，它始终坚守在原来的地方。石榴树成了我们兄弟姐妹对老家记忆的坐标，以坐标为依据，我们才能回忆起原来的房子门口在哪里，窗户在哪里。当然，石榴树带给我们的回忆还很多，恐怕比夏天开的花朵和秋天结的果子还要多。

自从母亲 2003 年初春去世后，我们家的房子就成了空房子，院子里的花草树木再也无人管理。好在石榴树是皮实的，有着很强的自理能力，它无须别人为它浇水，施肥，打药，一切顺乎自然，该发芽时发芽，该开花时开花，该结果时结果，什么都不耽误。我们家的石榴被称为铜皮子石榴。所谓铜皮子，是指石榴成熟后皮子呈铜黄色，还有一些泛红，胭脂红。而且，石榴的皮子比较薄，薄得似乎能看出石榴籽儿凸起的颗粒。把石榴掰开来看，里面的石榴籽儿满满当当，晶莹得像红宝石一样，真是喜人。我们家的石榴汁液饱满，甜而不酸，还未入口，已让人满口生津。小时候吃我们家的石榴，我从来不吐核儿，都是连核儿一块儿嚼碎了吃。石榴核儿的香，是一种特殊的内敛的清香，只有连核儿一块儿吃，才能品味到这种清香。

母亲知道我爱吃石榴，老人家在世时，每年把石榴摘下，都会挑几颗最大的留下来，包在棉花里，或埋在小麦茓子里，等我回家去吃。有一年，母亲从老家来北京，还特地给我捎了两颗石榴。石榴是耐放的果实，母亲捎给我的石榴，皮子虽说有些干了，但里面的石榴籽儿还是一咬一兜水，让人吃在嘴里，甜在心里。

院子的大门常年锁着，石榴成熟了，一直没人采摘，会是什么样子呢？ 2011 年秋后的一天，我回到老家，掏出钥匙打开院子的大门，一进院子，就看到了忠于职守的石榴树。那天下着秋雨，雨下得还不小，平房顶上探出的两根排水管下面形成了两道水柱，流得哗哗的。我没有马上进屋，站在雨地里，注目对石榴树看了一会儿。石榴树似乎也认出了我，仿佛在对我说：你回来了！我说：是的，我回来了！想到我以前回家，都是母亲跟我打招呼，而现在迎接我的只有这棵石榴树，我的双眼一下子涌满了泪水。我看到了，整棵石榴树被秋雨淋得湿漉漉的，像是沾满了游子的眼泪。石榴树的叶子差不多落完了，只有很少的几片叶子在雨点的拍打下簌簌抖动。石榴树的枝条无拘无束地伸展着，枝条上挂着一串串水晶样的水珠。我同时看到了，一些石榴还在树上挂着，只是石榴的皮子张开着，石榴已变成了一只只空壳。那些变成空壳的石榴让我联想起一种盛开的花朵，像什么花朵呢？对了，像玉兰花，玉兰花开放时，花朵才会这样大。不用说，这些空壳都是小鸟儿们造成的。有一些石榴成熟时会裂开，这为小鸟儿吃石榴籽儿提供了方便。就算大多数石榴不裂开，小鸟儿尖利的喙把石榴啄开也不是什么难事。不难想象，小鸟儿们互相转告了石榴成熟的信息，就争先恐后地飞到我们家院子里来了。它们当中有喜鹊、斑鸠、麻雀，还有一些不知名的小鸟儿。众鸟儿欢快地叫着，且吃且舞，如同举行一场盛大的宴会。它们对无人看管的石榴不是很爱惜，吃得不是很节约。有的把一颗石榴吃了一半，就不吃了。有的踩在石榴上玩耍，把石榴蹬得落在地上，就不管了。

往石榴树下看，落在地上的石榴更多，可以说是落了一地。石榴的皮都敞开着，可见都被小鸟儿吃过。那些铺陈在地上的石榴不是同一时间落下来的，因为有的石榴皮已经发黑，有的还新鲜着。所有新鲜的石榴皮里，都嵌有一些石榴籽儿。在雨水的浸泡下，那些玉红色的石榴籽儿没有马上变白变糟，在成窝儿的雨水的凸透作用下，似乎被放大了璀璨的效果。可以设想，这些石榴如及时采摘，恐怕装满两三竹篮不成问题。因无人采摘，只能任它们落在地上。在我为落地的石榴惋惜之时，又有一只喜鹊翩然飞来，落在石榴树上。喜鹊大概发现石榴树的主人回来了，似乎有些意外，并有些不好意思，把树枝一蹬，展翅飞走了。

第二天上午，雨停了。我拿起铁锨，开始清理落在地上的石榴。落在地上的不仅有石榴，还有枯叶。那些枯叶有大片的桐树叶、杨树叶，还有小片的椿树叶、槐树叶、竹叶和石榴叶等，至少积累有两三层。最下面的树叶已经发黑，腐烂；中间层的叶片尚且完整；最上面的石榴叶还是金黄的颜色。我家院子的地面没有用水泥打地坪，而是用一块块整砖铺成的。让我没想到的是，道道砖缝里竟长出了不少野菜，那些新生的野菜叶片肥肥的，碧绿碧绿的，跟几乎零落成泥的枯叶形成鲜明对照。那些厚厚的、软软的东西很好清理，我用铁锨贴着地面一铲，就铲起满满一锨。如把这些包括石榴、枯叶和野菜在内的东西集中在一起，会堆起不小的一堆。我把这些东西堆到哪里去呢？我想了想，就把它们堆在石榴树的根部吧。它们会变成腐殖土，会变成肥料，对保护石榴树的根是有利的。

我只在家里住了两天，就辞别石榴树，锁上院子的门，离开了老家。我确信，到了明年，石榴树会照常发芽，照常开花，照常结果。不管有没有人欣赏它，它光彩烁烁的红花仍然会开满一树。不管有没有人采摘石榴，它照样会结得硕果累累，压弯枝头。

古树深情

梅洁

那是去年岁末，我的朋友川儿给我电子邮箱发来一个古树园十几棵古树的照片，还有一封信——

亲爱的梅姐：一个偶然的机会，我看见这一园子古树，这是从 100 多个移民村庄移来的上千棵古树呀！那一刻，我周身细胞突然像啤酒冒泡似的，一个劲儿地发抖。我不由自主地朝着菩提树走去，泪水夺眶而出。我脱口说出：这是移民的根！故土家园没了，这儿就是他们的家。将来他们回乡寻根祭祖，这儿就是他们寄托情感的家园……说这话时，我的心在颤抖。

我真的感觉到这些古树在向我这个“移民记者”求援：不要抛弃我们，不要卖掉我们，我们不能远离故乡。如果我们走了，我们的儿孙回来就找不到家了啊。

……

读着信，我就仿佛又看见川儿那双炯炯有神、直视着我的亮亮的大眼睛。

今年，初春三月，大地乍暖还寒，川儿约我去河南淅川看古树。她说，她和淅川移民寻根文化苑老总——把这 1000 多棵古树从南水北调工程淹没区抢救回来的“了不起的朋友”李爱武先生——策划在即将到来的清明节期间，让移民们自愿回乡，回到古树园寻根祭祖、感恩家园，让故乡的古树慰藉移民永别故土的疼痛和思念。

接到短信时，我和家人正徜徉在南亚风光旖旎的格兰岛金沙滩，我决定回国后就去参加川儿和她的朋友举办的寻根祭祖活动。

4 月 2 日，到达的当天下午，我便迫不及待地来到了这片神奇的园林，这是怎样一片擎天立地、沧桑壮烈的生命啊——

全部被截去蓬勃枝丫的 1002 棵老树齐刷刷挺立在黄土地上，苍凉而庄严。它们如白发稀疏的老者，高举双臂昂然向天，似呐喊似悲泣，似告别似接迎；它们也如饱经风霜的父亲母亲，伫立在黄土地上，默默地凝视着远方，是在遥望永别的故乡，还是在等待一个殷切的回归？它们更如沉默无言的圣者，在广袤的苍穹下以庄严的气势和难以言说的神韵，向世间昭示着一部无字的历史和亘古的人类命运。

每当我靠近或仰望一个苍老、神圣的生命，我都禁不住屏住了呼吸……

瞧，那棵来自上集镇淹没区的千年古柳，树身的空洞能钻进一个人；那棵来自金河镇兴化寺村生长了 1200 年的黄连，主干上伸出的七根硕大无比的枝干，神祇般苍然向天；那棵来自简营村的 700 年大叶女贞，依然绿叶苍郁；那棵来自王万村的千年银杏，盘根虬曲，遒劲挺立；还有那棵世间的稀世珍宝乌龙木，还有那两棵同样珍贵的红豆杉……80 多个品种的古树从 100 多个即将沉没的村庄抢救而来。

“抢救”在这里彰显出怎样的功德和胸襟？！

李爱武来了。

这是一个从无数的艰难困苦中打拼出来的创业者。就是这个勇敢的创业者，如今，又勇敢地将几十年艰辛劳作而赚取的资产几乎全部投进了古树园：1000 多棵古树、未来五年要陆续投入的移民文化广场、移民纪念碑、仿古一条街、禅院……李爱武不是大富豪，近亿元的投资用川儿的话说——“押进了身家性命”。这个中年男子没有豪言壮语，他说，“我只是想为父老乡亲们建个回家看看的园子。我这一生若建不起来，我儿子接着建，儿子建不完孙子接着建……”

漫步在四月古树抽芽长叶的季节，李爱武讲述着每一棵古树的故事，他如数家珍——

那棵 500 年的乌龙木，也叫铁树，是河南、陕西、湖北三省仅有的一棵，移植来实属不易，这种比重比水重的木质，丢进水里就往下沉。钢锯切割根部时“啪啪”地冒出了火花，生生打断了两把钢锯。

那棵 1200 年的黄连树移植时发现附近有小庙、石碑。庙里供奉着释迦牟尼石像，石碑上有五代时期的记事。在钢锯切割靠近树干底部时，出现了一地铜质粉末，原来在千年的时光中，黄连树已将先民们祭祀的铜香炉包裹进了树身，长成了一体。

移植那棵千年银杏树时，切割下的树枝树叶，原以为村民们会拿回家当柴烧，谁知村民们一枝一叶都不动。他们说，银杏树是村子的神。一位老奶奶走过来抚摸着倒下的树身，泪流满面。她哭着说：你们一定要把它栽活啊！千万不能让它死了啊……

去年春天，这棵银杏树长得不精神，李爱武担心得寝食难安。他天天在园子里转，有时搭个梯子爬到高处看出了新叶没有；有时拿个放大镜看，发现个芝麻粒大的小芽芽都欣喜若狂；他常常不吃不睡，端杯茶在园子里一转就是大半天……

李爱武说，他们每移一棵古树，都要先敬香、放鞭、叩拜，然后对古树说：古树呀，这里要给京津等地调水，马上要被淹了，移民们都走了，现在我把你移到城里去住，那里淹不着……说完话才开始动手移植。

他们像呵护神灵，又像呵护老母亲。

移一棵树往往是上百人移好几个月，这么大的树不用上机械不用车根本移不动拉不出，古树生长的地方又往往没有路，车进不去。仅修路常常就得花一大笔钱，其艰辛可想而知……

4 月 4 日，天下清明，万事吉祥。

李爱武告诉我说，他们要把今天定为“首届南水北调移民寻根文化节”，以后每年清明节这个日子，都要在古树园里举办这样的活动。

清晨，迎着四月的清风，我再次走进古树园，只见满园张灯结彩，锣鼓喧天。700 多名回家的淅川移民汇聚到了古树园。他们有从青海贵南县和湖北大柴湖赶来的，有从河南几百个移民安置点被接回来的——李爱武专门租了上百辆面包车，数百里迢迢从各移民安置点接亲人回家。

他从南阳找来了最好的音响，从淅川请来了移民们最爱看的曲剧。戏台就搭在了古树园，台后是巍峨青翠的大南山，台前是千棵苍劲的古树园，《父老乡亲》的歌声响彻青山树园，也萦绕在静静观看演出的数百位移民的心中。

为了让京津冀豫四省市人民喝上甘甜纯净的汉江水，自 1959 年至 2011 年，淅川县先后两次向青海、湖北及省内移民 37 万多人。在长达五十多年的岁月里，他们经历了太多的艰辛，太多的苦难。

现在，他们中有的人回来了，回到了古树园。他们一进园就转个不停，急切地寻找儿时村庄的那棵大树。每每找到自己村庄的树，就即刻喊来同村的人，或给古树培土，或全家、全村人站在树前留影。他们给古树鞠躬、磕头，他们在古树前长跪不起……

“看，这棵树就长在兴化寺村边，从我记事起它就恁大，快六十年没见过它了，现在看见它仿佛看见了自己的老家，看见了当年的村庄。”抚摸着古树园里那棵千年黄连树，从青海省贵南县回来的75岁移民田贵申老人激动不已，“房子、村子和父母都在水下了，我们探家回来只能看看这棵树了。”老人说。

与田贵申一起从青海回来的移民杨应奇抚摸着千年黄连树，已经老泪纵横。他激动地说：“我是在这棵树下长大的，16岁时移民到青海，五十多年了，现在回来看见村里的大树，就像是看见了自己的爹娘。一定要让它好好活下去，以后，我还要让我的儿子、孙子回来看……”

2011年迁往原阳县的梁国琴三姐妹，在园子里找到了老家的树，三人抱头痛哭；61岁的黄士荣站在一棵合抱银杏树前不停地抹着眼泪；73岁的梁德春老人在给那棵千年枌椤树培土。

“树留下了，根就会留下，心也会留下。”老人一边培土一边喃喃地自语。

正午，李爱武在古树园里摆上饭菜，700多名移民围着自己村庄的老树，大块吃肉，大碗喝酒……

我突然热泪盈眶，我突然非常感动。

这难道不是世间最动人的风景？这难道不是人类最大的爱心？这难道不是我们这个时代最美的创举？

淅川古树园，一个凝滞的历史，一段聚合的岁月，一曲缩写的命运，一处精神的家园。它将与移民同在，与大地同在，与天下善和爱同在。

相思树

宁新路

老人的院里只栽一棵树，树上的花白里透粉，粉里透紫，像她做新娘时的裙色。树向东南斜着，花儿也向东南开着。

树叫什么树，花叫什么花？树是无名树，花自然也是无名花。树为何朝着东南栽，花儿为何向着东南开？那是老人有意朝这个方向栽的，那是缅甸方向。这种树，在这个老旧的院落，种了至少几十年了，这种花，也在这院落开了几十年了。这棵树，是她从松山深山挖来栽种在门前的，她叫不上树的名字，就称它为“相思树”。相思树上开着相思花，芳香扑鼻。

老人守寡七十多年了，自她新婚的丈夫参加远征军那天起，她几乎每日朝村口东南路口瞻望，等待夫君回家。冬去春来，春去冬来，战争结束了，远征的将士一批又一批回来，有的是自己回来的，有的是被人带回来的，可望眼欲穿，也不见她的夫君归来。她听说他在松山战场，又听说他去了缅甸密支那战场。她去松山找他，在松山被炮火烧焦的泥土里苦找，没找到他的一点踪迹。她虽伤心，而坚信，他没有死，他还活着，他一定会回来。他这样应允过。他一定会回来的。

她把从松山采来的一棵小树，栽到院落的她和夫君曾经吃饭的石桌旁。树活了，长得结实，开起了粉红的花。每年四季，花儿落了又开，开了又落。后来，花儿不单是粉红色的颜色，还从粉色里，生出一丝紫色。那是她裙子上的花色，是她和夫君相拥时穿过的裙色花。天赐的花儿，盛开在她忧伤和企盼的心里，使她找到了一丝慰藉和寄托。

漫漫的等待，她夫君的音讯越来越渺茫。相思树长出了枯枝，新娘的头发等花白了，相思树老了，枯了躯干，花儿开得越来越凋零，终于散落不见。新娘顾不得花白了的头发，却把枯树的新枝折下来，又栽到泥土里。老树枯了，最后的几片树叶也枯了，而新栽的小树长起来了，开了花。花开了，又谢了，小树又长成了老树，老树长成了枯树……新娘变成了老人，小树又长成了老树。当初的一头青丝，随着树枯树荣，变成了花白，变成了银白，她的夫君仍无音信。

七十年的等待，眼睛流干了泪，而爱的心泉没有枯竭；七十年的相思树，开了七十年的相思花，枝枯过而花依然吐着芬芳。

老人的盼望凝结在那个未归者的数字上。她听说，远征军 40 万人去了缅甸，伤亡了 20 万人，还有几万人没回来，她断定那没回来的壮士中一定有她的夫君。

她还在等待。到了九十岁的年龄，等了七十多年的她，又等回来了一批远征军将士，可那是 19 名遗骸。她听到这个消息，就采上鲜嫩的相思树枝，枝上开着大朵的花，守候在瞻望了几十年的路口，等待他们的到来。她希望其中有他的夫君遗骸，而又不希望有。19 名遗骸有姓有名，并没有她夫君的名字；腾冲国殇墓园里有更多没姓没名的遗骸，她也不相信那里有她的夫君。她固执地认为，他夫君还活着，一定是在密支那的什么山村里，像自己一样满头白发地活着。

尽管心存希望，但她自从建起国殇墓园，每周都要来一次。每次，她都久久凝望《中国远征军》纪念雕塑，献上一枝相思花。这个雕塑上年轻的远征军战士，在她看来他就是她的夫君。那威武的身躯披着伪装的树叶，头戴德式钢盔，手持美式步枪，服装简洁、脚蹬草鞋，那是她夫君出征时的英姿。他的英俊和豪气，刻在了她脑子里，让她一直心涌自豪。

一场寒风后，院里相思树发枯了，叶掉了，花落了，看样子这棵树很快就会老枯了。老人早料到了树的生命周期，院落里栽的小树枝头，已叶茂花开了。这是新栽的多少代树了，她也记不清了。树还是朝东南，花儿还是朝东南开。朵朵粉里透紫的花儿，张着小口，像是在向远方呼唤。

石榴树　石榴花　石榴果

安民

到河南荥阳，是想看石榴。上次到荥阳，是今年 5 月。但见漫山遍野，浓绿万枝，火红点点。那次见到了李哥，一位石榴种植大户，满脸掩不住的自豪，指着远近的人群说："这里已经成了网红打卡地，今天你来得早，要是再等会儿，人更多呢。"

走近看时，更是醉人。朵朵石榴花生于枝顶或叶腋，花萼蜡质般光滑，红色或白色，单瓣或重瓣，葫芦形或喇叭形。一旁的李哥是个见面熟，透着中原人的质朴、直爽，见我痴迷，嘿嘿一笑道，懂行的看门道，不懂的看热闹。这花雌雄同株，长得像葫芦的是雌花，能结石榴，长得像喇叭的是雄花，不能结果。这话倒使我生出关于"知识"的感叹来。我们总以为自己是有知识的人，殊不知三百六十行，行行出状元。

这次来荥阳，恰逢 8 月石榴熟。从郑州下高铁，驾车驶出郑州市区，进入荥阳沿黄快速通道，再到兴榴大道，不顾路两边密密麻麻的石榴摊位，我们直奔荥阳北部邙岭的刘沟村。刘沟村，因村民散居在一条狭长沟壑而得名，曾是远近闻名的省级贫困村。

我住在果农老刘的农家乐里。农家乐与石榴园相连，既是观光采摘点，也是电商店铺。干净的院落里点缀着几棵石榴树，树下摆着桌椅。院外几畦菜地，黄瓜韭菜茄子等错落其间，一园芬芳。

老刘正在做菜，见我来，抹抹脸上的汗水，问从哪来呀，我说北京。“哎呀，遇到贵客了！”老刘连忙拉一条长凳，慌着去倒茶，都弄得我不好意思了：“哪是贵客呀，我是老乡，是从咱这出去的。”

“老乡，老乡”，老刘念叨着，就要领我去园子里看石榴，他大概是把我当成了做石榴生意的。

“我就是来看看。”看我着急地解释，老刘哈哈一笑说：“那不妨，那不妨，老乡说说话。”心理距离近了，便有些无话不谈。老刘一边招呼着客人，一边和我闲聊，断断续续地，我知道了他家的一些情况。这是一个苦过福来的农家。八年前，老刘的妻子一直卧病在床，武汉、郑州找医院，欠下不少债。老刘又不舍得两个孩子辍学，就这样硬撑着。扶贫工作队的晏组长找上门，给他五千块钱，说这里土壤好，又有种石榴的传统，村里成立了合作社，技术员和销路也找好了，你就种石榴吧！他不敢接这个话茬，担心有风险。晏组长连续几天去找他，后来干脆以每棵二十元的价格买了两百来棵石榴苗，拉着他种上。他怎么也没想到，三年后，两百来棵树就收入了两万多元。

现在他的石榴园有三十多亩，年收入五十多万元，城里人有的家具、电器家里都有，配了三辆轿车，又在郑州买了商品房，妻子的病也大有好转。

“晏组长是咱们河南农大毕业的，石榴栽植密度、土肥水管理、防治病虫害、整形修剪样样通。还教我们怎样采收、分级、包装、销售。”

老刘感慨道：“俺欠着人家晏组长的情呢。他家老人去世，他回去一趟，两三个小时就又回到村里。来乡亲家里吃顿饭还要交钱。人家跟咱非亲非故，图啥呢？”

听着老刘动情的话，我的眼睛也湿润了。我问："晏组长走了吗？""走了，连续在村里两任，六年呀。本来想要小孩呢，来驻村了，就没有要。咱这里的石榴品质没问题，要是一直销路好、价钱高、不压货，光景就更好了。"

第二天一大早，我催着老刘到石榴园去。到了园子，一颗颗大石榴油亮亮的，有橙黄色的、红铜色的、黄红相间的。不时可见熟透了的石榴，撑破肚皮，露出满满的、晶莹剔透的籽儿。老刘说，一棵树上要结五六十个甚至一百多个石榴。石榴树、石榴花、石榴果，美丽着风景，馈赠着人类。

"老刘，广东的货发出去了吗？"循声望去，一个高大汉子正往这走来。老刘介绍说，他姓李，是刘沟村的党支部书记兼合作社主任。听说我是老乡，李书记很热情："我天天在这里盯着，现在散卖少，多数是往外地发快递。诚信是第一位的，分拣的时候外表一般按铜皮、铁皮、花皮三种，籽粒味道一般按甜、酸两种。咱这河阴石榴皮儿薄，容易磕破，一定要轻拿轻放，特别小心。"

李书记说着，顺手从树上摘下一颗石榴。我也没客气，轻轻剥开，只见满满的石榴籽紧紧地依偎在一起，正是"千房同膜，千子如一"。

石榴籽深红欲滴，鲜得醉人。吃上几粒，酸甜适度、满腮生津，特别是在这石榴园里吃，更多了一番滋味。李书记说：看一颗石榴是不是成熟，要看它是不是"方"的，如果有棱状、变成了多边形，表皮黄红色，那就是熟了。圆溜溜的，看着好看，反而没有熟透。"我们刘沟村2018年人均年收入就到了四万多块，三百六十多户村民有五百五十辆私家车，俺这里是郑州市美丽乡村示范村。"看他那神态，透着满满的幸福感。

当天到了郑州，我按老刘给的电话，找到了曾经驻村六年的扶贫工作队晏组长。他是一个不善言谈的人，甚至有点腼腆。听我说村民都夸他，晏组长轻轻一笑，说：“都是组织上安排的，我也没干啥。”但一提起石榴的事，晏组长的话就多了。“荥阳北部邙岭地区土壤肥沃，有黄河水浇灌，日照时间长、昼夜温差大，历史上有种石榴的传统，只是品种不够好。咱去扶贫，看着群众那样苦，能不憋着劲为老百姓办事？我们和市有关部门一起研究，确定刘沟村为河阴石榴基地的先行村、主产地，在石榴品种改良嫁接和道路建设、村庄民居改造、石榴交易集散基地建设等方面做了一点事。后来又逐步形成了以高村、广武、王村、汜水、高山五乡镇的十八个村为主的北部邙岭河阴石榴产业带。看着老百姓致富了、高兴了，咱也觉得值了。”

千口古枣园

魏胜先

豫北内黄县六村乡千口村，有一处闻名遐迩的古枣园——千口千年古枣园。

我驱车前往，探访为养护和发展古枣园而付出心血与汗水的乡亲。

千口千年古枣园，北靠晋豫鲁铁路干线，西傍颛顼、帝喾二帝陵，南邻梁庄镇，东接硝河坡。古枣园占地一千余亩，枣树万余棵，其中中心区 102 亩，现存古枣树一千两百余棵，许多枣树的树龄在千年以上，树围在 170 厘米左右，其中被林业部门鉴定命名的“千年枣树王”，树龄约 1500 多年。

步入园内，一望无垠的古枣树纵横交错，苍劲茂盛。棵棵树干表面沧桑斑驳，色如火山石，状若鳄鱼皮。树冠八方张开，虬髯盘旋，气宇轩昂，新枝绿叶间串串玛瑙似的枣随风摇曳。置身于树下，仰首可摘枣，俯身能刨花生，既赏美景，又饱口福，惬意无比。

50 多年前，孩提时代的我，每年秋天都跟着大人们来这儿拾红枣、刨花生，那时觉得这里不过就是个枣园而已。然而，今天我驻足园内，却有不一样的感觉。

我遇到一位老者，姓刘，85 岁，性情耿直，看管古枣园已有半个多世纪。

他饶有兴致地给我讲起了古枣园的历史，以及与古枣园有关的故事——

内黄，因黄河而得名。汉代以前，古黄河曾流经这块土地的南面，故称内黄。早在秦汉时期，这里的先民就在黄河故道栽种枣树。漫漫黄河故道，成就了内黄红枣的美名。自 2002 年以来，县里多年举办红枣节，吸引了数十万名海内外游客。

千口，地处内黄县南端，也因黄河而得名。这里曾是古黄河上的一个渡口，因旧时黄河常年决口，先民频频搬迁，故名“迁口”。后人为了书写方便，逐渐变为“千口”。

精神矍铄的刘老汉凝望着硕果累累的古枣园，在锄把上磕磕烟斗，告诉我，他小时候枣园就是这个样子。祖辈们都说，这儿自古以来就是块好地，沙质细软，枣树长得好。

先辈们从试种酸枣开始，经过一代代人的反复实验，终于培育出耐旱、耐盐碱、耐瘠薄，盛花期长、果实肉厚、香甜可口的优良品种——扁核酸。

扁核酸，因核状扁、味酸甜而得名。其鲜果酥脆多汁，酸甜可口；干果皮薄肉厚，香甜缠绵。古枣树上结的果，经过专业测定，果酸含量为其他品种的 5 倍，不仅是滋补营养之佳肴，还是中药的药引子。蜜蜂在古枣树上采集的枣花蜜，晶莹剔透，味正醇厚，润肺明目，被誉为蜜中上品。

曾经，这里的先民靠一行行枣树防风固沙；遭自然灾害，靠红枣充饥救急；遇兵匪战乱，靠枣林天然屏障护身保命。作为冀鲁豫边区革命根据地的据点，千口村古枣林一带培养和保护了许多地下共产党员、游击队员。

新中国成立后，千口古枣园重焕生机。上世纪60年代，村里对园内枣树进行逐棵登记，枣树总数达10万余棵。国家修建汤濮地方铁路时，专门在千口村设站。县里专门在千口车站建起了红枣系列产品收购门市部。

这里流传着一首民谣："七月十五枣红圈，八月十五枣动杆，九月十五枣下箔，十月十五捞不着。"每年枣熟季节，枣园内，道路旁，一排排用高粱秆编织成的枣箔上，厚厚的红枣，在阳光照射下鲜艳夺目，宛若一方方红色的地毯；土产门市部，门前车水马龙，前来收购红枣、枣蜜的商贾络绎不绝；院内小山一样的枣垛，源源不断地装上小火车车厢，运往全国各地。

"枣儿香，枣儿甜，三分种，七分管；剪枝砍皮防枣锈，灭虫翻土疙瘩山。"这是当地枣农对枣树管理的精辟总结。实行家庭联产承包责任制后，这里每家每户都有了自己承包的土地和枣园。老枣农如鱼得水，将毕生经验全部倾注在枣树管理上。且不说每年至少五次修剪荒枝嫩条，光是枣树灭虫就是一场重头戏。为保证果品绿色无公害，枣农们常常用榔头击打树枝上的枣尺蠖。男人们在前面抡着木杆击打，妇女和小孩儿跟在后面，用手指将打落在树根下的尺蠖一一消灭。有的尺蠖在强震下应声落地，而大部分则吐丝垂吊，缓缓坠地。待复活后又爬上树干。智慧的枣农把每棵树根下的土封成陡坡，并用木板将土坡拍打光滑，尺蠖欲爬不能，等来的则是集中就擒。

3年前的一个冬天，南方一位做古董家具生意的经营者看中了这里的古枣树，千里迢迢赶来，并托人向刘老汉说情，表示想出巨资挖走园中几棵最大的枣树。爱树如命的刘老汉听说后火冒三丈："无论给多少钱都不能挖，那可是老祖宗给俺们留下的无价之宝啊！他们要挖走的不单是树，而是全村人的命根……"对方最后只好悻悻离开。

2018 年底，村两委牵头，动员了 12 名具有丰富枣树管理经验、勤奋好学的青壮年，依据国家相关政策，将古枣园中心区 102 亩土地，从原先 30 多个承包户手中流转出来，成立了古枣园生态农业发展有限责任公司，并投资修建起古朴典雅的千年古枣园大门牌坊，拉起透景篱笆墙，硬化了古枣园门前道路和停车场。

千年古枣园而今更风光。为了古枣园的今天而世代相守、默默耕耘的沙区人民，他们有古枣树一样铁骨铮铮的品格，让人看到了这片土地更加美好的明天……

山水利川

王必胜

江源识珍

风景是一个地方的名片。如今，绿水青山已经成为检验经济、社会、文化发展程度的重要标识；名胜风物、人文风华等，也在成就着一个地方的幸福指数。

利川地处鄂西，与重庆万县毗邻，地理上有大巴山与武陵山交集。此地多喀斯特地貌，水系发达，“广利天下而川流不息”。利川古韵俨然，名胜深藏，但因为多年闭塞，鲜为人知，直到改革开放之后，名声才渐为传扬。

“青山横北郭，绿水绕东城。”山水利川，因清江的绕城穿过，灵动而丰盈。清江，长江进入湖北最早的支流，其源头为利川的都亭山。清江从西往东在利川城中绕了个弯，顺流而下，连接起鄂西重镇恩施、宜昌，然后直奔长江。

清江有“十里画廊”的美名，而拜识其尊容是在利川城中。

利川次日，晨雾泛起，天还没大亮，住地楼下已经众声喧哗。一群晨练的人们，早已活跃起来。大凡城市早起者，都有这样的习惯，一块绿地，一只小喇叭，就是一个闲适自足的世界。

素来对声音敏感的我，索性下楼散步。因昨晚到达太迟，未来得及看清周边状貌。这里，一条宽约百十米的小河，隐藏在闹市之中。那些早起的人们，就是在这河道边上，运动，歌舞。他们衣着统一，沿着河堤，自娱自乐。

近乎原生态的夹岸林木，护卫着一江碧水。清江，闹中取静，平静地流淌。近水的人行道上，藓苔斑斑，杂花几许，水柳拂衣。与其他水城多将人行绿道与街市平齐不同，此处绿道建在河堤之上，下几级台阶即可亲水近水。波平水缓，草木依依，初始的清江，上游的清江，大隐隐于市，如此景象，令人难忘。

著名的清江源头何在？史书记载，清江发源于都亭山。都亭山与齐岳山，地接巴山武陵，逶迤于利川境内，峰峦叠嶂，水汽淋漓，形成多处水源竞秀。《水经》载，夷水“水色清，照十丈，分沙石。蜀人见澄清，因名清江也”。《利川县志》说，清江水，原出县西一百四十里的小山，即都亭山，东流入檀香洞，又伏流四十里，过七药山（齐岳山），东出为龙洞沟河……如今，经多方论证包括民俗达人实地甄别，都亭山一块偌大巨石上标识“清江源”三字。探源寻流，成为不少游者的青睐。

都亭山下、齐岳山麓，为江源涵养地。这里，海拔千八百米，潺潺泉流，终年不竭。那天，先后来到星斗山、福宝山风景区，绿水青山，一路同行，而清江源头也是一路期盼。

在福宝山生态公园，从高处下行，葱郁的林莽，陡直的栈道，让人步步惊奇。扶着曲虬盘错的藤萝，下到百十米的河沟，回头抬眼，只见有数条瀑布如白练悬挂在密林深处，一条被认为是瀑布之首的，呈三叠状，轰然奔涌，飞溅落玉，声震四方。山坳中一潭浅水，透绿剔亮，倒映出山峦姿态。青苔茵茵，河石斑斓。汩汩清流在这里团转之后，直奔河谷低凹而去，汇入清江奔腾的水势中。让人惊讶的是，坐缆车回到山顶，看到贴着山坡树丛，无数细流从杂树中浸出，如细丝线般飘散，却找不出水脉源头，真应了山有多高水有多长之说。福宝山不是清江真正的源头，但靠近都亭山。千条万缕，聚众归一，才有了这充沛清澈的水源。关于江河之源，业内有所谓“河源唯长，水量唯大”的说法，或许可为清江之源注解。

源头活水，遂成了长河大江的生命能量。“江流天地外，山色有无中。”唐人笔下的江与山，是一片旷野苍茫的江河之景，而这清江源头初始的江水发端，我们看到的是，细流的汇聚，水系的丰沛，林木植被的密匝；温柔，深幽，曲折，是它留给人类的观赏维度。因为上游水源地的民众悉心保护生态，封山育林，退耕还林，才有了这方山水的清洁，有了对水质、空气要求特别高的各类植物的蓬勃生长。

还是福宝山下的一个山坳，一方水塘里，绿植幽然，浮萍类的圆形植物，大小不一。主人指着问大家，让猜是什么。大家有说是浮萍、荷莲、水葫芦的，不一而足。主人捞上一团，秋阳晚照下，毛茸茸的细梗，吊出一支船形叶片，叶片嫩亮柔滑。主人说，这就是我们都曾品尝过的莼菜。谁也没有想到，江南水乡的盘中鲜，在山野林地也可得见；也没有想到，深藏叶片下的是莼菜。主人介绍，莼菜为水草类，多在长江下游湖泊中生长，西湖、太湖为多产区，近年渐向同纬度的江河源头、山溪泉边“迁移”。莼菜对水质要求高，温度和气候，土质和肥养，直接关系它的品质。利川的几个莼菜种植点多在海拔千余米之上，天然充足的水源，腐殖层酸性土质，便于莼菜生长。2004 年，利川开始大量种植莼菜，到近年已有数百亩面积。因是娇嫩植物，与其说是种，不如说是养。小小植物，把利川的优良生态测试出来。在生态向好的利川，水乡的珍味落户大山的江河之源，这是幸事、喜事，也为清江源的大美，增添了新内涵。

老树精灵

水利万物，泽被众生。大自然的生命，得益于水的滋润、水的恩赐。大江流日夜，流出了生命，也流出了历史。

一棵大树，一棵可进入历史的大树，让人生发出此般联想。

这是一个熟悉而陌生的树种。熟悉，是因为在我们的知识储备中，少有人不知道这个名词——水杉。正是它，鄂西这个山区小县利川，与生态结缘，有了故事。

但是，这不是一般的水杉，因而又是陌生之树。

这是一棵六百六十岁的长寿水杉。风雨六百载，她见证了古盐道上的云卷云舒，见证了清江水源区的历史变化，她是这块土地上的生命之尊，老树精灵，也是世上为数不多的高龄水杉。

在利川谋道镇水杉公园里，她独立天地，展臂苍穹，历经磨砺，生命强劲。根部虽裸露地面，瘦骨嶙峋，枝叶却很繁茂，生机蓬勃。风霜雨雪洗礼过，雷电虫害侵袭过，不曾匍匐，不曾退让，如今，仍以伟岸之躯屹立于曾经的兵道商路——谋道镇。

谋道，是千年古镇，在晋代就有建制，后几经易名，民国时期改为现名。古时的盐商故道上，土司纷争，关隘阻隔，其行路之难，可想而知。于是，谋道前行，谋道求变，因以成名，寄怀遥深。这里，高山深壑，峡谷绝壁，溶洞幽深，丛林莽莽。

而这样一棵逾六百六十年风云的大树，安详地生长于此，老水杉，老古镇，相得益彰。

时光回到七十多年前：1941 年初，原中央大学教授干铎过谋道，不经意间发现一落叶大乔木，这棵树被认为是灭绝于世的树中活化石水杉，但是当时还不能确定。后历经多人实地搜集、甄别、研判，最终得出谋道的这株奇树，是一亿多年前白垩纪时期孑遗植物水杉。1948 年，著名生物学家胡先骕与郑万钧，发表论文确认在中国利川发现“活生生的水杉树”，引起轰动，被当作“二十世纪植物重要发现”。据记载，这古老的“活化石”，曾在北半球，包括北极一带生长，后南移，到第四纪时地球发生冰川变化而灭绝，在欧洲、北美和东亚，从晚白垩纪地层中发现过水杉化石。此次原树种的发现，“被当作大事件，震动学界，对研究植物生态，气候地理，种子细胞等，意义重大。”

有记载，当年由干铎等人最早发现的三棵水杉，高达三十米，但是，历经七十多年，眼前的这棵老树是否就是当年的三棵之一，好像没有文字留下。

一围红布护腰，缠绕在胸径达一米七的树身上，十分醒目。红布圈代表着好心的祈福，是对历经风雨的老树的致敬。树上镶嵌铭牌，周围已围上栅栏，还有正在建设的水杉公园、博物馆，为保护这个国宝级的当世珍品，人们尽心竭力。那高达三十五米的树巅，冠幅有二十二米，唯有仰视，才见其高。面对老树，听闻关于她的生命史，心存敬意，惟心底默默祝福。

水杉自在利川山中发现后，已被引种到五十多个国家和地区，还被当作珍贵礼物，用于外事活动中。近年，它被当作园林绿化和行道街景的优质品种，甚至成为城市市树——湖北武汉就以水杉为市树。水杉品种有五六种，分有池杉、羽杉、柳杉等，不同树种的习性和栽培方法都不同，其中以无性栽培最为优良。谋道这株老树，如今仍是无性培育后代最好的母本，多年来，已成功地“养育”众多后代，现在，仍是同类树种中较为优质的祖母级老树。

在利川，看水杉，了解大自然中的化石文物，是开眼界的事。之前，曾跋涉半日，在深山老林的利川小河镇，沿河沟小溪来到水杉公园。绿草茵茵、水汽氤氲的草坪上，数百棵高大的水杉树排列整齐，阳光洒在嫩绿叶片上，形成淡淡的水墨景象。水杉树但凡大者，树上都有无性繁殖的牌子高挂。树丛下，水杉研究者老范为大家讲解：优质树种多为无性栽植，直接从母体上移植，不受外界基因影响，是纯正嫡传，养育高质量的后代，所以选优良的母体，是水杉优生的先决条件。

本来被长途跋涉所累，但却因这养眼的绿，安逸的呼吸，珍贵的优质树种，一路劳顿消解殆尽。养在深闺的这片水杉树群，亭亭玉立，叶片呈羽毛状，绿嫩鹅黄，虽高达二三十米，但树干树枝直挺、颀长。

在返回途中，水杉行家老范几次提到，这一带山沟边，有野生的古老水杉。忽然，他一指前面，说这里有一棵。大家还没来得及反应，他又说那棵也是。一路行进，他至少说到十数棵，我们只是在车中远观了那些已调查备案的利川古水杉。现已查明，百年以上古树，利川有五千六百三十棵，多集中在星斗山小河一带，每一棵都挂上了数据身份牌。当听说前面就有几棵老树时，车已在崎岖的山路上拐出去好远，我们遗憾地与野生老树擦肩而过，只能往那幽深的绿植丛中，辨识古老水杉的轮廓。车行两个半天，都是听老范讲关于水杉的故事，以及星斗山、齐岳山、福宝山的生态。

想到此地北上百余公里的秦巴山南，郧西的竹溪，就有野生金丝楠木群落。同样，此地西南方向的重庆酉阳，乌江畔的两罾乡，也发现了金丝楠木群。偌大的楠木群，形成壮观之象，为全国罕见，当中有一棵千年老树为存世奇葩。这两地我曾有幸造访，大树生长的环境，人与自然相偕的故事，让人难忘。鄂西渝东，秦巴蜀地，山水相连。这方土地曾经闭塞难通，然而，却为自然物种的天然生长，创造了原生优势。

日月精华，天地灵秀。无论是竹溪、酉阳，还是利川，那些珍稀的植物，遗世的至宝，当是上苍的厚爱，也成就一个地方的人文风华。

香樟树记

徐鲁

南国多嘉木，香樟树就是我心目中的嘉木之一。在我所居住的武汉东湖畔，有一片经过了多年的保护而幸存下来的香樟树林。每当黄昏时分，我喜欢沿着一条林中小路，走进这片寂静而幽深的、由一些高大秀美的香樟树和枫橡树组成的树林里，去散一会儿步，或在那里构思我要创作的散文和小说。这片香樟树林，大概和梭罗笔下的瓦尔登湖畔的那些树林差不多。暮秋时节，整个树林里落叶萧萧，金色的、琥珀色的、深红色的樟叶和枫叶，在大地上铺了厚厚的一层。逢到干爽的天气，金色的落叶被煦暖的秋光照耀得近乎透明，踩在上面实在有些不忍，不由得会把脚步放到最轻。这时候，我会有意无意地叮嘱自己：别出声，轻一点踩过，再轻一点。我似乎真的听到了古人所谓的“秋声”，伴随着落叶的叹息，在泥土之下，在整个城市渐渐消歇的市声里，像暮色里的晚风，轻轻吹过。

香樟树真像是江南所有乔木中的“美男子”。也许是因为树林里的植株过于密集吧，所以每一棵香樟树似乎都有点“志存高远”的样子，都在努力地向上生长，这样才能争取到更多的空间和阳光，才能使自己的干枝得到更好的舒展。也因此，每一棵香樟树的树形看上去都是那么高大、挺拔和秀美。当然我也十分明白，它们的树干有多高大，它们的树根就会扎得有多深。它们那旺盛、恣肆的生长的力量，来自大地母亲的恩赐。

如果仔细观察，你会发现，每一棵香樟树树干外表的纹路，也是那么漂亮，堪称大自然和生命力的杰作。这些树皮上的纹路，都呈纵向的流线型，仿佛带着韵律感。其实，香樟树幼时的树皮是浅绿色的，而且十分平滑，并没有任何纹路。只有成年之后的香樟树，尤其是上了年岁的老樟树，树皮上才会渐渐出现黄褐色或灰褐色的纵向裂纹。这些流线型的裂纹，是樟树们经历过风雨沧桑之后成熟的标志，是时间经过后留下的痕迹，就像人到中年以后，额头也会出现皱纹吧。香樟树的树纹，也让人们看到了一种沧桑之美、生命之美。

我注意到，台湾绘本作家几米就特别喜欢描绘树林，而他画得最多的树木，就是香樟树。香樟树秀美的树形、茂密的枝叶、富有韵律感的树表纹路，几乎成了几米绘本里的标志性形象。其实，樟树不仅外表上有这么美丽的纹路，我们民间的能工巧匠们，很早也发现了香樟树作为优质木材的内在纹路、内在美，同样是俊雅无匹的。木匠们也许不知道该怎么形容樟木上的那种漂亮的纹路，于是就想到读书人写的文章上去了，他们在“章”字旁加了一个“木”字，就做了香樟树的树名。实际上，美丽的香樟树也真的当得起这个“章”字，它们是大自然的圣手写在大地上的一篇奇异的生命与绿色的华章。

我在樟树林里散步的时候，常常驻足仰望那些高大而秀美的樟树。慢慢地，我还发现了一个奇特的景象：通常，许多的落叶乔木一进入深秋或初冬，满树的叶子就会变黄、变红、干枯，然后随着秋风秋雨萧萧凋落，所谓“秋风扫落叶”。香樟树却不是这样。整个秋天和冬天里，那些叶柄细长、表面有着柿叶般的蜡光的樟叶，一直就那么顽强地固守在树枝上，风雨不动，也不改色，总是青青翠翠的样子。一直要等到严冬过后，新的春天重返大地的时候，香樟树也和其他落叶乔木一样，每一根枝条上都长出了更加青翠的新叶，等到所有的新叶都长齐、长大、长结实了，这时候，开始刮春风了，一夜风起，那些固守了一个漫长的冬天的老樟叶，才会毫不犹豫地、完全放心地、哗啦哗啦地凋落下来。只需一夜工夫，所有的叶子就会全部凋落干净，满树满枝上只留下朝气蓬勃、郁郁青青的新叶。那些凋落到地上的老樟叶，大都变成了深红色，有如萧萧“落红”，它们会伴着春夏的雨水，化作大树下的泥土和养料。毫无疑问，那些落叶的生命，已经在满树满枝的新叶上得到了延续。

香樟树的树形之美和内在之美，还不止这些呢。它的树干、枝叶、果实、根皮，时刻都会散发出淡淡的芳香，可以用来提制药用的樟脑和樟脑油。香樟叶和香樟果实的皮、壳、仁都含有油脂，气味芬芳。香樟的油脂是制造香皂、面霜的好原料，据说比棉籽油、花生油的品质还要好。香樟树的树根，尤其是那些刚刚刨出来的老樟树的树根，你随便捡起一块，冲洗干净上面的泥土，放在客厅或卧室的角落里，一年四季都会闻到一种淡淡的、若有若无的香樟气息。这种气息还能驱避蟑螂、蚊子之类的夏虫。用香樟木材打制的衣柜衣箱、书柜书箱和画箱等，也是深受人们喜爱的上等家具。

香樟树还是江南各地常见的绿化树、庭荫树和行道树，因为它们的根扎得深，能抗风，树荫巨大如伞，又耐修剪。特别是用作行道树的香樟，园林工人为了让它们多长枝柯，好给行人遮阴避凉，有时就会有意锯断它们粗大的枝干，甚至使它们变得光秃秃的，但是，要不了一两个

春夏，它们又会变得枝叶茂盛，树荫如云。

香樟树也会开花。只是它太低调了，小小的、浅绿色的花朵，有如小米粒一般微小，在春夏之交，默默地开在每片叶腋下，很是隐蔽，如果不仔细观察，你根本看不见这些小花朵，而只能闻见它们的芬芳。当你在香樟树下散步和驻足，或者在长有香樟树的公园里晨练时，香樟树和它的小花朵散发出的淡淡芳香，会送给你更多的惬意。“樟之盖兮麓下，云垂幄兮为帷。合吾民兮将安，维吾侯之康兮乐欣。”唐朝文人、大文学家韩愈的门生沈亚之在他的名文《文祝延二阕》里为香樟树写下的这几句赞语，大概即是这个意思吧。

到了深秋时节，香樟树上就结满了成熟的、紫黑色的浆果。这些圆圆的果实成了黑椋鸟、灰色丝光椋鸟、鹊鸲、乌鸫、斑鸠和八哥们的“美食”。一到秋天和冬天，香樟树集中的地方，就会成为小鸟们的天堂和乐园。香樟树成熟的小浆果吸引来大群大群的飞鸟，其中以黑椋鸟和丝光鸟最多。香樟树不仅给它们提供了取之不尽的美食，更用自己密集的枝叶，为鸟儿们提供了安全的聚会和游戏场所。有时候会有几百、上千只黑椋鸟聚集在香樟树林里，尽情地来回盘旋，飞来飞去时简直有点遮天蔽日的规模了。

香樟树又是有名的长寿之树。在南方一些古老村庄的村口，如果长着一棵树围几抱、冠盖如云的老樟树，那一定是这个村庄的“风水树”，一代代村民必会对它怀有深深的敬畏感。有的香樟树树龄可达千年以上。在贵州省沿河县官舟镇的辽炬村口，就幸存着一株已逾千年树龄的老樟树，粗大的树干需六个成年人手拉手方能合围，树冠覆盖地面一千多平方米。当地村民详细丈量和记录着，这株老樟树至今每年还以一至两厘米的速度增粗，它的庞大的根系已经穿透了好几公里，甚至延伸到了离本村数公里之外的乌江河里。不用说，这株千年老樟树已经成为当地百姓心目中的“神树”！站在这样的老樟树面前，你怎能不心生无限的敬畏？怎能不想到，老樟树坚强、隐忍、庞大、深沉的生命根系，老樟树年年岁岁吐故纳新、风霜不摧、不离不弃的宽厚怀抱，不正是古老深厚的故国山河和自强不息的华夏民族祖祖辈辈的精神与灵性所化？

想到这些，我的心里漾起一种崇高和温柔的感情。不用说，我对本来就有无限好感的香樟树，更多了一些敬重感。我没有看错，香樟树实在是一种崇高的树、无私的树、有灵性的树。少年时代我背诵过老一辈革命家陶铸写的散文名篇《松树的风格》，也读过茅盾的经典美文《白杨礼赞》，至今难忘。如果说树木的品质确有高下之分，树木家族里也有自己的“英模谱”，那么，像松树、白杨树、香樟树，还有生长在南中国的“英雄树”木棉这一类树，的确就是一些“不平凡的树”，是一些具有顽强的生命力和崇高的品格，象征着中华民族伟岸、质朴、坚强和力求上进、自强不息精神的树。

板栗树与红色土地

谭仲池

这棵板栗树，一直在我心里葱茏着。

端午节的前三天，我到文家市镇的铁炉冲，看望这棵常在梦中念想的板栗树。

中午的太阳光温柔而灿烂地，照耀着苍翠的黄土岭和流淌的南川河。山前、坡边、河畔绿树掩映的，是极富客家风格的红砖小楼，点缀着山野的秀丽风景。

1977 年的秋天，我来文家市采访，为创作《秋收起义》组歌收集素材。当时，听说文家市镇附近的铁炉冲，有一棵毛主席栽种的板栗树。我在老乡的指点下，沿着崎岖的山路去找寻这棵树。那天下着细细的秋雨，雨丝晶莹如帘，挂满了山坡的树木。透过雨帘，看见泛红的枫叶，似火焰般鲜红地簇拥在一片绿色的丛林里。

我登上铁炉冲半山腰，板栗树就出现在我的眼前。这棵枝繁叶茂、高大挺拔的板栗树，像一个伟岸的巨人，扬起强健的手臂，托着苍茫的云天。我走上去用手轻轻地抚摸树木，感到有一股暖流涌入胸腔。这时，离板栗树不远的土墙老屋里走出来一位老人。他见我们这样专注，便主动地指着板栗树给我们讲起了毛主席当年种树的故事。

那是 1917 年的冬天，毛泽东和他在长沙第一师范的同学步行三百多里来到文家市做社会调查。在十多天的社会调查中，毛泽东始终坚持早上爬山锻炼身体，每天还帮忙挑水、种菜。离开铁炉冲的前一天，毛泽东亲手在山坡前栽种了这棵板栗树。有同学说：“你家离这里远，种这个干什么？”毛泽东回答道：“这叫前人种树，后人吃果啊！”

今天，我重来瞻仰心中的板栗树，它已经变得更加粗壮挺拔，长成了参天大树。它的四周已经长出了上百棵大小不一的板栗树，手牵手地筑起了一座板栗树城，还有香樟、青松、兰竹、银杉、红桎木簇拥着它。望着这棵耸立在我眼前已经穿越了一个世纪的春夏秋冬的板栗树，我浮想联翩。我在想，在这漫长的风雨岁月里，它一定经历了无数严寒酷暑煎熬，甚至冰刀霜剑，火烧雷劈。我从巨大树干上的树皮，看到了逝去的时光在树上雕刻下的沧桑痕迹。然而，遮天蔽日的树盖和舒展如虹的虬枝，泛着浓浓绿色的叶片，却依然蓬勃着盎然生机。我惊叹于这棵板栗树的强大生命力和不老的昂扬雄姿。

睹树思人。此刻秋收起义的号角就在我耳边响起，第一面鲜红的工农革命军军旗，就在眼前迎风招展。里仁学校的教室里明亮的马灯，照耀着双双发亮的眼睛。会师坪操场上林立的梭镖和风火墙上的翘角，在阳光里放射着夺目的光芒。谁能想到栽种这棵板栗树的毛泽东，十年后的 1927 年 9 月 9 日，亲自领导了湘赣边的秋收起义，在危急关头，果断决定秋收起义部队到文家市会师。

原来历史和时光竟会如此巧妙契合。

板栗树的根，从此更深地扎进了这片丰厚的红色土地。

美国作家海伦 · 福斯特 · 斯诺 1973 年来文家市访问，她在《毛泽东的故乡》一书中写道：

> 1927年，毛泽东主义在湖南浏阳县问世。在文家市的这所学校里，人们能感觉到深邃的毛泽东神话。正是湖南浏阳这所古老宗祠里，毛泽东1927年召集了一千多个英勇的青少年，把他们武装起来，他们的武器主要是红缨枪和红缨思想。这个会议投票通过继续蔑视一切上帝、所有的地主、所有的反革命势力，向客家聚居的绿林井冈山根据地进军。

我向外望去，掠过山顶，向湘赣边界的“井冈山根据地”凝视。1927年后，部队在那里打了许多次小仗，才得以保存下来。

这段简练而朴实的记叙，揭示了这片红色土地曾经书写的悲壮和光荣。

也就是在里仁学校后栋，被称为“成德堂”的宽阔教室里，借着数盏马灯凝聚的光芒，毛泽东主持召开了前敌委员会会议。有“中流击水”的江海壮志，胸怀“改造中国与世界”远大目标的毛泽东，坚定地在这片红色的土地上做出最果断的抉择。

1927年9月19日夜晚，这是一个不寻常的夜晚。里仁学校的走廊上，操坪的台阶上，站满了起义战士。他们沐浴着洁白的月光，闪耀着一双双充满期望的眼睛。他们知道，这是一个决定工农革命命运前途的夜晚。此刻的会议里，争论异常激烈，已经几个夜晚反复思考的毛泽东，终于在总指挥卢德铭的有力支持下，通过投票，确立了向罗霄山脉南段转移的战略抉择。他指着从里仁学校借来的地图上标出的罗霄山脉位置说：“我们要到这眉毛画得最浓的地方去当山大王。我们这个山大王是特别的山大王，是代表人民利益的工农武装，中国政治不统一，经济不平衡，矛盾很多，我们要找敌人统治薄弱的地方。”

这就是“红缨枪”赋予毛泽东的天才视野，是“红缨思想”指引着枪杆子出政权的光明前途。就在这一瞬间，从板栗树、红缨枪，到第一面军旗，召唤着这支军队，走向万水千山的漫长征途。这片红色土地，又雕刻、承载了多少伟大而沉重的历史使命和风云变幻。

九月里来黄花香，九月里枫叶红山岗，毛委员来到文家市，带领大军上井冈。红色土地上的人民群众唱着自己编的歌，展开了轰轰烈烈的土地革命，继续坚持与反动派展开斗争。他们不怕国民党反动派一次又一次的进剿反扑。他们坚信毛委员指挥的人民军队还会回来。

1930 年，赣南、闽西地区红四军、红十二军和红六军在福建长汀合编为红一军团，毛泽东任前委书记兼政委，朱德任总指挥。8 月 20 日凌晨，红一军团突袭文家市，不到四个小时便全歼了敌三个团加一个营，击溃一个团，毙敌旅长戴斗垣和一个团长，俘敌一千余人，缴获长短枪一千五百余支，机枪三十七挺。文家市大捷是红一军团成立后取得的第一次重大胜利，也是红军初创时期一个成功的突袭战例。

我依然在板栗树前伫立，不舍离去。我在细细端详，树杈间又绽放的新枝绿叶。我知道，不论是腥风血雨，白色恐怖，艰难困苦的日子，还是驱散迷雾，阳光明媚，鲜花开放的季节，这片红土地上的乡亲，总会来这里呵护、守望这棵板栗树。从它身上，凝望信仰的璀璨，力量的苍郁，意志的坚挺，梦想的金黄和氤氲不息的生命蓬勃。

我款款俯下身子，捧起一把板栗树扎根的红色泥土，感到有一股温热沁入手心。我的心在激烈地跳荡，它要飞出胸膛，穿越岁月的时空，重新越过万水千山，去寻找红军留下的脚印，去品味毛主席诗词中“待到山花烂漫时，她在丛中笑”的最高精神境界。

板栗树不会老去，它永远像一面旗帜、一座灯塔、一所学校，年年岁岁，把光芒、雨露、清凉和香甜送给人间。

最喜荔枝红

蒋子龙

2020 年是荔枝的“大年”。

何见其“大”？登上广东省广州市萝岗区的牛首山顶，俯瞰满山遍野的荔枝林，一片片翠绿、浓绿，挤成一团团瓷实的绿疙瘩。无涯无际的绿海中，浮荡着密密麻麻的珍珠般的红色颗粒，恰似“朱弹星丸粲日光”——这就是已经成熟的名为“桂味”的荔枝。

然而，漫步荔枝林，却是另一种景象。荔枝树大异于其他果树，诸如苹果、梨之类，为了便于人类采摘果实，树枝向四面八方七扭八拐，不往高处生长。而荔枝树为了获得阳光，自然而随意地向高空伸展。一般的成年荔树都在十米高左右，百年荔树可长到十四米，树龄五百年以上的古荔高达十六米，相当于五层楼房的高度，其树冠也在五十平方米左右。而且，一棵树一个形状，每棵荔树都形成自己的一方小天地。

荔枝林深处，并非像在高空鸟瞰那样密不透风。荔枝累累垂挂，一层一层，拉开了荔树的枝叶，使荔枝林里阳光缕缕，清风徐徐。清澈的山涧水，自上而下，迂回曲折，时缓时急，给荔枝林增添一种清凉的韵致。采摘荔枝的人，将保险绳系在较结实的树枝上，然后爬上荔树顶端，在晃晃悠悠的树梢上，将一挂挂结满荔枝的小枝剪下来，装进挂在树上的竹筐，然后一筐筐地用绳子吊下去。从采剪到装筐、装箱、装车，无不小心翼翼。

成熟季节，外地的大客户，每天单是从萝岗，就要买走七八万斤荔枝。

所以，水果的“大年”“小年”，最终还是要到市场上去看。今年的市场上，连菜摊旁边都摆着一筐荔枝，价格也比往年便宜不少。任何水果都有人爱吃，有人不爱吃，却很少听说有人不爱吃荔枝。但是，天下人都道荔枝好，却又有多少人真正了解荔枝？

荔枝首先是历史之果，广州市建城两千年，荔枝的栽培历史也是两千多年，萝峰寺至今还生长着一株一千三百年的古荔树，大多数年份还能硕果累累。《后汉书》中说，旧南海献荔枝，“十里一置，五里一堠”，路途险阻，前赴后继。汉武帝不想这么麻烦，干脆在长安修建了“扶荔宫”，将一百株荔枝树移栽至皇宫庭院，可惜最终一株也没有成活。

后来的唐玄宗、杨贵妃使荔枝的声名大振，“年年驿使走红尘，贡入骊宫色尚新”。据传是身为广东高州人的高力士，向唐玄宗和杨贵妃推荐了他家乡的这种特产。清代两广总督阮元，在其《岭南荔枝词》中肯定了这一说法：“新歌初谱荔枝香，岂独杨妃带笑尝。应是殿前高力士，最将风味念家乡。”

荔枝在古代是贡品，大臣们也不一定能吃上。广东人张九龄，身为唐朝开元名相，一边吟诵“海上生明月，天涯共此时”，一边写《荔枝赋》聊以解馋：“百果之中无一可比。”至宋代，苏东坡被贬惠州，因祸得福吃上了这种岭南佳果，他至少写了三四首关于荔枝的诗，最终成就了荔枝的文化品位。

人们说，历史就是文化史。荔枝更是一种文化之果，令现代人心生敬仰。一个例子就是，现代作家很少写荔枝，可能因为担心写不过司马相如、杜牧、白居易、苏东坡等古人。现在无论是卖荔枝的人，还是吃荔枝的人，张口就是“一骑红尘妃子笑，无人知是荔枝来”“日啖荔枝三百颗，不辞长做岭南人”……荔枝本身已经演变成一种文化符号。

甚至，“荔枝”的名字就是诗。其品种很多，如“水晶丸”，俗称“糯米糍”，名字来自宋朝杨万里的“甘露落来鸡子大，晓风冻作水晶团”；再如“十八娘”“宋家香”，名字来自清朝顾贞观的“碧桃争比得，鹤顶真珠液。好在宋家香，刚逢十八娘”；还有桂花香味馥郁的“桂味”，肉质滑软、清甜多汁的“秀玉”，成熟后红紫相间、缝合处一条绿线直贯到底的名贵品种“挂绿”，果皮鲜红、果肩隆起、果肉厚实的“双肩朱砂红”，极其稀少的“水西碧玉”“雪怀子”等等，不一而足。

岭南民谚：“天下荔枝在广东，广东珍品在萝岗。”被誉为荔枝中“三宝”的“水晶丸”“桂味”“挂绿”，以及被尊称为“荔枝皇后”的“水西碧玉”，皆在萝岗。

为什么是萝岗？

萝岗在广州东北方，隶属黄埔区，境内确实有“岗”。萝岗之“岗”，南北狭长，北高而南低，渐次由三种地貌构成：高丘陵、低丘陵台地及河涌与滨江冲积平原。山丘表层为砖红壤潮土，有机物质丰富，土层深厚肥沃，呈弱酸性，天生就是供荔枝生长的优质土壤。加上全年气温较高，雨量丰沛，就像当地百姓所说，“插根木棍就发芽”。

这里有一座荔枝山，还有一个“果村乡”——可见当地对荔枝的看重。不管是村委会也好，乡政府也好，都全力为栽种荔枝服务。有的村子，是一个巨大的圆圈，圆圈中间是茂密的荔枝园，这叫“人跟着荔枝走”，为守护荔枝而建房居住，从而形成村落。还有的村子，是“荔枝跟着人走”，比如建于明代的水西村，四周都是荔枝林，计有一千五百余亩，光是古荔树就有一万两千多棵。村里老人讲，有些古荔的树龄可能在六七百年以上。自古以来，村里人就与荔枝相依为命，数百年的荔枝树至今不改其味，甚至果实的味道越来越甘醇，真是福荫后人。其中一株四百多年的古荔，每年挂果千斤左右，且一半是被誉为“岭南第一荔枝珍品”的“水晶丸”，一半是“桂味”，至为神奇。

走进这样的地方，就像进入荔枝的博览园，或者说是进入荔枝的原始森林。萝岗有百年以上的荔枝林三万多亩，其中半数以上的树龄在三百年以上，树龄五百年以上的有二十七株，这些经历了数百年风雨的古荔树，至今仍硕果累累，皆属于“红壳大果品系”，肉厚核细，即便在岭南也较为罕见。这当然跟萝岗原生态的自然环境有关。

荔枝的神奇还不止这些，司马相如在《上林赋》中将荔枝写成“离支”。而白居易在《荔枝图序》中这样解释“离支”的含义：荔果离枝之后，其变甚速，“一日而色变，二日而香变，三日而味变，四五日外，色香味尽去矣”。所以采摘荔枝时不是直接摘果，而是连带着树枝一同剪下，让果不离枝，以保其鲜。荔枝的成熟也不是渐渐变红，而是一夜骤红。

这可能也是荔枝之所以格外珍贵的一个原因。

植物学家蒲蛰龙曾说：“古荔枝是岭南至宝，倾家荡产也要保护好。”现在，古荔树不仅保护得很好，而且径直成为当地人的摇钱树。当代社会，经济文化高度发达，文化之果荔枝已变成“金果”，含金量极高。萝岗又获得了“国际无公害产地认证”，每到荔枝成熟期，采购者从四面八方蜂拥而至，每年外销荔枝可达数千万斤，进账也以数千万元计。

如今的荔枝既是珍品佳果，又是大众鲜果；既高级，又普通，饶是“人见人爱”。

大树与鸟儿

郝俊

岭南的夏，遇到雨天便格外潮湿，特别是树木蓊茂之处。谁知，烟雨中的“小鸟天堂”还别有一番景致。在远处眺望，浮动的暮霭宛如一袭轻盈的薄纱，让偌大的榕树林更添翠润。毛毛雨粘在睫毛上，眨眼间，一丝冰凉沁入眼中。再看，眼前就是一幅烟树迷蒙的水墨画了。

“小鸟天堂”位于广东省江门市新会区天马河的河心沙洲上。这里原本是一棵古榕树，经过数百年的生长与繁衍，独木成林，覆荫面积已有一万多平方米。在广东，榕树很常见。这棵榕树的气根，吸收着枝干里的营养，像绳索一样，垂直往下生长，到达地面后又扎进土壤，再从土壤里汲取养分，不断增粗，长成一根根新的树干。“小鸟天堂”现在由气根长成的枝干多达数十万根，如此，一棵树长成一片林。因为这里生态环境良好，加之远离尘嚣，景色清幽，所以引来众鸟在此筑巢栖息，让这棵罕见的大榕树变成了鸟的家。

“小鸟天堂”四面环水，我们坐上船，绕“岛”而行。“再等一会儿，白鹭飞回来，灰鹭飞出去，最热闹了！”开船的师傅提醒大家，精彩的一刻即将来临。下午六点半钟，天空终于出现成群结队的鸟儿，朝着“小鸟天堂”的方向飞来。白鹭回来了！只见它们白花花的一片，数秒后，有的白鹭开始变换队形，在“小鸟天堂”上空盘桓，骄傲的姿态像是在庆贺自己的凯旋。这时，从“小鸟天堂”里又飞出来了灰鹭。因为生活习性不同，白鹭是早出晚归，而灰鹭是暮出晨归。于是，白鹭和灰鹭一进一出，往来穿梭，交替飞舞，景象甚是壮观。

飞回来的白鹭，有的散落在树枝上，像一团一团的雪。它们或相互依偎，或窃窃私语，享受傍晚的休闲时光。它们还在水上翩跹，一湾碧水就是舞池，优雅的舞姿倒映在水中，呈现出一种梦幻般的美。

鸟儿的惬意生活让人羡慕，它们表现出来的友善也让人感动。听当地人说，白鹭每天早上出巢觅食，傍晚回巢，灰鹭则是晚出早归，它们正好交替使用共有的窝巢。不仅如此，它们还相互照看各自的幼鸟。其他鸟儿，像喜鹊、山斑鸠等，也都能各安其分，彼此之间和睦相处。鸟儿和榕树亦能互偎互依，榕树为鸟儿提供遮风避雨的栖身之所，鸟儿则为榕树除去病虫，守护榕树的枝繁叶茂。

“小鸟天堂”之所以能够蔚然成林，并非一味依靠自生自长，更靠人力所为。那时为解决水患，人们便用船运泥，填入天马河的河心，直至土墩凸起。而后在上面种下一棵榕树，起到固土作用。而当年的小树苗能够长成茂林般的大树，与人们的保护密不可分。不许伐树的规定在这里世代相传，这棵榕树得以不断生长，直至长成如今的遮天蔽日。今天的新会人，仍以“爱树护鸟，爱护自己，爱护子孙”为己任，十分注重对“小鸟天堂”的环境治理和保护，希冀“独木成林、万鸟起落”的自然奇观得以长存。

前两年，我曾在网上看到一段视频，一辆疾驰的列车驶入外形酷似“隧道”的设施后，立刻变得悄无声息，周遭的世界也跟着安静下来，铁路两旁绿意盎然，天空偶有飞鸟掠过……通过上网搜索我得知，视频里的铁路是江湛铁路。原来，江湛铁路因为受选线条件限制，与“小鸟天堂”最近距离仅有八百米。为了保护“小鸟天堂”的生态环境，尽可能减缓列车经过时产生的声光干扰，建设部门投入巨资，研制并安装了长达两公里的高速铁路全封闭声屏障。经过检测，高速列车在通过声屏障时，降噪二十分贝以上，从而使“小鸟天堂”不受噪声影响。看到这条新闻，我的内心充满感动。

的确，鸟儿的幸福生活，仅靠繁枝密叶远远不够，还需要更多人的用心呵护。面对大自然，我们的每一次努力，都会变成明天的一片绿荫，一声鸟啼，一缕花香……

箭毒木

李青松

穿花格子衫的阿黑背着手，趿拉着人字拖，吧嗒，吧嗒，吧嗒，在那棵树下绕着圈圈。他的左手手腕上戴着黑褐色的闪着“鬼脸”的海南黄花梨手串。此时此刻，他的心情颇为复杂。阿黑是早晨开车从城里回来的，他的那辆“悍马”停在一片甘蔗地的后边，甘蔗林挡着“悍马”，这边看不见。他是有意停在那里的，本来就不想让乡亲们看见。否则，乡亲们以为他是在炫耀什么呢。他可不愿意给乡亲们那样的印象。

几天前，阿黑听说城里“梦巴黎”酒店的老板以不菲的价钱买下那棵树，要把它移植到“梦巴黎”的门前弄成显赫的一景，就再也睡不着觉了。他急火火地给朋友打电话，问这位谋略高手有什么办法。朋友说，什么办法？货币是干什么的？嗯？

挂断电话，阿黑用右手撸下左手手腕上黑褐色闪着“鬼脸”的海南黄花梨手串，在手里盘着，盘着，盘着。珠子上的“鬼脸”翻着跟斗，很是有些诡秘。其实，他的心也在盘着，只不过，心盘的不是手串，而是那棵树。

阿黑果断出手了。他出了比“梦巴黎”老板还高的价钱——让那棵树原地不动。阿黑疯了吗？阿黑没疯。他之所以花巨资买下那棵树，如果不是与“梦巴黎”的老板斗富，那一定是另有原因了。

吧嗒，吧嗒，吧嗒——这会儿，趿拉着人字拖的阿黑，绕圈圈绕累了，就坐在树下的一块石头上歇息，手串上的“鬼脸”一闪一闪的，他并不理会，眼睛只是静静地看着那棵树。

那是一棵奇崛的树，名曰：箭毒木。箭毒木的汁液呈乳白色，剧毒。误入眼中，会导致双目失明。一旦由伤口进入人体血液里，那就更可怕了——会使心脏麻痹，血管封闭，血液凝固，不消半个时辰，便一命呜呼。故此，箭毒木又叫见血封喉，是世界上最毒的树之一。

那棵箭毒木雄踞于五指山下一个黎族村寨的寨口。一次，我到海南行走，顺便去看了那棵已经属于阿黑的箭毒木。那是一棵实实在在的树，蓊蓊郁郁，气象万千。躯干五六个人手拉手才能合抱，树皮是青灰色的，略显粗糙。树枝向南北东西四个方向延展，树势健朗旺盛。树高三十二米，树冠直径超二十四米，树龄超过五百年了。箭毒木的身上有许多泡沫状的疙瘩，树冠三百六十度球体覆盖，犹如一朵巨大的绿色蘑菇云浮在半空。

阿黑在那棵树下长大。阿黑的阿爸在那棵树下长大。听阿爸说，阿爸的阿爸也是在那棵树下长大的。箭毒木庇护着寨子，庇护着寨子里一代一代人的成长。大树下，是牯牛躲风避雨的去处，是村民谈天说地的地方。没有电视的年代，村里所有的新闻都来自那里。

箭毒木坚定，稳固，不可动摇。裸露于地表的板状根，如火箭尾部的翼片支撑着硕大的树干。其地下的根系更是发达。这么说吧，树有多高，地下的根就反向扎多深，并且纵横交错，相互叠加，形成巨大的网状系统。一场强台风过后，遍地哀歌，万木摧折，唯有箭毒木，昂昂然，屹立不倒。什么原因呢？这就是根系的作用了。

就像无法量化箭毒木的博大与壮美一样，人们也无法丈量它根系的全部。因为，它的根系之发达，超越了我们的思维和想象。

阿黑还专门雇了个阿叔看树，每月工资三千元。

看树的阿叔戴着斗笠，腰里别一把砍刀，每天巡护，尽职尽责。后来，阿黑让阿叔在箭毒木的不远处摆了个摊儿，出售椰子、槟榔、芒果和波罗蜜，一边看树一边做生意，或者说，一边做生意一边看树。阿黑认为，这样既低调又自然，顺理成章，免得村民反感——把我们都当贼了吗？不过，看树的阿叔还真是有点老电影里八路军地下交通员的意思，眼神里透着警觉，时不时地往树这边瞄几眼。

阿黑给看树的阿叔配了一部手机，让他每天用短信把树的情况发给他。阿叔发得最多的一句话，就是“今日无异常”。而阿黑呢，每天只有看到阿叔的短信，睡觉才踏实。

我来的那天，特意到阿叔的摊前买了个椰子，喝椰子水，解渴。阿叔挥起砍刀，咔！咔！咔！砍那么几下，就在厚厚的椰子皮上砍出了洞洞，再插进一个吸管，递给我。他说，小时候的阿黑机灵得像个猴子，就是喜欢爬树，嗖嗖嗖几下，就能蹿到几丈高的树上去，摘椰子，摘槟榔。他指了指高大的箭毒木，说，他常在那上面耍，掏鸟蛋、捅马蜂窝，也站在树上往下呲尿，专呲那些打树下过路的“秃头脑壳”……我听得入迷，能感觉到，阿黑的童年，洋溢着欢乐的气息。是啊，这棵树上有阿黑的记忆。记忆是什么？记忆就是乡愁。对阿黑来说，乡愁不是什么虚幻缥缈的东西，就是这棵具体的树呀。

我坐在小板凳上，吸着椰子水，咕噜噜，咕噜噜，一时竟忘了该问些什么了。我将椰子放在小桌上，用一片芭蕉叶擦了擦嘴巴，便也学阿叔的样子往箭毒木那边瞄一眼——

箭毒木裸露的板根上拴着一头老水牛，静静地卧在树下，享受着午间慵懒的时光。它的尾巴悠闲地甩着，驱赶着蚊蝇。时间仿佛不存在了，存在的只有这棵古老的箭毒木，以及箭毒木树下发生的那些故事。

那次海南之行，我结识了阿黑。因兴趣相同，我也爱树，阿黑便把我当成了他的朋友。

寨口那棵箭毒木，真的有灵性吗？阿黑用右手往上撸了撸左手手腕上那副海南黄花梨手串，说，当然。而整天守护那棵树的阿叔对此更是深信不疑。因为，有两则传说至今如谜，无法解释。其一，某一年，箭毒木突遭雷击，主干顶部起火，在雨中燃烧了三天三夜后，“唰”的一声响，一道彩虹横空出世，大火骤然停熄。所有人都认为，此树必死无疑了，谁知，转年春天，烧焦的枝干踪影皆无，代之的是新干新枝和满树的翠绿。其二，2004 年的某天，村民们发现，有无数的白蚁形成两股巨流，疯狂地往箭毒木上攀爬。次日，印度尼西亚苏门答腊岛附近发生九级大地震，接着，印度洋发生凶猛大海啸，夺走数万人生命。

无疑，这两则传说给那棵树罩上了神秘的色彩。人类对自然界的了解还仅仅是一知半解。

早年间，黎族猎手的狩猎工具是弓弩。弓弩发射时声响小，隐蔽性高，便于偷袭。阿黑听阿爸说，阿爸的阿爸是寨子里最出色的猎手。阿爸的阿爸在每次出猎前，都在那棵箭毒木下，用小刀割破树皮，将渗出的乳白汁液滴进小罐里，尔后把汁液涂在削尖的竹箭头上。狩猎时，一旦毒箭射中猎物，毒性就会迅速发作，致猎物毙命。黎族谚语有“七上八下九不活”。什么意思呢？就是说，被毒箭射中的猎物，在逃窜时若是上坡，最多只能跑上七步；若是下坡，最多跑上八步；无论是上坡还是下坡，至第九步时一准已经没命了。即便是正在空中飞翔的鸟，一旦被毒箭射中，也会立刻从空中倒栽下来。

据说，医药专家把箭毒木中的毒素提取出来，用于制作治疗高血压和心脏病的药物，药效令人惊奇。

令我意外的是，箭毒木的树皮还能做衣服呢。阿黑曾收藏了一件箭毒木树皮衣，至今完好无损，是阿爸的阿爸那辈传下来的。树皮衣的本色是乳白色，内敛而节制，很轻。阿黑说，从前，阿爸的阿爸狩猎时常穿这种树皮衣，既可防潮又可防毒蛇和蚊虫的叮咬。我用手指轻轻捏了捏，柔柔的，有一种特别的感觉，上面分明散发着岁月温暖的气息。

阿黑说，粗大的箭毒木在海南已经很少见了，所以做树皮衣的手艺也几乎失传了。旧时，黎族人把箭毒木树皮从野外剥回来之后，先用木棍反复捶打，使得树皮纤维和木质分开，然后将树皮纤维浸泡一个月左右，一方面去除纤维中有毒的东西，另一方面使得纤维变得柔软而富有弹性。这样处理过的树皮，做衣服，做筒裙，做毯子，做褥子，或是做别的什么，尽可由人了。而黎族妇女常把树皮衣染成各种各样的颜色，在过节或赶集的日子穿出来，真是漂亮极了。

在海南期间，我还去看了另外一棵箭毒木。那棵箭毒木生长在海口云龙镇冯白驹的故居，树龄约有四百五十年了。是阿黑陪我去看的。那棵巨大的箭毒木树势总体还算旺盛。扛过了强台风的袭击，依然风骨凛然。据说，先前只是朝东的一个横生的侧枝，不知什么原因有些干枯了，可忽然有一天，那根枯枝掉了下来，摔成几段，碎屑满地，很是悲凉。它一定是夜晚掉下来的，以优雅的姿势在人们的睡梦中，壮烈地为自己的一生画上了句号。在最后一刻，它还保持着自己应有的尊严。

冯白驹曾是琼崖纵队司令员，领导了海南红色革命。冯白驹的后人冯文动告诉我，新中国成立前，白匪探知冯白驹回乡的行踪，便秘密前来抓捕，结果扑了个空。原来，冯白驹听到屋外白匪动静后，跳后窗，钻进那棵箭毒木的树洞中，在里边躲了整整一天一夜，才幸免被捕。那棵箭毒木的树洞空间很大，三五个小孩子在里边玩耍都没有问题。树洞里有八哥鸟栖息，冯文动小时候常进去掏八哥蛋。

那棵箭毒木的四周已经用水泥栏杆围了起来，我向树洞中探探头，终于还是没有进去看。洞里还有八哥吗？不得而知。不过，仰头一望，树冠里有一个硕大的马蜂巢倒是真的。冯文动说，小时候有馋嘴的小鬼爬上树去掏蜂蜜吃，被马蜂蜇得屁滚尿流的情景至今记忆犹新。说着，他开心地乐了。我拉了拉阿黑的衣角，说："那小鬼不是你吧？"阿黑不言语，往上撸撸手串，抿嘴乐了。我也跟着乐了。

不过，乐归乐，我的心里对箭毒木还是怀着恐惧。

箭毒木的毒，奇毒无比，唯有红背竹竿草才可以解毒。哪里有红背竹竿草呢？生长箭毒木的地方多半都生长红背竹竿草。换句话说，红背竹竿草多生长于箭毒木的周围。大自然早替人类安排好了，它在创造一种毒的同时，把解此毒的东西也备在了那里。不过，一般人很难识得，只有黎族"老山里通"才能辨认出来。每每见到箭毒木时，别人仰头朝上望，我则低头俯身在树下寻找。寻找什么呢？红背竹竿草。我唯恐一不留神有人中毒，这样先找到解毒的东西，就可以放心观赏箭毒木了。可是，寻找了无数次，却至今未找到。红背竹竿草到底长得什么样呢？

自然界是一种弱肉强食、吃与被吃的关系。其实，从另一个角度看，自然界还是一种以毒攻毒、以毒克毒的关系。

箭毒木不是传说，如果把阿黑买下的寨口的那棵箭毒木的毒都提取出来，能放倒多少人？这个数字还真是不好说，得用一系列的数据分析论证后才能知晓。不过，箭毒木虽然有剧毒，可寨子里因箭毒木的毒而夺人性命的案例，至今没有发生一起。或许，它的毒从来就不是拿来用的，而是拿来说给人听的。

返京前的那个傍晚，阿黑驱车带我又来到寨口的那棵箭毒木下。朦胧的月光中，他照旧把“悍马”停在甘蔗地的后边，然后我们步行过去。吧嗒，吧嗒，吧嗒，阿黑还是趿拉着人字拖。他把左手手腕上那副海南黄花梨手串摘下来，握在右手上，一边走，一边用拇指一粒一粒盘着，盘着，盘着。暗地里，一个黑影向我们这边警惕地探了探头，就隐了。估计是那个看树人阿叔吧，他真是尽责呀。我和阿黑在那棵树下绕着圈圈，说着一些不着边际的话，东一句，西一句。说着说着就没话了，就哑了。只有一些嘶嘶的虫鸣声，起起伏伏。突然，一只不知名的小动物嗖地从角落里蹿出来，又嗖嗖嗖地蹿到箭毒木上去了。

箭毒木的巨大树冠里，该藏着多少秘密啊！

椰树之美

储福金

在海南。站在海边金色的沙滩上，眼前是无边无际的海。平静的海面向远处伸展，蔚蓝与天一色，海浪轻轻地拍过来，一层层卷过海滩上的沙石，像要漫过海滩去到岸的一边，去吻那一边的绿色，那是一排排的椰子树，椰叶如梳，梳着轻风，梳着细浪。

风与浪不会永远这么温柔，台风呼啸之时，海浪便以排山奔涌之势，惊涛裂岸，伴以暴雨倾盆，风，雨，浪，仿佛要吞没一切，然而风总有停时，雨总有歇时，浪总有退时，待所有的重新安静下来，所见的是海岸边那一排排的椰树，依然那么挺直，依然那么青翠。

仿佛椰树林是海给予海岸的一条绿色的风景线，仿佛椰树林是迎抗海风海浪的一条坚韧的生命线。

椰树之生与海相系，椰树所喜高温、多雨、阳光充足，正合着海南气候。而椰树赖以生存之根，正是含着盐质的沙土层，那是海水所留下的，而椰树以根系深深抓握着基础，又防着沙土的流失。

任由春夏秋冬的岁月变化，椰树之色总是郁郁葱葱，它不多的要求，在海南的海边一切俱足，自然天成。

椰树属于单子叶植物。单子叶植物中基本没有形成层，所以绝大部分为草本植物，偏偏椰树具乔木状，长得高而自挺拔，内为纤维质，抗

风雨而不弯腰。

其他树种都是从底部开始生长，而椰树是从顶部生长，树叶从树顶“炸”出来，如年节放的礼花。

树干光滑的椰树，无枝无蔓，巨大的羽毛状叶片从树梢伸出，撑起一片伞形绿冠，叶下结着串串圆圆的椰果。椰树一年四季花开花落，果实不断。

太阳从海上升起，海岸初沐阳光的是绿色的椰林。航海人归来了，初见海岸的便是葱翠的椰林。

在海滩上活动的人，深感海南天气的热。但只要走到椰树的树荫下，感觉立刻凉快下来。托一个椰果来，剖开果子头上一片，里面显出白白的一圈椰肉。插入一根管子，轻轻一吸，便是满嘴清凉甘甜的椰浆。

海南人把营养丰富的椰汁制作成的椰奶，如脂如玉。

有诗为证，且是苏东坡的诗：“椰树之上采琼浆，捧来一碗白玉香。”

苏东坡当初贬谪岭南，实是年老体弱，再贬海南，已是六十二岁的老人。那时人的寿命短，人生七十古来稀。苏东坡来时便做好终老海岛的准备。那个时候，海南无米无肉无药无炭，所见之处却少不了椰子。

初到海南，是苏东坡心情最为低落之时，但海南奇特的风物还是能够给他带来一些新奇感，尤其是看到海南特有的椰子，喝到滋味独特的椰子汁时，所产生的奇异心情。

一直陪伴苏东坡的三子苏过，拿着倒尽椰汁的空壳，把玩良久，突然想起父亲以前的一件趣事。父亲在京城做官时，曾把当时流行的帽子加以改造，弄出一种帽筒高、帽檐短的奇异帽子来。士大夫争相仿效，一时成为风尚，人称“子瞻帽”。于是苏过也用椰壳制出一种帽子，给父亲戴上，怪模怪样的，引得人们围来观看。

以椰壳雕制成工艺品，天然质朴，具有独特的艺术风格和浓厚的海南色彩，渊源悠久，自古有之。早在唐代就有椰子壳制成的酒杯，晚唐诗人陆龟蒙有“酒满椰杯消毒雾”的诗句。

古时称海南有瘴疠之气，陆龟蒙诗言以椰杯盛酒，能消毒气。其实，海南处处有现成的自然之酒，那就是椰浆。苏东坡以椰壳成帽所作七律诗《椰子冠》中，便有此一说——

天教日饮欲全丝，
美酒生林不待仪。
自漉疏巾邀醉客，
更将空壳付冠师。
规模简古人争看，
簪导轻安发不知。
更著短檐高屋帽，
东坡何事不违时。

苏东坡诗中所道，我苏东坡来到海南，岛上长满椰子树，椰浆便是自然之酒，自不用酿酒师，此乃上天之美意。那椰壳还能制成一个形简古朴的帽子，引人好奇地观看，我苏东坡什么事情不与时流相违背呢？

看来苏东坡爱椰，天然之椰也正合着他一肚子的不合时宜。他自嘲又似讽时的诗显得活泼泼的，天性合一的超脱，把垂老投荒的事实苦难冲到最淡。

椰浆是纯自然之酒，酒不醉人人自醉。

椰壳是纯自然之物，借来盛人世沧桑。

想东坡当时，人生的沧桑过尽，繁华尽褪。结庐海岸椰树边，苍天沧海，绿林绿叶，取椰汁相饮，视椰奶如玉，负椰壳为冠，与椰相通，如椰存简。

扶椰树而立，看海浪不知疲倦地滚滚而来，不知疲倦地打在海滩上，又不知疲倦地漫漫而退，一如天地之始，同样的简单画面，同样的简单色彩，同样简单的动作，只椰叶如扇，轻拂微风，安抚丹心。

夜晚的海边沙滩，椰林静静，大海沉沉，我心悠悠。

细看海面，光影摇动，那是倒映的星光，那是反射的远城灯光。

海天依然一色，星星仿佛在海上闪烁，海浪仿佛在天空晃动。

海南这曾经的蛮荒瘴疠之地，而今却是度假的胜地。许多北方城市人来海边置一处房产，以避北方的寒冬气候，以观海南的满目绿景。有三个月到半年的时间，他们与椰林做伴，是海南人。

这一刻，我依椰林面向大海，我也是海南人。

海水是单纯的，有单纯的椰树与它为伴。有单纯的椰树为伴，心也变得单纯，形也变得单纯。

心之纯处，眼前之海，眼前之椰，眼前之景，美得如梦如幻。

心之浮动，仿佛穿上了收椰人攀树物件，一脚扣上一只环形器，身子微微向后，环形器卡住树干，我便一步步爬上椰树。初上一层是茫茫夜色，夜色中梦影幻彩；第二层感风在耳边低语，低语中集风声雨声，涛声浪声；再高一层，接触到椰果的时候，仿佛云就在高叶处，如絮，如被，如有云中之仙轻轻的呢喃声。

庄生梦蝶，何虚何实；我自椰身，何著何名。

在海南，我凝成一棵椰树。

椰子树

艾克拜尔·米吉提

海南人有一句话，文昌的椰子半海南，东郊镇椰子半文昌。

我是上世纪 90 年代初带领十二位少数民族作家首次到海南采风，出了海口沿东海岸一路南行，第一站就来到文昌——中华人民共和国名誉主席宋庆龄的故乡。在文昌我们又被带到东郊镇，那一片片的椰林映入眼帘，煞是好看。有人在夸赞文昌鸡最好吃，但是，我的视线却被那一片片婀娜多姿的椰林深深吸引。

的确，那一棵棵挺拔的椰子树，颇似天山和阿尔泰山的松林，是那样的端庄秀美，而且赤裸的树干直插天际，在那与蓝天白云相衔之处，生出几捧别致的叶子，其间夹生几枚椰子，高悬在那里静静地闪烁着油绿的反光，略显几分神秘。当然，饮用清冽的椰子水，品尝芬芳的椰子肉，会进一步增添这种莫名的神秘感，为大自然的神奇造化心存感念。

那天，我又来到海南，在三亚中廖村参观，那掩映在一片片椰林中的秀美村庄，十分迷人。在一棵巨大榕树下，有一块村前广场。黎族儿女在广场上用竹竿舞欢迎我们到来，两岸四地的作家、画家、书法家云集于此，在轻快的黎家竹竿舞曲召唤下，有人便情不自禁，手牵手融入舞蹈的行列中，踩着竹竿的节奏翩翩起舞，构成另一道别致风景。

旁边就是一棵棵的椰子树，而在另一旁，村里人在为我们砍开一颗颗的椰子，让我们品尝。我手捧一颗硕大的椰子品饮椰汁，那椰子沉甸甸的足足有两三斤重。同行的一位北方人士不无好奇地自言自语了一句，这椰子长得这么沉，会不会从树上掉下来砸着人呀？这句话不经意间被海南本土作家崽崽听到了，他便欣然开始解释。

崽崽是客家人，他的父亲上世纪30年代从广东湛江来到海口谋生，他就出生在海口。他的长篇小说《我们的三六巷》曾刊发于《中国作家·文学》2012年第六期，并获得当年海南一个百万元小说大奖。他对海南风土人文可谓了如指掌。

他用那种典型的客家风格的普通话急急地说，我在海南生活这么多年，从未听说椰子砸着人的事情。他家在乡下的院子长着十几棵椰子树，从未砸过人。那院子曾经被镇子里用来开幼儿园，他问过那个管事的，这十多年来，我们家的椰子树有没有椰子掉下来砸着小孩的。那管事的回答，没有，从没有砸着小孩。崽崽说，你要说椰子砸着人了，海南人会不高兴的。曾经海口一家媒体报道椰子砸着一个小男孩，海南人都不高兴，结果第二天该媒体又更正了，说那是椰子掉在地上，吓着那个小男孩了。海南人这才作罢。

椰壳打开都有三只眼，他说，所以它砸不着人。狗随人，猫随家，椰子树也随人。椰子树只在村子长，没人的地方它不会长。你到荒郊野外，没人的山上找到一棵椰子树给我看看。他的话还真提醒了我，这些年来我多次来到海南纵横穿行，环岛不止一周，甚至去过西沙群岛、东岛（鸟岛），在我的记忆中真没看到离村生长的椰子树。椰子树居然是如此随人。如果说，在哪块地里看到椰子树，说明那里曾经是村落，有人居住过。他补充道。我竟然景仰起一棵树来，如果此行我在海南有独特收获，那就是对椰子树的全新认识。

我忽然随口问了他一句当年获百万大奖之事，他说，您别提了，当初海口一家报纸发了新闻，却只字未提我和我的作品，我就找到那位报社社长论理，那社长说，你的小说不是新闻，你的小说得了一百万元才是新闻，所以我们没提你的小说。

这时，同行的一位书法家突然插了一句话，对了，有媒体报道前不久菲律宾的椰子砸着一个人，还理赔了呢。崽崽立时就说，椰子是不砸人的。

三沙岛上抗风桐

叶为宝

天是湛蓝的天，海是碧澄的海，地是透绿的地。这里是美丽的海南省三沙市，宛如纤尘不染的世外桃源，一踏上这片土地，我就深深地爱上了这里。

然而，三天两晚的三沙之行，最令我印象深刻的却不是这里的碧海蓝天，也不是这里的海鸟白沙，而是一种树，一种深深扎根海岛的常绿乔木，它叫抗风桐。

人生第一次来到三沙，一切都是那么新鲜。一下飞机，好友老冯就热情地领着我们来到海边喝茶。这是一片林荫，炙热的阳光和强烈的紫外线被挡住了，我坐在藤椅上，海风吹过，心中无比惬意。我打量着四周，却发现这片树林与以往见到的都不一样，它们叶子并不浓密，树冠连成一片，树干挺拔向上。

“它们叫抗风桐，”老冯似乎看出了我的疑惑，接着说，“还有个名字叫麻枫桐，印度洋海岛常见的树种，我国的台湾和西沙群岛也很多，根系发达，枝干粗大，台风也奈何不了它们！”

抗风桐？这是第一次听说的树名。我起身走近一棵，仔细打量它。它枝干白中透灰，胸径足有四五十厘米，高有十几米。叶对生，呈椭圆形，两面都覆有一层嫩绿而晶亮的薄蜡。

老冯告诉我，2013 年 9 月底，风力超过 15 级的强台风“蝴蝶”登陆三沙，岛上的椰子树、木麻黄、土枇杷、南洋杉、苦楝、榄仁等，一夜之间，有的被拦腰折断，有的被连根拔起，还有的已然踪影全无，唯有抗风桐在台风中傲然挺立。虽然有的枝干折断，但这些掉在地上的枝干却在不久后又长出了新根，发出了嫩绿的新芽，成了抗风桐的“新生代”。

听了老冯的介绍，我不禁对眼前的这些抗风桐肃然起敬。我想，它正是以这样伟岸的身躯、粗壮的枝干，护卫着南海星罗棋布的岛屿与礁盘；正是以这样巨大的叶冠、翠绿的叶片，装点着三沙的绿色；正是以这样纵横交错的根系，深扎在砂岩中，任凭海水侵蚀，高温烘烤，坦荡着生就的倔强与从容。

第二天一大早，红日从南海的天际线刚刚升起，我们乘坐冲锋舟从永兴岛来到赵述岛。据说，有关南海诸岛的潮涨潮落景、金戈铁马事、波涌浪卷情，几乎都可以在赵述岛上领略和参悟。

一到赵述岛码头，渔民符名友热情地迎接我们。坐上他的电瓶车，穿过一片椰林，绕过一座海水淡化处理厂和一幢幢渔民新居，来到一排树前停了下来。我一看——抗风桐!

当初，符名友的爷爷响应国家开发海岛的号召来到赵述岛，那时这里还是一座荒岛。渔民的渔船是小小的木帆船，稍有风浪便不敢出海。改革开放后，赵述岛上成立了管委会和党工委，政府为渔民修建了港湾，帮助渔民贷款购置了排水量很大的渔船，渔民的日子渐渐好起来了。党的十八大以来，在党和政府的帮助下，渔民们拆旧房建新房，全岛 48 户渔民，家家都住上了新屋。海岛周边的海堤用钢筋水泥加固了，道路也拓宽了。岛上植树造林，绿化美化，种上了一排排、一片片的椰子树、木瓜、榄仁和抗风桐。

符名友如数家珍般讲述着他们渔村的历史与变化，一束阳光穿过抗风桐的枝叶，正好打在他胸前的党徽上，格外明亮，分外醒目。

边上的渔民告诉我，符名友今年 46 岁，14 岁时就跟着爷爷的脚步，从老家琼海迁到了赵述岛。他驾驶渔船风里来雨里去，已在岛上工作生活了 32 年。三沙的人，出海如同出征，保家就是卫国。符名友不仅是一位渔民，还是南海前哨一名耕海守海的警民联防志愿者。一直以来，经常有特工装扮成渔民驾船来西沙海域“捕鱼”。符名友对海上情况时刻关注和警惕，只要发现异常，不管白天黑夜，不怕风高浪急，就立刻向派出所报告。由于表现突出，他被当地边防派出所评为治安联防积极分子。2019 年 7 月 1 日，他还光荣地加入了中国共产党。

此刻，看着眼前的符名友，我发现他俨然就是一棵扎根三沙的“抗风桐”，狂风吹不倒、恶浪冲不垮！

在赵述岛，像符名友一样的共产党员共有 11 人，他们个个都是“抗风桐”，他们党支部就是一片“抗风桐林”。

将要离开三沙的时候，我心中萌发了一种难以名状的眷恋。这天一早，我独自来到抗风桐林。朝霞把南海映照得一片火红，抗风桐林就像覆盖上了一层金光。抚摸着抗风桐伟岸的身躯，我的心中充满了对它的仰望和崇敬。它不畏强暴，台风刮不倒；它不怕艰苦，贫瘠砂岩把根扎；它自强不息，折断枝叶还发芽；它无私奉献，甘洒绿荫护岛礁。

抗风桐，我心中的英雄树！

梨树，甜了一方山水

李汀

梨树下乘凉是夏日里一件畅快事。茂密的梨树叶子遮盖着阳光，坐在阴凉里，看阳光在梨树叶子上流光溢彩，听一树蝉鸣时高时低。从幽幽的青石板小路走进小院，白墙青瓦的小木楼，青瓦上覆盖了一房顶郁郁葱葱的爬山虎。青石板院坝里一棵老梨树，主干粗壮，树身上的纹路如沟壑、如断壁。正值盛夏，酷暑难熬，走进小院，浓荫密密，绿风荡漾。老陈坐在梨树下，眯着眼睛，哼着小曲儿。见有人进了院子，赶快让座。快来，快来，这梨树下有细风，凉快呢。

没等我们坐下来，老陈伸手摘了梨树上一颗梨子递过来。一尝，入口化渣，满口汁水，一行人连口称赞：好吃，好吃。老陈笑说：老梨树结的。

坐在梨树下，老陈兴奋地对我们说：这梨树是爷爷栽下的，院子改造了好几回，可这梨树一直长在这里。只要说，陈家梨树那户人家，村里无人不知。地里干活累了，回到院子里，梨树下一坐，微风吹来，劳累顿时消了一截。人越活越老，这梨树却精神得很，越活越挺拔。一次，见老树干上抽出一股新枝来，这新枝开花、结果，结了好大一颗梨子呢。你看，梨子多美，多像一盏盏灯！

我们抬头一看，树枝上一颗颗梨子在阳光里晃动，仿佛有光在摇曳。

小院子周围全是挂满“灯”的梨树，收梨子的车子就停在树下，人们咧着嘴笑，摘满一篮子梨子，就递给车上的人。树枝摇晃拍打着车子，有梨子掉在人们头上，惊起一片爽朗的笑声。整个村庄弥漫着一阵阵梨香。

老陈笑着说：村子里上千亩的梨树，都快四五十年了。想想，那时候自己三十多岁，栽梨树还真是不容易，每一棵梨树都有一个故事。

先说这棵栽在田坎上的梨树吧。顺着老陈手指的方向看过去，一棵老梨树树皮开裂纵横，树枝沧桑蜿蜒。这棵老梨树不言不语，站在高高的田坎上守着这一园子的梨树。这是最早栽下的梨树了。那时候，村里人还喊我小陈。大家说，小陈，梨树能当饭吃？我不服那口气，不在大田大地里栽，就把梨树栽在田坎上。第二年开始挂果，第三年这棵树上的梨就卖了近百元。当时，村里传开了：多栽苍溪雪梨树，不到几年就致富，要是栽上百十株，保你当上万元户。一下子，村里家家户户开始在田坎上栽梨树，有的甚至在大田大地里也栽上梨树。记得 1984 年，雪梨大户卢履清去北京参会，还把这梨子带到北京呢！老陈笑呵呵地说：我把这棵梨树命名为致富一号树。

一号树，就是示范树，就是带头树。这一园子的梨树，这一半坡的梨树，春天，满树白雪；初秋，果实摇曳。让人一看，心里总是满满当当的激动。

致富奔小康，这雪梨树是立了大功的。这一村子的人，都靠雪梨致富了。

跟随老陈在梨树园里转悠，有一种甜润的气息充满心田。走到一棵歪脖子梨树下，老陈停下来，慢慢讲述起来。别小看这棵梨树，它是坚强树。栽了三回，才栽活。湿地栽树，开始看长得好好的，长着长着，

就缩回去了。后来先排水，地里垫上一层枯草树叶，再刨坑栽树，终于在这地里把梨树栽活了。老陈露出一脸的骄傲，一阵风吹来，歪脖子梨树摇晃身姿，像是在向人们致意。

我把我的感觉告诉老陈，他哈哈一笑说：当然，它们都认识我这老头子了。

说着，老陈带我们来到梨园山腰一老井处，见一股细水从一岩石缝流出，水光闪烁。侧耳细听，似有轻轻的水流声。令人惊奇的是岩石上有一老树，数丈之高，树身需两人合抱，树根却把这岩石团团抱住。岩石多洞，每个洞里都是老树的根须。老陈笑笑说：村里人看重这树呢。啥子树，大家猜猜吧。冬青树？香樟树？老陈摇摇头，又笑笑说：梨树，野砂梨树。一行人一脸迷惑，异口同声地重复道：野砂梨树？

老陈接着说：我们村开始发展梨树，就是先育这种野砂梨树，再在上面嫁接雪梨树呢，多艰辛的过程啊。

野砂梨，果皮褐色，拳头大小，汁多，酸甜。而清朝的《苍溪县志》载雪梨："肉白如雪，味甘于蜜，清香无渣，入口即化……"由酸到甜，由砂梨到雪梨，梨子相伴人类走过了多么漫长的路程。由此看来，那时的苍溪雪梨已经在不断选育优化，品种众多了。到如今，有了早熟翠冠梨、中熟黄金梨，以及晚熟雪梨。不过，大家念念不忘的还是那肉白如雪、入口即化的雪梨。记得家乡集市上，卖雪梨不带称，而是按个卖。将一颗一颗雪梨摆于地上，小的，一斤多；大的，两三斤呢。椭圆形的雪梨，就像一盏盏的马灯，站在地上等着上门的顾客。

老陈乐呵呵地说：人一辈子要干很多事，我老陈就干了一件事，种了一辈子的梨树。

梨园小路上走来一行人，有人高喊：老陈，老陈，出来领奖了！

七十多岁的老陈，几步跨出梨园，激动地说：吼这么大声干啥？啥子奖，我一个老头子还有奖吗？

原来，是乡党委王书记带着几个同志，来给老陈送“光荣在党五十年”纪念章。金灿灿的纪念章挂在老陈脖子上，老陈一个劲儿摸着纪念章，激动得泪眼汪汪。

王书记也激动地说：这一园子的梨树见证，你老陈千值万值。

看看一行人，看看满山坡的梨树，老陈深深鞠躬。满目青山，其实，老陈也是一棵历经风雨的老梨树了，他甜了这里的一方山水，甜了这一村的乡亲。

草木札记

徐鲁

芭茅

鄂东南金竹尖一带的乡亲，把漫山遍野的芭茅草叫作“芒竿草”或“霸王草”。

芭茅的生命力十分顽强，即使是在土壤瘠薄的山岭上，也能旺盛地生长和开花。芭茅的根茎在地下横走，四处蔓延，皮实的根会扎得很牢固，相互纠缠成网片状；每一根细长的茅根，都像坚韧的竹节一样。芭茅草一丛丛、一片片地生长，有芭茅草生长的地方，其他生性娇弱的草木只好退避三舍。这样说来，芭茅真是霸气十足，叫它们“霸王草”，也是名副其实。

鄂东南民间还有芭茅养虎的说法。意思是说，高高的、密匝匝的芭茅草丛，是老虎和山豹们卧荒藏身的好地方。现在，金竹尖的山岭间已经没有了老虎和山豹的踪影，但是，一丛丛、一片片坚韧的芭茅，年年回黄转绿，枯而复荣。尤其是到了深秋时节，金竹尖山岭上的一草一木，都被晒染得金黄和通红。这时候，芭茅的茎叶也被阳光晒得像干透了一样，宝剑似的秸秆和叶穗，森严地挺立在深秋的山岭上，仿佛在用绝不屈服的身姿和风骨，宣示着生命的坚韧与顽强。

学者马一浮老先生写过这样一联名句：“已识乾坤大，犹怜草木青。”我总觉得，这是蕴含着中国人的乡愁、也寄托着朴素的生态保护意识的诗句。

在晴朗的深秋里，芭茅的一杆杆、一团团花穗变得洁白如云；在绯色的晚霞里，它的每一枝花穗，又像点燃的火炬，照耀着茫茫幕阜山脉、金竹尖山岭下，这片曾是“鄂东南革命根据地”的红色大地。

乌 桕

美丽的乌桕树，总是与一道道河湾不离不弃。

英山县是坐落在大别山脚下、属于鄂东山区的一个小山城。县城外有一条南北走向清凌凌的河流，名叫西河，发源于大别山主峰天堂寨。自古以来，英山就有“西河十八湾”的说法，意思是说，西河自深山蜿蜒流来，一路多的是河谷和河湾。我多次去过英山，有时会特意跑到西河岸边，只为去看一看那些形姿美丽的乌桕树。

我从没看到过别的地方，像英山的西河两岸长着这么多乌桕树。初夏的时候，乌桕树的菱形叶子郁郁青青，闪着蜡光。一些老乌桕树，看上去就像一把把撑开在河边的大绿伞，可供来来往往的挑夫、砍柴人、摆渡人、拖毛竹的人以及挑着担子做点小买卖的人，歇歇脚、乘乘凉。

乌桕满树的叶子，一到秋天就会变成深红色、橙黄色或琥珀色。霜降之后，有些叶子会变得比深秋的枫叶还要红艳和俊美。因此，画中国画的画家们常常把乌桕树影画进画里。古代的诗人们也写下不少赞美乌柏的诗句，如：“梧叶新黄柿叶红，更兼乌桕与丹枫。只言山色秋萧索，绣出西湖三四峰。”（宋代杨万里）“乌桕赤于枫，园林九月中。”（宋代陆游）“家住枫林罕见枫，晚秋闲步夕阳中。此间好景无人识，乌桕经霜满树红。”（清代徐定超）

秋天时，乌桕树会结出一串串乌桕果，也叫白蜡果。当地乡亲把乌桕树也叫蜡子树，因为乌桕籽的外面，包着一层白蜡。

乌桕树长在河边，好像还有一个鲜为人知的用处，它能给河里的鱼儿治病。不知是乌桕的树汁还是叶子，或是果实里，含有某种药性，树叶飘下来，果实落下来，掉进河水里，鱼儿吃到了，就不会得病。神奇的大自然，总是有一种看不见的治愈力。

乌桕树除了有美观的形姿、给鱼儿治病的药性，它身上的乌桕蜡，可以做肥皂、胶片、蜡纸的原料，从乌桕的种子里榨出的清油，是制造高级喷漆的原料。

无论是在大别山下的西河两岸，还是在湘鄂赣一带的乡村，很多河边都能看到乌桕树的身影。那里的乡亲，也对乌桕树怀着深深的感恩情意。“绿水青山就是金山银山”的理念，在这些地方得到了真实的体现。

茱　萸

唐代王维《九月九日忆山东兄弟》一诗中写道：“独在异乡为异客，每逢佳节倍思亲。遥知兄弟登高处，遍插茱萸少一人。”古人过重阳节，有佩插茱萸、赏菊、登高望远的习俗。细究起来，其中每一个习俗，都是独特的“中国故事”。

茱萸，又叫越椒、山茱萸、食茱萸或吴茱萸，是属于茴香科的一种落叶小乔木。茱萸树可以长到半人高，春天里开紫红色的小花朵，秋天结出枣红色的小果实。屈原在《离骚》里写到了它："椒专佞以慢慆兮，榝又欲充夫佩帏。"这里的"椒"是花椒，"榝"是茱萸。诗人是在以这些各具特性的植物，比喻不同类型的人物。

茱萸是香草和香料，也是药材。《本草纲目》里说："吴茱、食茱乃一类二种。茱萸取吴地者入药，故名吴茱萸。"茱萸的小核果气息芬芳，能治寒驱毒，可除虫防蛀，民间还认为它能"避邪"。所以，重阳节佩插茱萸，有祛毒、避邪的作用。

记得在农村，每年秋收农活差不多要忙完的时候，也正是山茱萸、野柿子、野酸枣和各种野生植物的块根成熟的季节。乡村的孩子一放学就纷纷上山采集野果，挖取各种药材块根。我们把这叫作"小秋收"。大自然是慷慨的，土地的胸怀是广阔的，不会亏待每一分努力。哪怕是一个孩子，只要有艰辛的付出，就能得到小小的却实实在在的收获。

慈　竹

一个春天里，我在四川广安协兴镇住了好几天。我去的那年，从华中地区驶往重庆去的火车，一般是在黎明来临之前到达广安站。我在广安下车后，坐上一辆小巴，车开到协兴坝子上时，天刚蒙蒙亮，川东坝子上的人家都还没有醒来。

坝子上看上去是那么宁静。千百年来，农家人在这个竹木遮掩、炊烟袅袅的地方，日出而作，日落而息。在一处小院落的屋前屋后，长满了一丛丛秀丽、细长的竹子。这些竹子，和我平日里见到的挺拔的翠竹、粗大的楠竹都不同，每一棵竹子的竹竿比较细，竹梢都向下低弯着。我问一位老人，这是什么竹子？他告诉我说，这叫钓鱼竹。的确，每根竹子很像人们垂钓时，有一头正下垂到水面的鱼竿。

钓鱼竹显然不是学名。我继续询问，才弄明白，这种竹子通常的名字叫慈竹，也叫茨竹。川东还有一些地方叫它们笼竹，看上去确实像一笼一笼的。

慈竹一般会长到十米左右的高度，越到顶端越是细长，然后变成了弧形，竹梢弯曲和下垂着。因为都是丛生的，所以也有叫它们丛竹的。一丛竹子，总是细细密密地拥挤在一起，小的一丛有几十根，大的一丛可以有几百根。

笼竹、丛竹这样的名字比较好理解，都是从形态上讲的。但是为什么会叫慈竹呢？原来，当地人认为，慈竹的新竹和旧竹紧密集结在一起，高低相倚，就像老少相依，子孝母慈，不离不弃，所以称它们为慈竹。这个名字里，寄托着中国人传统的道德伦理。

被列为"初唐四杰"之首的诗人王勃写过一篇《慈竹赋》，其中写道："广汉山谷，有竹名慈。生必向内，示不离本。修茎巨叶，攒根沓柢。丛之大者，或至百千株焉，而萦结逾乎咫步……若乃宗生族茂，天长地久。"王勃二十岁时从长安启程入蜀，在四川各地游历，《慈竹赋》就是这时候写下的。

除了道德伦理和精神上的象征意味，慈竹也像别的竹子一样，为人类奉献了自己的一切。无论是川东还是川西坝子上，人们经常看见的竹器用品，大都是慈竹的功劳。慈竹的篾片和篾条很柔软也很坚韧，像筲箕、簸箕、筛箩、篼苋、背篓、菜篮，还有凉席、晒簟、摇篮什么的，慈竹的篾片都能担当。川东农家过去盖竹屋、草房时，喜欢用慈竹竿和竹片扎架，也会把坚韧的、捣碎的竹筋搅拌进黏土和石灰里，作为砌屋和粉墙的材料。

苍苍古柏道

第广龙

走进翠云廊，便走进林荫道。有树木就有荫凉，按说这没有什么稀奇的，可是，这条林荫道，全部是柏树，而且多是古柏，就罕见。

古时候，由秦入蜀，有多条道路，均属于古蜀道，其中一条叫金牛道，分布在广元和绵阳境内的，称作剑阁古道。翠云廊的主体部分，位于剑阁县，就是这条古道的一段，而且只是一小段。蜀道难，难于上青天，李白的诗篇，上天入地，叹息连连，悬着性命行走在险峻处，得到的感受是真切的。我刚有过翻越剑门关、贴身过悬崖的体验，深知不是夸张。可是，来到翠云廊，镜头突然转换，只见古柏夹峙，石板铺路，平坦又安然，截然两重天地，绷紧的神经，一下子松弛下来。这条剑阁古道，绵延一百六十多公里，古柏的数量，达到一万两千多株。翠云廊最多最集中，有七千多株。

远远看过去，尽是粗壮高大的古柏，以为来到原始森林，后知悉每一棵都来自人工栽种，而且历经两千多年未有停止。也许是受到的震撼太过强烈，我一时有些适应不过来。我看到的是树木，还是树木的化石？分明的，这一株株古柏，都是活体，都在生长。古柏站在原地，穿越古老的时光，在新鲜的雨露和空气里，身子的波纹，是荡漾着的。树干的颜色如泥土，朝向不同，深浅有别。我发现，树龄久长的古柏，身形都不是笔直的，根部往上，隆起如同一个基座，如焊接在泥土之中，树干部分，带有弧度，也像一个切面，有的部位，生出青苔。我走近一株古柏，抚摸树身，不是冰冷的，是温热的。

翠云廊史上有过多次大规模种树活动，最近的一次，发生在 2010 年。除了种柏树，还在周边种植紫薇、银杏、香樟以及近三十万棵翠竹。也就在这一次，当地相关部门对一些古柏有意识地进行了命名。

古人在此地植树，其作用多为路标，计里程，护道路，利维修，避暑热，每一项都紧要。林荫道上，我身体的感官被触动，一下子变得灵敏了。外面亮晃晃，这里似乎是另外一个时空，色调是暗的，树冠之上，光柱漏下来一部分，大部分下不来——这里的柏树太高了。我还闻到一种味道，既潮湿又干燥，既新鲜又古旧，为什么会有这般感受？或是因为，这里到处都是古柏，那是时光的味道，那是久远的过往和现今的联通，并经由古柏生发出来的独特味道。

翠云廊史上是一条官道，历史上兵马行走，刀光剑影，树木能留存下来，的确是一个奇迹。都说前人栽树后人乘凉，翠云廊的树木种植，体现出一个循环的过程、持续的过程。每一个后来者，都享受到古柏的好处，又通过再次的种植，把这个好处向更后来者传递。

柏树珍贵，成材的柏树难见，然而这里的柏树，竟长成庞然的身躯，竟长成柏树的群落，柏树的列阵。翠云廊的柏树，每一棵都腰围巨大，超出想象，又近在眼前。这里的古柏，最古老的一株，七八个人合抱也抱不住。

有人说，看柏树的树龄，不看年轮，看纵纹。翠云廊的古柏，远一点看，布满条纹，一道一道，有的像是刀子刻画的，有的条条缕缕，有些略显扭曲。近距离看，树身上的缝隙，如同一本书的切口，密集地叠合，积压在一起，那得有多少页码，得是一本多厚的书啊！

水 杉

王彬

我年轻时到一家工厂做工人。当时这家工厂正在转产，为此而对原有的厂房进行改建。我那时刚进厂，被分到厂里的建筑队做架子工。架子工就是搭脚手架，准备修建的厂房有多高，脚手架就搭多高。架子工的材料只有两种，一种是杉篙，再一种是细钢筋——用钢筋把杉篙绑在一起，之后再用钎子把钢筋拧紧。每一根杉篙长三米多，十根杉篙连接起来就有三十米，至少是十层楼的高度了。至于杉篙属于什么树木，当时是想也没有想过的。

上世纪90年代我去四川峨眉旅游，休息的时候，身后是一座茂密的树林，黑压压的。用常见的文学家的表述是——“在里面可以看见星星”，在里面真的可以看到星星吗？我没有进入，也就没有这样的经验。在当时，我首先想到的是《水浒传》中两个坏公人准备杀害林冲，去沧州途中的那样一座“猛恶林子”“烟笼雾锁”，有多少好汉被扑杀在里面。在施公笔下，烟雾把树林笼罩起来，给人的感觉是否就是“黑压压”呢？我想，大概会吧！当然，树木的种类是不一样的。在《水浒传》的林冲眼中是松树；在峨眉这里，是柳杉，笔直而高耸的柳杉——我年轻时做架子工时的杉篙或者取材于它吧！

还是在四川峨眉，见到柳杉不久，我又见到了水杉。柳杉的叶子沉重、深绿，如同绿色的尼龙拉链，水杉则轻巧许多，仿佛翠绿的羽毛凌空招展。水杉与柳杉虽然属于同类树种，但二者的命运却迥然不同。有很长一段时间，植物学家认为，由于一万年以前新生代第四季冰川的作用，水杉从地球上消泯了。1941 年日本植物学家三木茂在研究红杉化石时，发现了水杉化石。水杉与红杉的区别是，红杉的叶子是互生的，而水杉的叶子却是对生的。他判断这种被一般古植物学家认为是红杉的化石，其实是一种新的植物，应该列为一个新属，于是把它定名为“变形红杉”或“亚红杉”——也就是水杉。他却哪里料到，被其定名为“亚红杉”的树种，同样是在 1941 年，在四川万县的磨刀溪，被中国的植物学家发现了活体呢。从此，水杉还走出了国门，成为著名的绿化树种。

几年以后，在北京，我也见到了水杉。在我住处附近的绿地里，生长着三株水杉，两株靠得近些，另一株远些。开始的时候，三株水杉各自生长，各自展开秀丽的树冠。后来，距离近些的那两株水杉，相向的树枝减缓了生长速度，另一侧的树枝则依然自由生长。又过了一段时间，两株水杉的树冠连在一起，远远望去好像是一株大树。而另一株，树枝仿佛是用尺子精确测量过似的，围绕树干均匀有序地生长。北京有一句俗话，山好能容四面看。美丽的树，美丽的水杉也是这样吧。没过多少日子，这三株水杉的高度超过了其他树木，格外引人注目。峣峣者易折，很快我发现附近的雪松有一株被大风吹断了头，我开始担心这些水杉，但这几株水杉却依旧不停地向上奋斗。

秋天来了。秋风宛如清澈的溪水，水杉被一点一点浸透，从翠绿转化为砖红的颜色。不久砖红色也看不见了，树冠变得光秃秃的，周围的树木也变得光秃秃了。

到了冬天，水杉则呈现出另一种风度。静穆而高雅，尊贵而寂寞。没有了叶子，咖啡色的树冠变得透明清爽起来，仿佛镂花的金字塔。有一天，我路过一座水杉林，黄昏时候的太阳恰好位于树林背后，在落日的映照下，所有的水杉都放射出绯色的光芒。那光芒纤长又曼妙，努力而幸福着，使我不禁想起苏联诗人曼德尔施塔的一首诗，一首描述杨树的诗：

在淡蓝色的珐琅上
仿佛　四月里的思绪
白杨树枝升起

这里的水杉也是如此吧！在不知不觉间，“黄昏降临 / 花纹精致而细密”，“仿佛瓷盘上 / 刻意描绘的图案”。只是，在这里，在我的眼中，不是蓝色珐琅，而是金色珐琅——在金色的珐琅上，水杉将自己所有的美丽都刻画在冬季的天空上了。

老核桃

凸凹

曾祖父在世时，那棵核桃树就很粗壮很蓊郁了，把三间石板小屋衬得极孤陋极拙朴。鸡婆在树荫下咯咯地唱，曾祖母在树荫下仄仄地扭，是一方长满苔藓的风景。

曾祖父也不知这树到底经了多少岁月，逢人问及，便随口答道："老核桃了。"

这树就叫成了老核桃。

老核桃的果子结得很稀，仅数十颗；其果皮比一般的核桃要厚两倍，任你在街石上、沟坎上摔来摔去，只听到叭叭的脆响，表皮的纹理竟不曾有一丝破绽。所以，若食核中之物，便需重锤砸。砸开之后，令人叹息不止：果核的内里多隔，其隔厚且坚硬，果仓就极狭小，核仁不易弄出来，就用刀尖剜。一剜，果肉就碎，只好把砸开的果子放在鼻翼之上，张大了嘴巴，接碎下来的果肉；细细嚼来，甘香无比。

这甘香是一种诱惑，激起人的贪心，便想多剜些果肉入口；但多隔的狭小的果仓里，并没有多少果肉，剜不到两下，便罄尽了，就只好觊觎下一个果子。仍是收获甚少，仍是不能满足，就不停地砸下去。待果实已砸尽，入口者却零星，贪心得不到平复，心里就忒烦，骂道："什么果子，招人性起，又惹人性丧！"

于是，这果就珍贵得近乎无用。

谙其性质，每当新果下来，曾祖父就以他从私塾那里温习来的古旧语气，说："这果，啖一啖十，其性同焉，啖一足矣。"

大家就都吃一个果。

余下的，曾祖父就放到砺石上去磨，那密密的纹络就愈来愈明晰，晶晶地闪着光，让人爱不释手。山里人管这叫麻核桃。曾祖父就分头给老伙计们送去，揉玩于指掌之中。

曾祖父每只手搓动四只麻核桃，双手可同时搓动；他将身子陷在太师椅之中，不慌不忙地动作着，室内便哗响成一片。这气氛竟有几分诡谲。

到后来，老核桃的果结得愈来愈少，枝杈也枯了二三。每到夏日，老核桃的肥叶上，爬满了黑色的毛虫，蹲在院中吃饭，便常有毛虫掉到碗中，令人吐咽两难。更甚者，便是溽热的晚间，老核桃的上下，均是蚊蚋嘤嗡之处，树下的梦境，便总是被咬得很红肿。祖父便说："爹，还是把老核桃砍了吧。"

曾祖父不停地捻着麻核桃，像什么也没听到。祖父便大了嗓门又说。曾祖父的麻核桃仍捻得声色俱在，若进入忘川。祖父就挪到跟前，刚要再张口，猛地发现，曾祖父那鼓鼓的眼泡，分明是悄悄地垂得沉了，便倏地一个冷战，偷偷地退出屋去。

祖父便对父亲说；"别急，这树早晚是要砍的。"话里的意思是很分明的。

但曾祖父活得极硬朗，一活活了 108 岁。他掌中那八只麻核桃，被揉搓得光滑如润，抚之若温；放在托钵之上，置于油灯之下，灼灼然，若八只小星。

曾祖父殁去的翌年，父亲问祖父：“老核桃，砍了吗？”父亲没忘祖父说过的话。

祖父赧然一笑，“砍它做甚？老爷子高寿辰，兴许跟它有干系哩。”

后来，老核桃干脆就不结果了，只是叶子长得又黑又肥，招更多的毛虫，聚更多的蚊蚋；秋冬变节，便“败叶纷纷拥砌石”，小小庭院，总也收拾不干净。祖父却耐心地扫着落叶，似出家人，无欲无念地扫冷清的庙门。

但老核桃的荫惠，并没有让祖父比曾祖父更长寿，虽然也活到了90岁的高龄，与乃父相比，到底是差了一些。那日，他叫父亲把曾祖父的八只麻核桃拿来，两只干瘦的大手抖抖地握住，却怎么也搓动不起来，便哀叹不迭：“到底是前人的物件，怎么敬重，也不属于后人。”

到了父亲这里，我总以为，那无用的老核桃该作釜底之薪，尽一点实实在在的用处。但父亲却说：“都习惯了老核桃了，没有它的日子到底咋个样子，想一想，都觉得凄惶，就留着它吧。”

老核桃就依然是老核桃。

在远离故乡的地方生活得久了，故乡的许多记忆，都渐渐地淡去了；但奇怪地，老核桃的影子却愈来愈清晰了——一想到故乡，就出现老核桃。

老核桃，你还好吗？！

老核桃，原来在游子的心中，居然还有这样一种情不自禁的感情。

对老核桃的思念，使我的心永远与故乡贴近着；且思念愈久，愈有一种深沉的况味，它滤去了许多市井风尘。

但思念归思念，老核桃下的日子，却横竖不想再过了。一如思念过往的恋情，之所以时时感到美好，因为都是无用之用，都属于昨天。

门外大榆树

郭华

我记事起，老家门外就有棵大榆树，足足有三层房那么高。虽然农村的树木一般没人用心修剪，但它的树形却正像一把巨大的雨伞，撑出好大一片荫凉。除去特别寒冷的冬日，大部分日子，我常在树下玩耍，在树下读书。村子里有许多榆树，但是长得这么高大、这么漂亮，以它为先。

我家院子在村口，每次从村子外面回来，没看到老家的房子，先看到大榆树。虽然不像迎客松那样伸着臂膀，但它让我知道到家了。春天，一串一串的榆钱迎风摇曳，那嫩黄嫩黄的颜色，让人看上去觉得心里酥酥的痒痒的，半个村子的人都来采榆钱。我家门外的空地和大榆树归一位堂兄家所有。堂兄和我关系极好，每年春天都让我第一个上树采榆钱。

榆树的生命力强。头一年随风飘落的榆钱，第二年就会生根发芽，长出嫩绿的小树苗。不用刻意去呵护它、浇灌它，只要没人去践踏它、铲掉它，它就能长成一棵大树。门外这棵大榆树到底是有人栽种的，还是飘落的榆钱自己长出来的，始终没有人说得清。

农民把榆树叫作救灾树。它的榆钱可以吃，至今仍然是家乡做蒸菜的传统食材。它的叶也可以吃，洗净之后掺到玉米面、高粱面中，再稍微放一点盐，不论蒸窝窝还是贴饼子，都让寻常粗粮吃出诱人的滋味。

它的树皮更是珍贵，晾干之后，在碾子上轧成面，极富黏性。榆树皮是可以拿到集市上换钱的。

母亲出身贫寒，特别善于烹调野菜。榆钱、榆叶这种野菜是家家户户都吃的，不必说了。有些别人家不吃的，比如柳树的嫩叶，也被母亲捋回家来，用开水焯过之后，再用凉水浸泡三天，拧干水分做凉拌菜吃。我们不仅吃过，还“喝”过野菜。端午节那天，母亲会去采一种叫作茶棵子的野菜，把它的嫩叶洗净晾干之后，用来泡水喝，那便是我们小时候喝过的“茶叶”。平原不比山区，没有太多野生果树，杜梨是极少可以吃的野果子，果实一簇簇的，每一颗只有玉米粒大小，里面还有核。虽然可以吃，但没有熟透的时候又酸又涩，很少有人吃。等到熟透了，又早被鸟儿啄光了。母亲趁果实不熟的时候摘回来，用棉被捂上，捂到不再酸涩，拿出来分给我们吃。那毕竟是少见的水果。

然而，我们发现母亲从来不到门外的大榆树上去采榆钱。我们采回来之后，母亲会精心地为我们做了吃，但她自己从来不去采。有时候发现她甚至捧着榆钱悄悄落泪。我们曾经以为是生活的艰辛让母亲伤感，可为什么她不回避到别的树上去采树叶、采野果呢？长大之后才知道我的四舅的命运竟然与这棵榆树密切相关。母亲告诉我，在她的五个哥哥当中，四舅最是英俊，也最疼爱母亲。1943 年四舅十九岁，母亲八岁。那年河北平原大旱，家中断粮。四舅上树采榆钱，母亲在下面看着。突然，四舅一不小心，从高高的树杈上摔了下来，摔成重伤。母亲吓得哇哇大哭，却手足无措。人们听到母亲的哭声赶来救助。四舅的命保住了，但是不能干重活了，于是到安徽亳州投奔叔叔学做生意。谁知这一去再也没有回来。母亲说她一闭眼就能看到姥姥家屋后那棵大榆树，看到四舅采榆钱的情景，看到四舅从榆树上摔下来的那一瞬间……从此，母亲尽量回避采榆钱。

我们那一带盖房子崇尚杉木檩榆木梁。有一年堂兄家翻盖房子，刨掉榆树做了房梁。从此站在院子里向外望去，不见了大榆树，我好长时间觉得有些失落。但有时想，不见了也好，至少不再天天触动母亲心中的伤痛了。谁知，有一天母亲说：挺想那棵大榆树的，那么大的一棵榆树，灾荒年能救不少人的。河北平原的东部沿海地区，历史上曾经叫作渤海郡。汉宣帝时期派一个叫龚遂的人出任太守。通过龚遂的治理，不仅实现了社会安定，百姓一心务农，连诉讼都没有了，龚遂因此受到汉宣帝的嘉奖。据《汉书·龚遂传》记载，龚遂治理渤海郡的诸多措施中，有一条是："躬率以俭约，劝民务农桑。令口种一树榆、百本薤、五十本葱、一畦韭，家二母彘、五鸡。"所谓务农桑，第一条居然是每个人要种一棵榆树。由此看来，早在西汉时期，榆树的备荒和救灾作用，就为人们所认识和重视。

近年来，老家的院子旁边开发了一个很大的明清古典家具市场。市场兴建之初，我以为冠以"明清古典家具"，肯定是红木家具。后来才知道，这个市场主打老榆木品牌。所谓"老榆木"就是从老房子里拆下来的榆木房梁或榆木门板，业内俗称"榆木落梁"。榆树本来就是上等的木材，耐腐蚀，有韧性，而"榆木落梁"历经风化，木性更加稳定。加工时刨面光滑，木纹美丽，而且极具沧桑感。随着人们生活水平的提高，老榆木家具越来越受追捧。真没有想到榆树还有如此的余韵。只是不知道，那堆满市场的老榆木中，有没有小时候我家门外那棵大榆树。

茶村刺梨香

钟法权

从贵阳出发，向东行不远就到了龙里；从龙里向北走半小时就到了满山翠绿的茶香村。茶香村，并不以产茶闻名，而是以产刺梨享誉黔南，享誉贵州。

刺梨于我来说并不陌生。在我的老家，满山满坡向阳处可见刺梨树。因为它结的果子形似梨子，我们叫它刺果子。刺梨树长得一蓬一蓬的，有高有矮、有大有小，在山坡上错落，新枝老枝层层叠叠。其实，野生的刺梨树都是随意生长，很难说出它的形状来。

翻过一个土垭，就进入了谷脚镇茶香村十里长沟。这里不再是陡峭的群山，而是比较舒缓的山坡，山坡上长着高大挺拔的松树，直刺蓝天的杉树。这些树一半是天然的，一半是2000年后实施退耕还林人工种植的。它们都成了沟底刺梨的天然生态屏障。这里的刺梨树，全不是我所知的模样。每一棵都在一米五左右，直径不超过两米，枝与枝条不再乱长交叉。我愕然。正在为刺梨树剪枝的李师傅说，茶香村的刺梨都是经过改良嫁接培育后的刺梨。改良后的刺梨树，不仅仅变得有形有样了，而且便于施肥、管护，便于剪枝、采摘，最可喜的是结的果实多了、大了。

二十年前，在贵州，在整个黔南，刺梨还是一个长在山上人未识的野果子。因为它普通，它的名字也就很多，如木梨子、山王果、刺莓果、刺菠萝，还有叫它缫丝花、送春归的。过去刺梨生长在野地里，它的作用和价值一直未被村民们认识和利用。新世纪，贵州果树专家樊卫国教授决心把自己对刺梨的研究成果转化成农民脱贫致富的金钥匙，把满山的野刺梨移植到农田里。樊教授的想法得到龙里县的支持，他们把种植培育刺梨选在了适宜刺梨生长的茶香村。头几年，一百多户的茶香村只有十多户人家种植刺梨。因为，种植刺梨从育苗到长大结果，长则需要五年，短则需要三年。而即使有三年挂果的，但凡有经验有耐心的果农也不会急功近利，他们担心树挂果太早伤了身，于是毫不可惜地用竹竿将繁茂的刺梨花敲掉。

生长在山坡上的刺梨树结的果子，最大的也就中指头肚大，改良后的刺梨却比大拇指肚还大。没有改良之前的一棵刺梨树只能产三四斤，改良后的一棵刺梨树能结三四十斤；过去种苞谷，一亩地仅供一家人糊口，改种刺梨树后，一亩地一百一十株，少则产出二千多斤，一斤七八元，可收入一万多元；本世纪初，在茶香村只有三分之二的农户种植茶梨，五年之后，全村人都种植刺梨；过去茶香村人住土坯茅草房和石板房，现在是三分之二住上了小楼房。过去茶香村里的年轻人都选择外出打工，现在年轻人都乐意留在村里。

茶香村，一年四季有两个季节最为美丽最为热闹。一个是春夏交替的五月。在五月中旬左右的半个月时间里，茶香村十里长沟刺梨花竞相绽放。长着粉红花瓣、黄色花蕊的刺梨花最为艳丽，长着白色花瓣、黄色花蕊的最为耀眼……一棵棵刺梨树开满花朵，站在休闲亭，走在人行栈道上，放眼十里长沟，是一眼望不到尽头的花的海洋。在这个令人心动的季节，茶香村进入了旅游的旺季。十里茶香村，游人如织。

刺梨树像人一样喜欢群居，一棵树看着另一棵树，它们才会踏实地生长，安稳地开花，自信地结果，底气十足地把果实长得又圆又大。刺梨上长刺，刺梨的枝条上也都长着密密的小刺，小刺锐利，为深褐色。当刺梨树的枝条由深青变为淡青时，有经验的果农便知道，刺梨成长季就要完结了，接下来一个收获的季节开始了。

初秋带着它特有的印记来了。刺梨的树叶由深绿开始一点点变浅绿，挂在枝条上的刺梨也一天天由青色变为金黄色，就像一颗颗珍珠在秋日的阳光照射下闪着金光。农历八月底，果农们全家老少一齐出动，他们头戴草帽手戴帆布胶皮手套，满心喜悦地采摘比鹌鹑蛋还要大的刺梨。

公路上停满了前来收购刺梨的汽车，他们根据刺梨的大小，按质讨价还价，称斤约两后，金黄的刺梨像金山一样堆到了车上。鸣笛声在十里长沟响起，带来丰收的喜悦。

小时候吃刺梨的情景至今历历在目。我那时没有想到，普普通通的刺梨会成为龙里和黔南人民奔小康的宝树，平常的野花野果会孕育出那么多生动传奇的故事。

燃烧的木棉花

杨春山

在滇西北的高山峡谷里，从罅隙中穿透过来的风，总是会在不经意间带来远方的热烈气息。而在金沙江、怒江、澜沧江三江并流的地带，木棉花就如一位清逸的隐士，不时把它孤傲的身影投射在江畔的某个地带。我所居住的永胜，有很多乡镇和村庄都沐浴在金沙江温暖的怀抱里。金沙江在高山峡谷里穿行，时而湍急，时而平缓。湍急时，江水激荡岸石，雷霆万钧，滚泄奔腾，形成了虎跳峡等壮美的奇观；平缓时，江水波澜不惊，莹碧如玉，悠悠徐行，衍生了金江古渡等柔和的景致。在一疾一缓之间，具有神性和自由意味的金沙江，让滇西北高原具有了重叠的层次和流动的质感。

一条江的奔流，会让江岸承受无处不在的冲击；而一条江的静滞，会让江畔拥有云蒸霞蔚的江花。在金沙江沿线绽放的木棉花，聚成了一道绝美的风景。挺立在江岸边的木棉花树，以孤傲的姿态，向着天空尽力地伸出它们的虬枝，不离不弃地依偎着金沙江，用自己的身影，点缀着江水的寂寞。飞鹰、岩石、花朵、白云、蓝天，都在用温情的目光，凝视着碧绿的江水，它们与金沙江共同在高原上彰显着空旷与高远。亘古奔流的金沙江，选择了木棉花作为自己的依托，把木棉花的一树鲜红作为自己品格的映衬，这不能不说是金沙江的智慧。有了木棉花的点缀，

金沙江就拥有了明媚的色彩与春光。木棉花的俊逸挺拔和金沙江的激情交织碰撞，滇西北高原停驻在人们的视野里。

春会让木棉花隐忍了一年的生机在瞬间绽放，满树的鲜红与艳丽成就了木棉花，成就了它英雄树和木棉树的称谓。一树木棉花，就是一树春天里绽放的火红与希望。有了木棉花娇艳的容颜，滇西北高原就有了亮丽的底色。把盎然的生机高悬在枝头，让春天怒放成满目的风景，这是木棉花独有的情怀。装点了春的木棉花，把热闹、喜庆、期冀举得高高，向着世界展露它的胸怀。有了木棉花的陪伴，一路奔行的金沙江就不再感到疲惫。在金沙江的穿行路线图里，始终有木棉花若隐若现的身影。

行走是一条江必须拥有的姿态，而我们的脚步，也需要时常跋涉，这样，我们才能在艰辛的跋涉中更好地体味到生命的价值和含义。而在行走中和木棉花遭遇，是一种人生的宿命。在自然界的选择与淘汰中，木棉花从来不肯屈服，它用高大的身躯托起了春光，托起了希望。高原上路途坎坷，但木棉花却从不畏惧。一树鲜艳是它亮出的招牌，遒劲枝丫是它伸展的臂膀，伟岸身躯是它升腾的动力。

除了金沙江边的干热河谷地带，在滇西北的一个个村庄，木棉花依然有着挺拔不凡的气度。在乡村，一只只在花朵旁驻足的小鸟，一只只在硕大花瓣里穿行的蜜蜂，会让木棉花变得更加生动和温情。五星形的花瓣，紧紧簇拥着蕊的花瓣，让木棉花充满了凝聚的象征意味。选择了乡村的木棉花，把自己的根深深扎进红土地里，用俊俏而大气的容颜，和村庄两相厮守。那些硕大而肥厚的花朵，在喧闹了春光之后，便会被摘下、晒干，成为味蕾上的诱惑。

有了木棉花，乡村就拥有了另一副容颜。在木棉花的绿荫下纳凉、聊天，或是做些手里的活计，是村人的最爱。爷爷在世时，曾守过生产队的窝棚多年，院里长着一棵高大的木棉花树。每年春天木棉花如期绽放，他会把木棉花摘下，晒干后当作枕芯，或是用来做菜，让我们在儿时便享受到了来自木棉花的诱惑。这缕鲜香，至今让我回味，是我在外打拼的日子里不断的一缕乡愁。

没有了木棉花，滇西北的金沙江肯定会失去不少美。河湾里的一树木棉花，倒映在河水里，与天空的云彩互相唱和；江岸边的一树木棉花，把笑脸展示在崖畔上，与山林中的飞鸟和鸣；村庄里的一树木棉花，用它的静默付出，温馨着农人的朴素生活。给予、奉献、朴实、隐忍，是木棉花的气度，也应该是乡村的气度。木棉花始终在提醒着乡村，只有不断地张扬美好，摒弃丑陋，才能获得踏实的幸福生活。木棉花的美，在目光所及之内，也在目光所及之外，当它们的一树花朵开始凋零，褪去了原有的繁华，失去了原有的光泽，它作为美食的历程却才刚刚开始。我们的生命，也应该如木棉花一样，勇敢绽放。

蛰居小城二十多年的时光里，我会在夜晚不时地怀念木棉花。怀念木棉花，其实也是在怀念曾经拥有的乡村生活与气度。那在味蕾上逐渐洇开的淡淡乡愁，那散发出木棉花瓣清香的睡梦，陪伴着我们在人生的路途上不断跋涉、前行。

被木棉花染红的春天是幸福的，有了木棉花的滇西北是幸福的。我们在外行走时略显踉跄的脚步，和故乡明媚春光里的木棉花遭遇之后，开始变得坚实，如同我们凝望故乡时的深情目光。

万里长城一红柳

梁衡

中国北方最明显的地理标志就是长城。从山海关到嘉峪关，逶迤连绵穿行在崇山峻岭之上，将秦汉到明清的文化符号一一镌刻在苍茫的大地上。如果是夕阳西下的时候，一抹红霞涂染了曲曲折折的石墙，又为烽火台、戍楼勾勒出金色的轮廓。这时，你遥望天边的归雁，听北风掠过衰草黄沙，心头不由会泛起一种历史的苍凉。可是谁也没有注意到万里长城由东向西进入陕北府谷境内后，轻轻地拐了一个弯。这个弯子很像旧时耕地的犁，此处就叫犁辕山。这气势浩大，如大河奔流般的长城，怎么说拐就拐了呢。现在能给出的解释，只是为了一座寺和一棵树——一棵红柳树。

那天，我沿着长城一线走到犁辕山头，一抬眼就被这棵红柳惊呆了，心中暗叫：好一个树神。红柳是专门在沙漠或贫瘠土地上生长的一种灌木，极耐干旱、风沙、盐碱。因为生在严酷的环境下，它长不高，也长不粗。当年我曾在乌兰布和沙漠的边缘工作，常与红柳为伴。它大部分的枝条只有筷子粗细，披散着身子，匍匐在烈日黄沙中或白花花的碱滩上。为减少水分的流失，它的叶子极小，呈细穗状，如不注意你都看不到它的叶片。这红柳自己活得艰苦却不忘舍身济世。它的枝叶煮水可治小儿麻疹。它的枝条鲜红艳丽，韧性极好，是农民编筐、编篱笆墙的好材料。我大约有一年多的时间，就住在红篱笆墙的院子里，每天挑着红柳筐出入。如果收工时筐里再装些黄玉米、绿西瓜，这在一色黄土的塞外真是难得一见的风景。但它最大的用途是防风固沙，防止水土流失。红柳与沙棘、柠条、骆驼刺等，都是黄土地上矮小无名的植物，最不求闻达，耐得寂寞，许多人都叫不出它的名字。但是眼前的这棵红柳却长成了一株高大的乔木，有一房之高，一抱之粗。它挺立在一座古寺旁，深红的树干，遒劲的老枝，浑身鼓着拳头大的筋结，像是铁水或者岩浆冷却后的凝聚。我知道这是烈日、严霜、风沙、干旱九蒸九晒、千难万磨的结果。而在这些筋结旁又生出一簇簇柔嫩的新枝，开满紫色的小花，劲如钢丝，灿若朝霞。只有万里长城的秦关汉月、漠风塞雪才能孕育出这样的精灵。它高大的身躯摇曳着，扫着湛蓝的天空，覆盖着这座乡间的古寺，一幅古典的风景画。而奇怪的是，这庙门上还挂着一块牌子：长城保护站。

站长姓刘。我问保护站怎么会设在这里？他说：这是佛缘。说是保护站，其实是几个志愿者自发成立的团体。老刘当过兵，在部队上曾是一个营教导员，他给战士讲课，总说军队是长城，退下来后回到了长城脚下，看着这些残破的戍楼土墙，心里说不清是什么味道，就想保护长城。府谷境内共有明代长城一百公里，上有墩台一百九十六个，这寺正好在长城的中点。他每次走到这里，就在这棵红柳树下歇歇脚，四周少林无树，就只有这一点绿色。放眼望去，茫茫高原，沟壑纵横，万里长城奔来眼底。他稍一闭眼，就听到马嘶镝鸣，隐隐杀声。可再一睁眼，只有残破的城墙和这株与他相依为命的红柳。一开始为了巡视方便，他就借住在寺里。后来身边慢慢聚集了五六个志愿者，就挂起了牌子。

人们常说“天下名山僧占尽”，可这里并不是什么名山，黄土高原，深沟大壑，山穷水枯。也可能就是那“犁辕”一弯，这里才被先民视为风水宝地。犁弯子就是粮袋子，象征着永远的丰收。在这里盖寺庙是寄托生存的希望。寺不知起于何时，几毁几修，仍香火不绝。最后一次毁于“文革”，被夷为平地。但奇怪的是，这寺无论毁了多少次，墙边的那棵红柳却顽强地生存下来，于是就成了重新起殿建寺的标记。从树的外形判断它当在千年以上，明长城距今也只有六百来年。就是说当初无论是修城的将士，还是修寺的僧人，都在仰望着这棵树工作。长城，这座我们民族抵御战争，保卫和平生活的万里长墙，在这里拐了个弯，轻轻地把这寺庙、这红柳搂在怀里。这是生命的拥抱、信仰的倾诉和文化的传递。而这棵红柳，为怕长城太孤寂，年年报得紫花开，花开香满院，又成了寺庙的灵魂。民间常有耗子成精、狐狸成精，及柳树、槐树成精的故事。红柳实现了从灌木到乔木的飞跃，算是成了精，修成了正果。它与长城与寺庙相伴，俯视人间，那密密的年轮和丝绕麻缠的筋结里不知记录了多少人世的轮回。

如果说长城是人工的智慧，红柳是自然的杰作，那么这寺庙就是人们心灵的驿站。先民日出而作，日入而息，面朝黄土背朝天，他们疲倦的魂灵也需要歇息。这寺庙不大，除了僧房就是佛堂。堂可容六七十人，地上一色黄绸跪垫，前面供着佛像并香烛、水果。可以说，这是我见过的国内最安静的佛堂。堂内窗明几净，无一尘之染。窗外是蓝天白云，人坐室内如在天上。这里既没有名刹大寺里烟火缭绕的喧闹，也无乡间小庙里求报心切的俗气。我稍留片刻便返身出来，不忍扰其安宁。

我问，这座寺庙真的灵验？老刘说屡毁屡修总是有一定的道理，反正当地人信。他还给我讲了不少故事。我不信，但教人行善总是好事。就问，怎么不见僧人？答曰，现在不是做功课的时间，都去山下栽树去了。想要香火旺，先要树木绿。也是，没有那株红柳，哪有这寺里千年不绝的香火？

保护站已成立五六年，慢慢地与寺庙成为一体。连僧带俗共十来个人，同一个院子，同一个伙房，同一本经济账。志愿者多为居士，所许的大愿便是护城修城；僧人都爱树，禅修的方式就是栽树护树。早晚寺庙里做功课时，志愿者也到佛堂里听一会儿诵经之声，静一静心；而功课之余，僧人们也会到寺下的坡上种地、浇树、巡察长城。不管是保护站还是寺上都没有专门经费。他们自食其力，自筹经费维持生活并做善事，去年共收获玉米两千斤，春天挑苦菜卖了六千元，秋里拾杏仁又收入八百元。这使我想起中国古代禅宗“一日不作一日不食”的农禅思想，一切信仰都脱离不了现实。正说着，人们回来了，几个僧人穿着青布僧袍，志愿者中有农妇、老人、学生，还有临时加入的游客。手里都拿着锄头、镰刀、修树剪子，一个孩子快乐地举着一个大南瓜。有一个年轻人戴着眼镜，皮肤白皙，举止文雅，一看就不是本地人。我问这是谁，老刘说是山下电厂的工程师，山东人。一次他半夜推开院门，见寺外一顶小帐篷里一人正冷得打哆嗦，就邀回屋过夜，遂成朋友。工程师也成了志愿者，有时还带着老婆孩子上山做义工，这院子里的电器安装，他全包了。大山深处，长城脚下，黄土高原上的一所小寺庙里聚集着一群奇怪的人，过着这样有趣的生活。佛教讲来世的超度，但更讲现世的解脱：多做好事，立地成佛，心即是佛，佛即是我。山外的世界喧喧嚷嚷，这里却静如桃源，如在秦汉。只有长城、古寺、志愿者和一棵红柳。无论中国的儒、佛、道还是西方的宗教都以善行世，就是现在弘扬的社会主义核心价值观，“友善”也赫然其中。我突然想起马致远的那首名曲《天净沙》，不觉在心里叹道：

长城古寺戍楼，蓝天绿野羊牛，栽树种瓜种豆。红柳树下，有缘人来聚首。

老刘说，其实单靠他们几个志愿者，是保护不了长城的。也曾当场抓获过偷城砖的、挖草药的，甚至还有公然用推土机把长城挖个口子的，但是都不了了之。对方眼睛瞪得比牛眼还大，说：“你算个啥！县长都不管呢。”确实他们一不是公安，二不是警察，遇到无赖还真没有办法。但是现在可以“曲线护城”了，这就是来借助树和佛。目前虽还没有一个管用的“护城法”，却有详细的《林业法》，作恶者敢偷砖挖土，却不敢偷树砍树。保护站就沿长城根栽上树，无论人砍、牛踏、羊啃都是犯法。而同样是巡城、执法，志愿者出来管，对方也许还要争执几句，僧人双手一合十，他就立马无言。头上三尺有神明，人人心中有个佛呀。这真是妙极，人修了寺，寺护了树，树又护了长城。文物保护、治理水土、发展林业、改善生态等，无论从哪一方面来说这都是个很有意思的例子。就像那棵无人问津、由灌木变成乔木的红柳，在这个古老的犁辕弯里也有一个少为人知，亦俗亦佛、既是环保又是文保的团体。县长下乡调研，见此很受感动，随即拨了一笔专项经费给这个不在册的保护站。两年来老刘用这钱打了一眼井，栽了三百亩的树，为站里盖了几间房。寺不可无殿，城不可无楼。他还干了一件大事，率领他的僧俗大军（其实才十来个人）走遍沿长城的村子，收回了一万多块散落在民间的长城砖，在文物局指导下修复了一个长城古戍楼。

那天采访完，我在寺上吃晚饭，大块的南瓜、土豆、红薯特别地香。他们说，这是自己种的，只有地里施了羊粪才能这样好，山外是吃不到的。饭后，我要下山，老刘送我到寺门口。香客走了，志愿者晚上回城去住，寺里突然冷清下来。晚风掠过大殿屋脊的琉璃瓦，吹出轻轻的哨音。归鸟在寺庙上空盘旋着，然后落到了墙外的林子里。夕阳又给长城染上一圈金色的轮廓。人去鸟归，万籁俱静，我突然问老刘：“这么多年，你一个人守着长城，守着寺庙，是不是有点孤寂？”他回头看了一眼红柳，说：“有柳将军陪伴，不孤单，胆子也壮。”这时夕阳已经给红柳树镀上一层厚重的古铜色，一树紫花更加鲜艳。我说：“回头，在北京找个专家来给你测一下这树的年龄。”他说：“不用了，我已经知道。”我大奇：“你怎么知道的？”“去年秋八月的一个晚上，后半夜，月光分外地明。我在房里对账，忽听外面狗叫。推开院门，在红柳树旁站着一位红盔绿甲的将军。他对我说，你不是总想知道这树的年龄吗？我告诉你，此树植于周南王十四年，到今天已两千三百二十六年。说完就消失了。”我看看他，看看那树，这一次我真的是惊呆了。

回京后，我第一件事就是去查中国历史年表，史上并没有“周南王”这个年号。但是，我不忍心告诉老刘。

看粗榧

杜文涛

稀罕的树木常栖身在隐秘的地方。

于巴山北坡一方悬崖前，在同伴的指点下，我认识了一棵粗榧树。许是我的寡闻，许是树的少有，置身于岚皋县小漳河与杨岗河交汇处的这方山崖前翘首望树的某一刻，我不曾知晓植物苑里的这一物种。

粗榧属于第三纪孑遗生物，果实为橄榄形坚果。粗榧茕然孑立，独耸在小河上方的山崖上。站在河边小径上仰望，树身摩天接云，树冠剪影状婆娑，在树木丛生的崖壁上，露出魁梧的身姿。觅得蛇形路径上山，荆棘塞途，我们弓行到粗榧仄身的山崖上。

陡峭的山崖远离尘嚣，心无杂念，人烟缥缈，却亘古不离地厮守着独居幽篁里的粗榧。

粗榧树枝繁多，柯叶四伸，有几枝递送在眼前。树叶呈羽状，两列对排，梗部有苞片，叶尖微弯，像极了红豆杉叶，却少了红豆杉叶的秀气与细腻，多了份岩石般的粗糙。拈指轻弄，叶尖微凸，似麦芒刺手，知道了树叶也会让人疼痛的。

树叶深绿，树身深绿，条状的、绒状的苔藓披挂缀裹在枝干上，让人难以辨识出树皮的本色。仔细看，那深绿青苔里还在有心无心地随意涂抹间染上一缕缕葱绿、灰绿、烟蓝或橘红色。这青苔的家族里，也许和人类、树类一样，也有着爷孙三代、生老病死吧！不知这青苔多少年了，更不知这受青苔青睐的粗榧树有多少年了。

粗榧树没有因孤单而显得孤独，它以独立的姿态活出了自己的风采。

一只胖胖的锦鸡，尾巴长长的，蔷薇色的底色上缀着绛色的红。它走几步停下来，然后轻盈地跳到旁边的枝杈上，缓缓地转动着金黄色的脑袋，向着树的更高处张望。对于人类的探视，它和它栖身的粗榧树一样，不惊不怒、不怨不喜，有着恬适的安然。

崖后山坳里躺着几间石板为瓦的土屋，一位老人在院边侍弄着几截圆木凿空而成的蜂箱。院下大片的芍药地正绽着白色、褐红的花，蜜蜂在翩翩地绕着飞着，嗡嗡作响地闹着。

老者谭姓，年虽八十却和屋前不太远的粗榧树一样硬朗。说起粗榧树，我问这粗榧树有多大树龄？老人说他当小娃时见到树就有这么大，好像他长树再没长过。听老辈人说先人为躲避战乱到这里安家落户时，这树都有水缸样粗了。我问知道老祖先哪年搬到这儿的？老人想了会儿，挥了挥如粗榧树枝般骨感的手，指着屋后更高处的山坡说："山上有迁陕老祖先的墓，墓碑上字迹模模糊糊，但看得出老先人辈分是'宗'字辈，我们谭家排行诗我记得，我为'德'字辈，我下面有三辈，从'宗'字辈到现在，应该有三百多年了。"

绕路下山，林间小径又弯到粗榧树下山崖，抬头又看见高高的粗榧。那只漂亮的锦鸡，此刻还在树上吗？

山茱萸贺春

祁云枝

春天，一溜小跑便跃上一棵棵树，给枯瘦了一冬的枝条，涂抹出瑰丽的生机。料峭寒风中，春天用画笔蘸上颜料开始描摹，出人意料的是，这颜料不是嫩绿，而是金黄。看哪，蜡梅、迎春、连翘、金钟，各自先开花后长叶，用金灿灿的花朵，告诉人们，早春，黄艳艳地来了。

在黄花姐妹里，山茱萸算不上漂亮，但娇俏别致。它的美，似乎只可意会，不可言传，给人一种淡淡的感觉。

在秦岭，我见到了心心念念已久的山茱萸。山茱萸的黄，从一座山蔓延到另一座山，从一条峪铺展到另一条峪，整座秦岭，是一幅由小黄花和灰褐树枝皴染的水墨画。

走近一株山茱萸，在花前站定，我开始与一朵花儿对视。我喜欢近距离寻味花朵，欣赏它们用开花表达陶醉，用香气展露心思。

二三十朵小黄花，从一个点飞溅出来，每一朵花，都尽力向上向外伸展。长长的花蕊，兴致盎然地端坐在外翻的四枚花瓣中间，或安静沉思，或浅吟低唱。小小的花茎高低错落，合力伸展成半个圆球，像节日天空里绽放的烟花。和“烟花”一起绽开的，是花朵清幽的香，这香味也秀气，丝丝缕缕的，与花朵很配。

山茱萸花密匝匝挤挨挨地汹涌在还没长叶的枝头，像是正在为早春举行一场豪华派对，一阵暖风，便引燃朵朵“烟花”。在每一朵花里，在吹过它们的风里，是看不尽的春和景明。

许是应了那句“不识庐山真面目，只缘身在此山中”，远观一棵棵山茱萸树，那感觉却不是璀璨，而是无边的宁静。山茱萸花朵细小，它的金黄被空气稀释，远观宛若黄纱，飘浮在林子上空。一团团“黄纱”氤氲在黛色的山腰上，柔和静美如水墨画。

说是一幅水墨画，其实有点偏颇，因为我不过是站在一个游客的角度来度量和抒情。在靠山吃山的庄户人眼里，千林万坡上这一枝枝、一簇簇黄花，肯定不是用来观赏的。它们是庄户人的一季庄稼，一年的收成，是粮仓和钱袋。就像关中人眼里金黄的麦穗和黄澄澄的玉米一样。

这一树树金黄，是山茱萸在贺春，也是贺自己早早从冬眠中醒来吧。从此，这一年的希望，开始你追我赶地生长。风雨轮转，冷暖更迭，山茱萸悄悄把喜庆的金黄收敛，再把出落成珍珠般的小果子由青染黄，继而染红，时令，就到了秋天。那时，山茱萸的花海，已变成红艳艳亮晶晶的果海，漫山红遍。

喜悦，开始荡漾在山头树梢，荡漾在采摘红果子的手上，荡漾在布满皱纹的脸颊和汗珠上。

听，有人在秦岭的万亩山茱萸林里，清了清嗓子，大声吟咏那首关于茱萸的诗。

恍惚间，一位翩翩少年颀长的身影缓缓而来，他布衣青衫，手持一把红果，带着淡淡的药香，从我身旁飘过。只一眼，我便被他孤独的眼神击中。他，是来京城长安谋取功名的王维，时年十七岁。王维家住华山之东、黄河岸边的蒲州，繁华的长安城，对一个前来赶考的少年，只是举目无亲的异乡。王维觉得那一年的自己，就是漂在京城里的一叶浮萍。

一晃，到了九九重阳节。王维寻思，在家乡的时候，每逢节日，朋友们都要相约去爬高高的山，而今年，爬山的朋友们中，单单少了自己。怅惘中，王维采来茱萸，登上京城最高处，遥望家乡，写下“独在异乡为异客，每逢佳节倍思亲。遥知兄弟登高处，遍插茱萸少一人”的千古名句。

这首流传久远、飘洒着淡淡乡愁的小诗，让无数人记住了一种植物——茱萸。只是，诗里的茱萸，是吴茱萸，而非眼前的山茱萸，有诗为证。

后来跻身京城大诗人的王维，晚年在自己的蓝田辋川庄园里，种植了大片茱萸，取名“茱萸沜”。一位常与王维唱和的诗人裴迪，在深秋游览庄园后，写道，“飘香乱椒桂，布叶间檀栾。云日虽回照，森沉犹自寒。”诗中，茱萸“飘香”，且气味足以与花椒和肉桂混淆，可见，庄园里的茱萸，只能是以气味著称的芸香科的吴茱萸，而非闻起来没有味道的山茱萸。

山茱萸的红果，庄户人叫它药枣，是一味平补阴阳的药物。熬粥时，加一把萸肉，便可改善中年人的眩晕、耳鸣和腰膝酸痛。历代名医中，用山茱萸最为得心应手的，属河北籍名医张锡纯。他说，救脱之药，当以萸肉为第一。无论上脱、下脱、阴脱、阳脱，奄奄一息，危在目前者，急煎山萸肉三两服之，其脱即止。张锡纯还开辟了山茱萸的其他疗法，诸如用山萸肉止腹痛，疗心悸，治虚痹腿痛，等等。

看来这山茱萸的果实，不仅润泽庄户人的生活，还滋补他们的身体。

有了山茱萸花的金黄，果的绯红，庄户人平淡的日子，便有了色彩，有了憧憬。

脚踩青山，头顶白云，山茱萸含露的花朵，也含住了春光。想必，这欣然绽放的山茱萸树是心满意足的，它用花果诱使人类帮自己立足，在肥沃的平地和一面面山坡上扎下根来；用果实滋补健体的功效，鼓励人类开荒种植，帮自己扩地达疆。人与植物相处，一不小心，也会被植物利用呢。好在，在种植山茱萸这件事上，利用和被利用者都皆大欢喜。其实，人与植物，在好多时候，是可以各得其所、各取所需的。正因如此，山茱萸才会在愉悦的光芒中，竭力开花结果，并竭力把这种愉悦传递——蜜蜂嘤嗡在花朵上空，庄户人采摘山茱萸红果时，内心溢满着蜜……

金色阳光下，站在一株山茱萸前，望着“噼啪”作响的贺春小礼——朵朵“烟花”，我的心里，是亮堂的，也是喜悦的。在山茱萸的金黄里，我感受着早春的脉动，也看到人与植物和谐映照在天地间的光彩。

陕北的树

马语

红枣树

车在一条拐来拐去的红胶土公路上转下来，开始看见了远处钢蓝色的山峦，进入马镇。在石山之巅俯视，空旷的几条相错相连的灰色石沟中全是郁郁青青的枣树，望不见往日那一条带子似的黄河。小车若蚂蚁一般从山巅铺挂下来的一条石路上下来，便钻入了青纱帐。

大地的青纱帐，它们是陕北黄河岸边的红枣林。

早在 1995 年，榆林清涧县被国家林业局命名为“中国红枣之乡”，2001 年佳县又被授予“中国名枣之乡”称号。

当世人惊奇地发现陕北地下有煤炭、石油、天然气、食盐这些宝藏时，同样惊奇地注意到，陕北榆林大地上还有绿色的红枣田。

榆林的枣树，有三千多年的历史，各地志书多有记载，引来世界关注的是佳县泥河沟村的老枣树，被联合国冠以“全球重要农业遗产体系”。迄今为止，联合国粮农组织在全世界范围内共评选出农业遗产地三十六处。泥河沟的古枣园里生长着三百三十六棵三百年以上的老枣树，其中的三棵已过千年，最大的一棵经林业专家确认已一千四百岁，被尊为“枣树王”。枣王主干才是一人多高，但需三人方可合抱，暗黑色的树皮，布满深刻的几拃宽裂纹，若苍龙鳞甲。主干之上，以左旋之势，又派生出一抱粗的三根大枝，它们年年发出新枝，岁岁开花结果。一千多年的时光里，枣王守候在这里，经历了多少自然的风霜雨雪，记录了多少人世的无常变化。

在那些困难年代，红枣可以说是乡下人一年四季最好的“干粮”，特别是灾荒之年，它更成了救命之粮，庄户人家将红枣磨成面，掺了糠谷、草根之类的面粉，做成炒面，以度饥荒。革命战争时期，陕北黄河沿岸漫山遍野的红枣，也曾是最佳“军粮”。佳县那地方流传这句话：“毛主席说，佳县红枣好吃。”这自然是无法找到可靠证据的。在《毛泽东年谱》中是有着这样的记载，1947 年 9 月，转战陕北期间，毛泽东仅在佳县神泉堡村就住了五十七天，那时生活之苦几乎是不敢想象的，群众杀掉耕地的牛驴来支前，支援一场在解放战争中富有转折意义的伟大战斗。沙家店战役刚刚打完，好在树上的枣子渐渐红了，警卫员每天收拾主席的窑洞，扫出来的都是些烟头和枣核。毛泽东在这里写下了《中国人民解放军宣言》。黄河岸边的父老乡亲们说，枣树的花，五角形、金黄色，像一颗颗星星。枣树的果，像鲜血染红，这不正好是共和国五星红旗的元素吗?

一辈传一辈，几千年的岁月里，红枣与陕北人如影随形。陕北传统婚礼习俗中有这样一项极为重要的仪式，在洞房花烛之夜，将挑选好的大红枣儿撒到炕上、被窝里，寓意“早生贵子”。在黄土高坡窑洞院落里生出的这些儿女，血脉里就注入了枣树忠勇、奉献的品格，基因里就植入了枣树不屈、抗争的精神!

风雨吹不折，雷电劈不倒，冰雪冻不死。陕北的红枣树!

有这样一幅图景一直挂在心间：那是秋天，陕北的坡畔上或沟沟岔岔，一株株枣树，那婆娑虬曲弯弯地垂下来的枝条上，万千绿叶间，缀满青里泛红、黄灿灿的果实，有的枝条被累累果实压得趴在地上，有的已折断……

离开黄河岸边，沿黄土石子路盘旋而上。陕北之北的这片高原，属干旱、半干旱大陆性季风气候，十年九旱。严重的干旱使山区的农田一片焦荒，路边的杨树，叶子稀稀落落，一副快要病死的样子，柠条也灰突突的没有一点生机，唯有枣树这“铁杆庄稼”依然枝繁叶茂，果实累累。

蓬头柳

蓬头柳，大多生长在陕北榆林的长城沿线。

它们是树。祖祖辈辈，砍了柳椽，盖房子、打家具、做农具、扎篱笆……

它们是卫士。站立在北方天空下的千里长城线上，使风沙整整后退了上千公里。

从柳笆庵起，柳树就与北草地儿女结下了世世代代的缘。

在北草地，有柏油路通过的地方，差不多都有柳树。年轻的蓬头柳，丈把高的树干上，滋长起数十根粗细不等的柳椽，一片葱茏繁茂。

它一直与农田相伴。沙滩上、沙丘间开辟出的一片田地，这样的农田边上，一般都会长着几棵大柳树，也有用柳树将农田围隔成网格状的。

从榆林西定边北部风沙草滩区的盐场堡、白泥井、海子梁出发，过内蒙古的城川，回到定边堆子梁，沿途过靖边柠条梁、牛玉琴治沙的金鸡沙、黄蒿界、统万城、横山雷龙湾、白界……一排排，一行行，或一片片，到处都有柳树的身影。

它们几乎与那道黄泥或白土的“边墙”，形影相随。其实在这“边墙”修筑之时，就已经很繁茂了。现在，它们终于老了。

在统万城不远的地方，有一个村庄就叫古柳村。五六棵古柳都在六七百岁以上，腰围都有二三米，要六七人方可合抱。

这一棵，树头中间已朽蚀，树头从中间分开，开始倾向两旁。它支撑着，不倒下来，分开向两边的树头上，各顶着数根腕粗的枝叶浓密的柳椽。

是哪一刻？实在支撑不住时？树头分崩，倒向四面，着地后迅速成支撑状，形似一只螃蟹。生命从这里又开始，看似枯朽的树身上再长出葱绿的枝条，就这样又是上百年。这是旁边的一棵。

倒了也不死。这一棵，一定是轰然倒地，整个树身横卧于地，现在朽成了一个空洞，像用一指厚的苍老的鳞甲片的柳树皮箍成的一个圆囤。只是囤背上滋长着一丛浓郁的柳枝。

还有两棵，这样说吧，要是没有其上那一丛青葱的柳枝柳条，我们一定会把它看成农人在种地时，收拾、堆放在地头、路边的一堆干朽木头，连木头也谈不上，几大块枯朽弓曲的老柳皮堆放在一起。它们是老柳的骨头吗？枯朽、苍白，可就是在这苍老的骨架上又滋长出新的柳枝新的生命！

塞上柳，我觉得它是一个“别名”。集粗犷与秀美于一身，挺立在蓝天丽日下坦荡的高原大漠之上，谁不为之动容呢？圣贤、名流从这里走过，我想一定是他们给这北草地上的蓬头柳起了这名字的。就像陶潜、太白、东坡诸士的别名一样。

我想也许应该叫它母亲树，因为它一年年蓬蓬勃勃长起的枝条，那些枝条——那些无穷无尽的“子女”，一年年长直、长粗，让农人来砍伐、收割，好帮衬一下他们艰难的生计。母亲树长到一两米，树头就被砍去，就在砍去的地方，新生出浓密的枝条，又以蓬勃的姿态，伸向蓝天。用不了几年就又都长成了柳椽，再被砍下来。还是原来的树头上，又生出新的枝条，砍了一茬又长一茬，如此循环往复。

在诗里，在画里，柳都是女性的象征，而北草地的蓬头柳却是一身的阳刚，像极了北方的汉子。只要砍一根柳椽，插在哪里就在哪里生根。长在大漠上的柳，飞沙走石，百折不挠，威武不屈，巍然挺立。酷热耐得，严寒不死，与北草地人相依为命。春来，早早抽出枝条，拧成一代又一代北草地人那“童年的柳笛”。一生中不知要长出多少茬柳椽，让人砍伐下来扎篱笆、编筐子、搭棚子、盖房子。直到最后回归土地，还要与柳为伴，在北草地，抬埋逝者，必须是一根细的柳椽子顶上扎了引魂幡，走在送葬队伍的最前头……

最特别的还是榆林城里这些柳，就栽种在新城区的榆林大道上。穿城而过，榆林最长的这条街道，在它的街道中间，三五或十来棵一小段，从北栽到南，差不多上千棵的柳树。这都是近几年新栽的，但它们从农村移过来时，树身直径已有尺许，柳椽不粗，但树头已不小，粗犷里的秀美，给这条大道平添了壮观。塞上柳发芽早，落叶迟。既喜水，又耐旱，寿命长。秋季，在那些干旱的地带，黄叶会落得更迟一些，大片大片的黄色，不逊胡杨的色彩。一座现代的新兴城市，在它的主干道上栽植了这么多的柳树，在中国的城市或许独此一景。这样的构想，我想更多的还是取塞上柳的品格吧。

嘉峪关前的白杨树

马步升

在312国道嘉峪关段的路边，并排站立着八棵树，紧挨着一座砂质小高地。穿过马路不远处，就是高大的嘉峪关古城楼。在当今绿树成荫的嘉峪关市，这八棵树毫不起眼，要不是树旁纪念碑的提示，在旁人看来就只是广袤的西北大地常见的白杨而已。可是，这却是一种精神的象征物。

时间还要上溯到1952年。那时候的嘉峪关市还不存在，只有一座荒废已久的孤零零的古城楼，矗立在祁连山一处巨大的豁口中，周围全是寸草不生的戈壁滩。一条砂土筑起的大路，从河西走廊的东边，一路向新疆方向延伸，从东边的天地无尽处，隐没在西边的天地无尽处。

初春时分，大风卷起砂石，天地一派混沌。这时，新中国第一代筑路工人郑占乾，萌生了一个虽宏大却似乎不怎么现实的愿望：给路边栽树。

眼下没有劳动力，只有几名家属妇女，包括自己有身孕的妻子。也没有劳动工具，只有捅炉钎和铁铲。凿开坚硬的砂石，将十几棵瘦弱的杨树苗栽植进去，过了几天，居然有八棵树苗活了，还现出生机勃勃的气势。对这些身在荒漠的劳动者来说，最大的鼓舞莫过于生命的诞生和成长。从此，他们像维护公路、养育儿女一样精心照顾这八棵树，每日每时，心心念念。

时间过去了一个甲子。前年夏天，嘉峪关公路局杨局长带我去拜访郑

占乾老人，并给老人颁发五十六年党龄的纪念章。老人居住在单位的家属院里，屋内陈设简朴，但干净整洁。老人身穿中山装，茶几上端放着一份几十年来每日必读的《人民日报》，一旁的果盘里搁着刚从树上摘下的杏子，金黄金黄的。在家人的帮助下，他将纪念章端端正正戴在胸前。年过九旬的老人了，在戈壁滩做了几十年的野外养路工，在他的身上丝毫看不出沧桑倦怠，眉宇间闪射着的是坚毅和自豪。子从父业的大儿子垂手站立一旁，我请他坐下，他笑笑，依然站立着。他也是八棵树的见证者，母亲怀着他，跟着父亲，一同栽下了这八棵树。如今他也是“奔七”的人了。

说起当年栽植八棵树的故事，郑占乾老人的话不多，目光清澈，语气平淡。他反复强调说，这都是工友们的功劳，都是来自组织上的支持和关爱，他只是做了一个工人该做的事情。

八棵树的意义体现在此后的漫长岁月中。祁连山深处的镜铁山发现了铁矿，这是我国钢铁工业的一件大事。厂址和职工生活区选在嘉峪关的戈壁滩上，距离矿山八十公里路程，修建一条铁矿石运输专线公路迫在眉睫。这段公路所经之地，少部分是戈壁滩，大部分在山区。在吊达坂一带，海拔都在四千米以上，或终年积雪，或永久冻土。过了吊达坂，到二指哈拉的几十公里，全是高山峡谷，飞石悬空，湍流喧闹。别说那时候，当下这段路已经变成等级公路，车技差一些的司机仍然不敢在这种路段驾车行驶。筑路工具呢？没有大型机械，只有铁镐、铁锹、抬筐，还有少量畜力车。就靠这样简陋的工具，筑路大军凭借着对国家的一腔忠勇，炸石开山，人力搬运土石方，昼夜奋战，在高山缺氧环境中克服物资供应之不足，只用了两个月时间，就打通了一条运输铁矿石的专用公路。

八棵普通的白杨树，不仅为一条生命线一样重要的公路敲响了开场锣鼓，事实上也是一座现代化城市建设的开始。大西北许多新兴城市的建设堪称“无中生有”，嘉峪关就是这样一座城市。嘉峪关的名字在明朝已经声名远播，但其功能主要在军事方面。失去军事功能之后，就只是酒泉管辖下的一处古迹了。铁矿的发现，激活了这座“天下第一雄关”。一时间，筑路者，开矿者，各行各业的建设者，随行的家属，从祖国各地乘坐各种交通工具乃至步行，涌向这片荒无人烟的戈壁滩，成为嘉峪关的第一批建设者和居民。城市因矿山而诞生，那么，连接城市与矿区的道路便成为重中之重了。

一条道路固然短时间可以打通，但维护道路的正常运行，却是经年累月的功课。郑占乾与他所在的公路段的工友们，在此后的数十年中，日复日，夜复夜，把青春年华，把人生理想，全部交给了这条道路。又是沙漠戈壁，又是高寒山区，又是简易公路，修筑的难度大，维护的难度更大。路上行走的都是载重卡车，路面质地粗糙，极易损毁。冬天大雪封路，开春路面翻浆，夏秋季洪水冲毁公路，困难和危险是道班工人的家常便饭。

国家财力有限，道班工人不多，道路必须保持畅通。大家一年四季大多时间都坚守在岗位上，常常一两个月回一趟家。而回家之路更为艰难，或者搭乘拉运矿石的卡车，或者徒步，仅在路上就要耗去一两天时间。所谓道班，也只是在路边挖一个地窝子，能够防御野兽和风雪罢了。日常所需食品，依靠往来卡车捎带，饮用水则要到深沟去取，取一趟水需要耗费半天时间。更困难的是护路工具过于简陋，最初只是一些简单劳动工具，劳动效率很低，去一趟工地，晚上回不了道班，就只能在野外露宿。但工人们没有“等靠要”，而是自力更生，向发明创新要劳动效率。郑占乾和工友们发明了一种畜力刮路机，用一些废旧钢材木料，做成耙耧式样，套上毛驴，刮平路面。这种机械，后来推广到西北的许多公路段，使用了许多年。嘉峪关的公路博物馆里还陈列着这样的机械，让人既为前辈道班工人的聪明才智由衷敬佩，也为他们所经过的艰难岁月而心潮起伏。

郑占乾他们自己动手发明创新的护路工具还有很多。在今天先进的护路机械面前，这些工具显得简陋，可是没有前辈所经历的昨天，也不会有我们看到的今天。参观过几处当年用于道班的地窝子，难以想象在这样的艰难困苦中，道班工人们如何保障这条专用公路始终畅通无阻。现在，这条公路的道班，虽有温暖整洁的职工宿舍，有电，有电视网络，但与都市相比，生活条件依然很艰苦。他们却始终不与都市比享受，而是时时刻刻与他们的前辈比，比物质条件，比精神面貌，比爱岗奉献。

在一个方圆几十里没有人烟的道班里，几位工人师傅正利用工余时间，在空地上种植蔬菜。我问种的什么菜，一位工人师傅笑说：种的是希望。虽是玩笑话，却也是真实情况。没有希望，不会有人来这里，来了也坚持不下去。近几年，嘉峪关公路局招了许多大学生，他们大多来自内地自然条件较好的地区，他们手中的劳动工具先进了，但仍然和前辈做着同样的事——日常时期护路补路，非常时期抗洪抗灾。那天，寒风凛冽，我见他们一个个在路边低着头，寻寻觅觅，原来他们是在捡拾路边垃圾。公路不仅是车辆通道，也是文明的载体，比起前辈来，新时代的道班工人为公路赋予了新的意义。

“扎根戈壁，艰苦奋斗，无私奉献，甘当路石”。是的，这是嘉峪关公路人走过的历程，也是全体嘉峪关人走过的历程。从无到有，从有到多，从多到强，我们就是这样从昨天走到今天。

到兰州种一棵树

徐贵祥

我的兰州往事

四十多年前，我还是一个中学生，就痴迷于文学。有两首诗我记得很熟，一首是高红十等人创作的《理想之歌》，一首是贺敬之创作的《西去列车的窗口》。第一首诗这样开头：红日、白雪、蓝天……乘东风，飞来报春的群雁。从太阳升起的北京启程，飞翔到宝塔山头，落脚在延河两岸……第二首诗：在九曲黄河的上游，在西去列车的窗口……是大西北一个平静的夏夜，是高原上月在中天的时候。一站站灯火扑来，像流萤飞走，一重重山岭闪过，似浪涛奔流……啊，祖国的万里江山！……啊，革命的滚滚洪流！……一路上，扬旗起落——苏州……郑州……兰州……一路上，倾心交谈——人生……革命……战斗……

这两首诗，把远方的世界推到我的眼前，我被它们描绘的景象迷住了，被它们表达的激情燃烧了。同时，我也知道了，革命的圣地是延安，兰州在延安的西边。延安和兰州成了我向往的地方。我相信，诗人的激情是真诚的，诗人所表达的情感、描绘的前景，是真实的。这两首诗辽阔高远的境界、形象生动的景象、凝练精彩的诗句、朗朗上口的节奏以及携带的精神、理想、情感，都在不知不觉中进入我的生命。我必须承认，我在今天所做的工作、成绩和经历，都与这两首诗有关。进一步说，都与延安和兰州这两座城市有关。

上世纪 70 年代末，我参军入伍，训练、工作之余，开始兴致勃勃地写小说，写好之后投向全国各地，投向上海，投向北京，投向广州，投出去了退回来，修改后再投出去……直到 1983 年，位于兰州的《飞天》杂志发表了我第一个短篇小说《相识在早晨》。当时《飞天》有一个栏目叫“新芽”，是培养新作者的，编辑在作品后面附了一个几百字的点评，大意是这是一个部队青年战士的处女作，虽然稚嫩，不乏真情，等等。这件事情，对我来说，非常重要。三十六年前，当我还在文学的小道上苦苦摸索的时候，投稿到处碰壁，是兰州首先接纳了我，不然，也许我会走上另外一条道路。

2019 年 9 月下旬，我应邀前往兰州参加活动。飞机从首都机场起飞，拐了一个弯，向西北方向飞行，我坐在靠窗的位置上，一直俯瞰舷窗下面的景致。很快，机翼下面的葱郁变得稀薄了，视野里涌现大片裸露的山脉，然后是沙漠。那两个多小时，我的心情很沉重，那时候我深切感受到，由于自然的造化，西部仍然落后，建设西部，仍然任重道远。

到兰州种一棵树

我的中学时代，别的功课学得不太好，唯独政治和语文，从初中到高中，成绩一直领先。高中语文老师名叫汪泛舟，本来是一个大学老师，古典文学功底非常深厚，讲起课来抑扬顿挫，很有感染力，他讲得津津有味，我们也学得津津有味。有一幕至今仍然历历在目。那是我们毕业前夕，汪老师特意给我们讲了一个古典名篇，《列子·汤问》中的《薛谭学讴》："薛谭学讴于秦青，未穷青之技，自谓尽之，遂辞归。秦青弗止，饯于郊衢，抚节悲歌，声振林木，响遏行云。薛谭乃谢求反，终身不敢言归。"在我们即将离开校门之际，汪老师给我们上这一课，用心良苦，告诫我们，要虚怀若谷，脚踏实地，学到真本事。不要只学到一点皮毛，就以为自己了不起。这一课，让我受益终身。

多年之后我才得知，就在我参军后不久，有一个全国人才调配行动，汪老师在这个大调配中离开了家乡。当时有三个地方供他选择，一个是北京，一个是上海，还有一个是甘肃，汪老师最终选择了甘肃，1982 年入职敦煌文物研究所。

第一次到兰州，我有两个心愿，一个是到《飞天》杂志编辑部看看，再有一个就是看看我的老师。原以为老师在敦煌，一打听，原来也在兰州，着实让人喜出望外。会议主办方听说我找到了失散多年的老师，也很重视，派了报社的记者何燕，先期到汪老师家里进行采访，何燕后来写了一篇文章，我从而得知，汪老师已经在甘肃工作了十七年，生活了三十七年，发表有关敦煌研究的学术论文八十六篇，近一百一十三万字。

见面那天，师生都很激动，老师喜悦于学生的成长和进步，学生仰慕于老师丰富的学术成就，相谈甚欢。我问老师，在兰州习惯不习惯，老师说，很习惯，再回老家就不习惯了，在兰州，做自己想做的事情，做自己能做的事情，人生快意足矣。他告诉我，虽然已经八十六岁了，精力还很充沛，还要写两本书，关于敦煌的，关于兰州的。

望着耄耋之年而又精神矍铄的老师，我的心里涌起无限感动。新中国成立以来，许多人放弃优越的生活，把他乡作为故乡，来到还相对偏远和落后的兰州，建设重工业基地，垦荒开矿，植树造林，发展文化，支教扶贫，才出现了今天这样一个集传统文化和现代文明于一体的新型城市。如今的兰州，黄河穿城而过，两岸树影婆娑。这些遮风挡沙的绿树，是从一代代人的心里生出来的，长起来的。我的老师，就像一棵树，扎根兰州，长在兰州，守护着兰州，美化着兰州。

我想，我们来到兰州，不是来做客的，我们是来认识兰州、亲近兰州、融入兰州的，兰州也是我们的兰州。用我们的热爱作为种子，用我们的情感作为养料，一起来为兰州种一棵树吧，种一棵精神之树、信念之树、理想之树。

建设诗意兰州

兰州为什么叫兰州，有很多说法。我宁肯相信，在古代，它就是一个开满兰花的绿洲，一个富有浪漫情调、民族风情的诗意栖居之地。

到兰州之后，我们住在白云宾馆。每天早晨起床，我站在窗前，看一条大河从西向东，河里有水，河岸有树，树后面有楼房，楼房错落有致，有现代的也有古典的，有汉族风格的，也有少数民族风格的。这就是最先进入我们眼中的诗意。

从文化层面上，我认为，一定要把兰州建成兰州。兰州的特质是什么？就是文化的包容性，在包容的前提下展示各民族的文化特征。兰州要有兰州的颜色，在大街高楼的缝隙里应该看到多民族的风情。兰州有这个条件，让每个民族的建筑风格都可以体现。兰州还要有兰州的声音，那种浓浓的西北乡音也是兰州的一张名片，兰州的河边可以有西洋乐，但是不能丢掉羌笛和箜篌。

兰州地域辽阔，有巨大的发展空间。我听说，兰州新区 2012 年批下来，只用七八年的工夫，就建起了很多企业和居民区。过去寸草不生的荒山野岭，现在就像花园一样，雨水也多起来了。我们在新区参观的时候，就下了一场雨，真是“好雨知时节”。

什么是诗意？仅仅生活上现代化了、物质文明发展了，还不足以叫诗意。诗意地栖居，就是有文化地栖居。物质文明只有同精神文明协调发展，才是健康的，才是持久的。

冬天的冰和春天的水

在兰州期间，有两件事对我触动很大。一是听兰州市委宣传部讲师团成员介绍的一篇文章，写兰州市委市政府和人民众志成城治理雾霾的做法和经验。

另一件事是，我去看望中学老师时，有关机构派了一个小伙子带路。他向我介绍兰州的变化，如数家珍。他讲了一个有点像神话的故事，说，在久远年代，兰州一棵树都没有，后来有人冬天把冰背到山上，埋在树苗下面，等待来年春天，土里的冰一点一点地融化，终于成活了一棵树，然后是两棵、十棵、一百棵，终至绿树成荫。后来的几天，我听到这个故事被反复提起，这说明，这个故事在兰州家喻户晓，也说明，这个故事在兰州深入人心。

在兰州新区时，大家议论兰州精神，我说，无论怎么发展，都要

"靠人"，靠人的精神。兰州新区的现状就是"背冰种树"的现实写照，从无到有，从少到多，从黄到绿。"背冰种树"，多么好的意象，多么富有诗意的概括，这个故事是兰州独家版权，这就是打动我的兰州精神。

是的，在我心里，"背冰种树"就是兰州精神的一个象征。

樱桃甜美

牛旭斌

老家的小院里，父亲盖新房时，执意没砍两棵樱桃树。家乡地处北纬三十三度的祖国腹地，出名的特产中，有坚果核桃，还有水果樱桃。

当唱罢“二月的鱼儿水上漂”，漫山的桃花刚一谢幕，杏花、梨花、李花便次第登场，而最令人期待的花事，就数三月人间的樱桃开花了。起伏的黄土地上，瘦瘠的乡村小路旁，处处樱花堆雪。小雨在昨夜才润蓓蕾，第二天太阳放照，就朵朵枝枝催绽开花瓣，盛大而烂漫得无边了。山村被一川樱桃花开亮。阳春里的风儿温柔，小溪淙淙地绕过农田、屋舍和樱桃园，房屋坐拥在花树间，村庄漂荡在花海里，人们忙碌在花事中，十多万株樱桃树，以最铺张的姿态开放。没有比这更热闹的春景了。

城里人和游客为观赏到好看的樱桃花，慕名直奔小川。它是成县境内四面群山合围的一块盆地，有潺潺河水穿街而过，有平畴万亩依山傍水，再往峡谷下游的西狭村去，樱桃花早已盛开成花浪翻涌的汪洋。二十多年前西狭人种过多种多样的菜蔬鲜果，后来改良嫁接樱桃树，从山东等地引进新品种。为了丰产，勤劳的人们定期松土、施肥、剪枝、浇水、整园、除病虫害，从开花忙到结果，带着干粮天天待在果园里，守护着樱桃树。当时镇上还办有樱桃罐头厂，在甘肃全省都是响当当的乡镇企业。

选种樱桃树，其实是因为祖祖辈辈都有在门前地畔种树的传统，种树首选种果树，果树首选甜樱桃。祖母曾栽种过的老品种樱桃，树大果繁，在阳光下透视，能从通身绯红的果皮，看见千丝万缕果肉的血脉，这种樱桃果子小、色泽艳、生长期长、产量少，经不起存放，吃起来软嫩酸甜，地道够味。如今父亲新栽种的大樱桃，树干矮化、果形硕大，果柄长而并蒂生长，果色亮如红酒，果肉肥厚，吃起来脆嫩更甜。

春分过后，踏青赏花是最迷人的行动，摄影师围着樱桃树赏花、拍照，孩童们在树丛中玩耍，人们成群结队往旷野、往小川奔去。童年的小伙伴说：“回来吧，樱桃花开得正是时候”，“今年的雨雪下得多，樱桃花开得欢得很”……听着这些话入梦，当夜就梦见整个峡谷里，被东风吹开莹莹的白，是繁华，是缤纷，是盛放……站在高岗上俯瞰，密密匝匝的樱桃花，宛如天上掉下的流云，飘散在大地，又如太阳融化的残雪，铺陈在浅沟丘陵。风吹来时，它们又像万群驰骋的绵羊，咩咩咩地奔跑开去，花儿簇簇拥拥，占据满山谷村野，把故乡铺成花的海洋，漾成花的世界。

能把一条山沟变成花谷的樱桃花，是春天的画家，它把荒寒枯寂的沧桑调制成生机斑斓的亮丽，如城市黑夜里被灯光点亮的花树，源源不断地放光，发亮，飘香。樱桃花先从峡谷中心地带，由里向外盛开，再向村庄溪流边开放，最后蔓延向山坡、山涧、山巅，我在梦中畅游，感动于春天的来到，这不仅是一场季节的轮回，和春回大地的万物复苏，这更是一场生命的怒放，和一曲致敬农民的田园牧歌，欢唱勤劳的故乡人，正在抢墒种玉米，白色的农膜铺展在一台台梯田，就像轻触便能奏出美妙旋律的琴键。大地即将变成一座工厂，在接下来的花事和农事中，将出产更多更丰饶的果实和甜蜜。

晚春的最后几天，任意走进一道山沟水畔，随意停留在某个乡镇村庄，连片成带又向阳背风的果园人山人海，樱桃先百果早熟，果农们哼着小曲、搭着梯架采摘，绿叶丛中的樱桃结得又红又繁，缀弯了枝头；再看一座座农家小院，总有如房高的樱桃树枝繁叶茂，枝丫上如珠如串地结挂着红彤彤的果实，伸出墙外的，供孩童和路人们采食。

樱桃上市的季节，处处都是赤玉盈村、红珠满筐的景象。此时我总记起远方的朋友，想方设法把樱桃送往外地，让他们尝鲜和觅得故乡的味道。为此，我托人捎带、捎班车，带出去的樱桃，走在半路就烂掉了。朋友们收到后心生疼惜，面对稀泥般的果浆，他们只有闻味的享受了。好在如今的成县，樱桃这些水果，都已经在网上销售了，电商扶贫开辟的快递通道，不论你在天涯海角，只要一下订单，由冷链包装配送的樱桃就可以完好又新鲜地送达你面前。为此，远在异乡的游子，就能吃上应季的水果，也有甜蜜的樱桃可以消解乡愁了。

樱桃让五月成为芬芳的时令，不论在小城街头，还是小镇集市，或者村村落落，到处翻滚着樱桃的身影，货车里、摩托上，数百只竹笼子里，全是清晨带露的樱桃，这一笼笼满盛着的“珍珠”，成千上万颗从树上跑到集市里来，就像成千上万吨的红玛瑙，晶莹地泼洒在街上。樱桃的红润和鲜美，让一条街、一座城变得新新鲜鲜。

小川，这个只有六个笔画的故乡，藏着我对樱桃的全部记忆。小，却有山的雄奇，川，则有水的灵秀。离开家的时候，我照例弯腰从樱桃树下出门，麻雀在婉转的啾鸣里打落春花，藏在泥土酽香和草木深茂的乡风里。我忽然明白：只有这种前人栽树后人乘凉的乡愁，才是永恒的。生生不息又果实累累的樱桃，昭示着劳动之伟大。

白杨树的眼睛

周玉娴

太阳消失了，暮色四合。

风从戈壁荒漠深处吹来，令人感到凉爽。路边林带里的白杨树轻轻晃了晃头发，窸窸窣窣。林带里，清凉的水已经完全渗入地下。风拂过，吹来丝丝水汽，清润无比。喝了一天水，白杨树的叶子油亮亮的，树干上的眼睛湿润润的，泛着柔柔的光。

天空趁机展示它的颜料盒子。绯红、浅紫、靛青、深蓝，穹庐似的天空，成了色彩变化的环幕。白杨树的眼睛随着光线色彩变化着眼神，金色的眼眉惊喜，紫色的眼神妖媚，蓝色的眸子深邃。

太阳走的一刹那，带走了光，收走了锦绣霞衣，夜色瞬间笼罩大地。白杨树在马路上投下的影子突然消失了，几颗星子冷而闪，如水晶点缀天幕。

一棵白杨树有几十双眼睛，一百棵白杨树就有数千双眼睛。林带沿着马路延伸，将团场划成棋盘格子，房子院子都在棋格子里，人也在格子里。我就出生在棋格子里的房子里。

新疆生产建设兵团团场的建设者一定是个棋迷，要不横平竖直的道路和林带怎么都这么像棋盘呢？马路主干道边种的是白杨树，团场外围的林带里栽上了沙枣树，团场的支路边种着榆树，场部机关周围还种上了杨柳树。初夏，沙枣花开，色彩单调的团场戴上了黄花围巾，走过林带，香气扑鼻。杨柳则舒展着柳眉，笑盈盈地看着孩子们。碧绿香甜的榆钱，褐红的沙枣都是团场孩子们顶好的零嘴儿。榆树是上好的木材，人们都巴巴盼着能给家里添个结实的大衣柜。

白杨树最特别，因为它们的树干上有眼睛。再调皮的孩子，看到一只只刻在白杨树干上的眼睛都会消停下来，悄悄地，轻轻地，走过白杨树林带。林带里的白杨树一列四棵，成排站立，它们的任务是站岗。它们不是野生树林里随意生长的树，想在哪里就在哪里，枝条想伸向何方就可以伸向何方。哪里水好，它们就往哪边长。林带里的白杨树一出生就有着神圣的使命——站岗。守着马路，挡着烈日，拦住风沙。它们是守护团场的士兵，气宇轩昂，威风凛凛，根根笔直，棵棵挺立。它们是近卫军，是护卫队。它们都穿着绿色的军装，青白的军靴，系紧风纪扣，扎紧皮带，食指贴紧裤缝，挺挺地站军姿。

团场的人不多。麦收的时候，不多的人也都去了麦田，去一望无际的金色稻浪里翻腾。麦田周边也有白杨树。不过它们只是松散地站成单列，它们的任务是给麦地当地标，无须站军姿，只要守岗就好。有了它们，收割机驾驶员才能找到收获的战场。

地连着天，天连着地，戈壁里开垦出的麦田里有白杨树，它们是天然的地标。没有它们，麦田就太孤单了。麦子从头一年九月播种，然后以天为顶，以地作床，经过西伯利亚的寒风，受过硕大的雪花席卷，喝过天山山麓融化的雪水，在黄沙漫天里拔节生长。没有白杨树陪伴，麦田就很单调。浇麦子的水渠边，插一根春天的白杨树枝，枝上有绒绒的芽儿。到了夏天，这里就有一棵小白杨。一年年，团场的人都会在麦田水渠边插白杨树枝。四季轮回，无须管理，它们就会自然生长。这些白杨树没有林带里的白杨高大挺拔，它们长得随意，留了长发，穿了便装，迎西北风的一边枝叶短小粗壮，背风的一面朝阳，得了天然之势，枝繁叶茂。

你看，林带里的那些眼睛正凝视月光。

月亮终于逃离地平线，只一眨眼，它便将天空接管。星子渐渐退到舞台边缘，一场月的独舞即将开始。月像一盏高悬的荧光灯，把白亮的光洒在戈壁上，洒在团场的林带里，白杨树的眼睛愈发深沉。月色下，有枭鸟悲鸣，麻雀此时屏了声；月色下，马路变成了一条白亮的带子，晚归的人有了一条月光之路。白杨树皮在月光下愈发亮了，衬得眼睛更黑了。

在白杨树成长的过程中，春季剪枝不可少。剪枝的卡车驶过，车斗里的人用带着大钩子的长竿，将白杨树树梢以下的新枝削去。钩子锋刃闪过，一棵白杨没几分钟就被剃去了下部的新枝，只留下花束似的树冠。刚整理过枝杈的白杨树抖抖头发，精神得很。删繁就简才能心无旁骛，剪去斜逸旁枝，白杨树明白了自己的使命和方向。向上，向上，向上，不停向上！向上才能把根深深扎进土里。长得越高，根扎得越深；长得越壮，根扎得越紧。四列士兵般的白杨树把脚站稳了，马路就稳当了。剃去新枝的地方，新的伤口留下了青青的汁液。没几天，这个伤口就结了褐色的疤，没几年，这个疤就变成了一只眼睛。树干越粗，眼睛越大；树冠越高，眼睛越多。这些眼睛是白杨树向上留下的伤疤，是成为一名护卫队员必须经过的洗礼。

咔嚓嚓，咔嚓嚓，一辆庞大的机器慢吞吞地走来，震得马路颤抖。

它是个大家伙，把马路双车道都占了。人们叫他康拜因，它的轮子有一个成人高，肚子硕大无比，驾驶室前面还横着一个巨大的卷轮。

白杨树看到康拜因过来，瞪大了眼睛，像是检阅场上的士兵在给检阅的首长行注目礼。这个庞然大物，在团场的农业生产里功劳极大。它唯一的使命就是收获，全名叫联合收割机。麦子收割的季节，它几乎天天都出去。它徜徉在麦田金色的毯子上，游弋在金黄的波浪里，用它的大卷轮收割麦子。一片片，一道道，不急不缓。麦秆被它巨大的卷轮卷进嘴里，然后在大肚子里翻腾一会儿，就从顶部的大管子里吐出金色的麦柱。一辆卡车适时地跟在收割机后面，像个小跟班满心喜悦地跟着大哥，偷着乐。乐啥呀！大哥踱着步子，吐着麦子。麦子在风中飞扬，流水般倾泻到卡车车斗里。这都是麦田里那些白杨树说的。风，是传语者。哗哗，唰唰，沙沙，白杨树在摇头晃脑，听着悄悄话，说着悄悄话，传着悄悄话。

康拜因回来的时候，月亮往天上刚走了一半。白杨树的头发在马路上留下了一道道黑影。白杨树的眼睛迎着康拜因的大灯，瞳孔尽现，眼角全开。它们知道，收割机肚子里全是麦粒儿，它没吐干净呢，卡车小弟就吃不下了。鸟儿是康拜因的粉丝，总在它身边盘旋。鸟儿冲着白杨树的眼睛啾啾喳喳，兴奋得不行。看，有一只眼睛是眯着的，它在笑；有一只眼睛是瞪着的，它在怒视这些贪嘴的鸟儿。康拜因巨大的轮子压在马路上，马路使劲抵住。白杨树有多高，它的根就有多深。白杨树的根须抱住了路基，它们是守护者。

马路不怕康拜因，虽然它身躯庞大，但是肚中空空，重量不大。大轮子滚过马路，留下的只是嗡嗡响的震动。马路最怕东方红拖拉机压碾过去。拖拉机的链条式履带是厚厚的钢板做成的。几个轮子被包裹在履带里，履带上有尖利的牙齿。它们像食肉动物一样啃过马路，给马路留下一道道深深的齿痕。拖拉机如钢甲战士，是戈壁滩上开荒的好手。碎石，沙砾，死根，草甸子，它都不惧。没有路，拖拉机便用自带的两条厚厚的钢板铺路。白杨树告诉我，每次钢甲战士走过的时候，它们都眯着眼睛，假装睡着了。钢甲战士的声音简直可以用震耳欲聋来形容。咔咔咔，轰轰轰，突突突，马路留下了两道深深的痕迹，沙土飞了起来，扬成一团尘。白杨树眯上了眼睛，抖了抖头发，新发型很美，也刚被水滋润过，尘土没那么轻易落在上面。

月亮不知什么时候走到了天穹的顶端。轰鸣声起，月光晃动起来，水波一般。白杨树的叶子在月光下像一面面小镜子，闪着银光，和月亮对话。

团场迎来了一天的欢乐时刻。孩子们在马路上追逐，人们都从家里出来了。吃罢晚饭，享受夏夜的清凉。白天，太阳炙烤过的土地，燥热异常，到了夜里，温度迅速下降。白杨树林带里湿湿的，软软的，褐色的泥包裹着白杨树，水汽竟然生寒。人们披上了厚外套，在难得湿润的林带边散步。刚才操作康拜因的司机，正和他的孩子在林带边玩耍。一不小心，他的脚踏进林带。惊叫一声，脚陷进了软泥里。“嘿，好久没有玩泥巴了，脚上的泥可以做个小坦克。”他拔出脚，顺势脱了鞋子开始刮泥巴。他的孩子惊喜地叫着喊着，要和父亲一起玩泥巴。

白杨树睁大了眼睛，看着这个迸发出童心的男人。他黑黝黝的，头发乱糟糟，眼睛亮晶晶。他身上的牛仔布劳动服已经洗得发白，干干净净。围在他身边的那个小子是他儿子。这个壮实的小子，白天就在林带边摔泥巴墩，在林带里蹚水，光着脚丫子踩泥巴玩。白杨树认得他。去年冬天，团场被厚厚的雪被子盖着，这个小子在林带里挨个儿踹树干。他戴着雷锋帽，缩着脖子，使劲蹬一下树干，然后慌忙跑开，乐呵呵地看白杨树下雪。

冬日里，白杨树光秃秃的，头发没了，只留下褐色的纸条。

大雪过后，琼枝玉树。白杨树本想穿上雪地服隐在大雪里，可这小子是个调皮捣蛋的家伙。他一路走，一路踹。“哎哟！好疼。”他一声惊叫。原来，超过碗口粗的白杨树生生将他的脚反弹了回去，疼得他抱着脚单脚直跳。白杨树都认得他。冬日里，他专门找细小的白杨树树干踹，白杨树上停住的雪屑纷纷扬扬落下，在微风中起舞，成了一团白色雪雾。

月在中天，皎皎如雪，清辉洒满团场，亮如白昼。

戈壁深处，风声呼啸而来，白杨树树冠摇摆着，哗哗，哗哗哗，哗哗哗哗。鸟儿不见了，人也都散了。已过子时，夏日夜短，人们要抓紧时间好好休息。白杨树在一片明亮的月光下，依然睁着眼睛，守着团场。

奔跑的榆

孟德明

动物靠脚力远行，叫奔走；飞禽凭翅翼远行，叫迁徙。树木呢，树木要想壮大家族是不会原地不动的，它又该进行怎样的远行？

我始终相信，树木是会奔跑的。待它把根扎到哪里，存活下来，那沿路就会留下它奔跑的足迹。向大西北，我是乘坐三个多小时的飞机邂逅它的；又是在天山山谷，从奔驰的汽车外注视它的。如果不是当地文友提示，我断然认不出它的踪迹。这位文友，当年大学毕业主动到大西北支边，而后就再没有离开，三十年来已然留有浓重的西北口音，脸部透着红红的健康色。他说，如今他已把根扎到了这里。从他口里得知，那些闪着白光的树种，就是原本冀中平原的榆。在这戈壁荒原、沙石浅滩，它们一律唤作“植被”，一个当地人把绿色看得无比金贵的称呼。

榆在平原，我是熟识的。在那里，它是我们生活中不远不近的影子。说它近，便是每年初春时，它枝条上早早地爆出满枝墨绿的榆钱儿，在万物萌动的季节它便成了不错的代食品，急急的小伙伴总会爬上树捋下几把放进嘴里，齿颊间就透出甜甜的清香来。若是拌以玉米面蒸糕、贴饼子，就是一道令城里人羡煞的佳肴了。说到它的远，只是，我的印记里，平原上的榆很少见到成材的，这种树木最易受到病虫侵蚀。春天树上滋生的一种虫子，会把才长的叶子吃光；而树身长出的汁液表明树体显露病态了。这些年我只在一个村子见过一棵数百年的榆树，覆盖着这个村子一大姓氏的祖坟，朝朝夕夕，发芽落叶，被村上奉为树神。

而在大西北，遇见它时，我得承认，我有几分错愕。西北是啥？我的想象里，是“野云万里无城郭，雨雪纷纷连大漠”的天地苍茫，是“边城暮雨雁飞低，芦笋初生渐欲齐”的季节凄婉，也是“晓战随金鼓，宵眠抱玉鞍”的戍士悲怆。但就是在这里，榆倒是找到了好去处。凄寒之下，它没有了那爬满树身的飞虫困扰，也没有了被细菌侵蚀的汁液。它就在这西北的土地上，成为浩瀚大西北的一抹亮色。在红山，满眼都是茁壮生长的、高拔的榆。这座戈壁城市中的山，山体还透着红红的颜色。最初绿化它时，人们付出了不小的代价。这光洁的山体，很难让草木扎根。那些早期的拓荒者，在石面上一锤一锤艰难凿出个个一米多深的坑，人们尝试着栽下各个树种，浇水施肥，都没有成功。到来年春天树木萌芽时，山上留下的是枯死的树苗和依然单调的山石。后来，有人大胆种下榆树，经过浇水后，这些树苗竟然扎根存活了。多年后，红山已经成了市民攀爬的好地方。他们爱山，更爱心血浇灌出的绿色。他们在每天的仰望中，感知每棵树一分一毫的生长。在大西北，但凡树要存活，就需经受风霜，就需与岩石砥砺，扎下根汲取营养，长出叶被雨水浸润。榆做到了。

我乘车穿过茫茫戈壁，进入到天山的深谷里。大西北的初冬，由于荒漠连绵，愈发增添了几分凄寒。车窗外，一棵棵银白似雪的榆树闪到后面。据说，当年左宗棠带兵戍边时，有人从内地带来几棵榆树，在人们的疑惑里试探性地种下，却奇迹般地存活下来。接着才有了大量的种植。一百多年来，这些榆根须遒劲，错落扎在碎石间。只是，在岁月的淬炼下，它不再是内地那种枝叶的嫩绿，树干也褪去了原有的光洁。榆经历了百般变化，连同硕大银白的树冠，俨然一幅幅高挂深谷的油画。眼前有景画不得，已有佳构自天成。榆在沙砾上生根，在风霜里发芽，才有了今天的苍劲。这也是大西北最早的榆。它们那样多，汽车穿行了老半天，才离它们远去。我的心有些战栗，震慑于强大众多的它们留下的连绵足迹。

在天山博格达峰北坡山腰，有一汪明眸善睐的碧透湖水，高山的常年积雪映在水里。而一株榆被哈萨克人系上了许多的红丝带，长在水边，枝枝丫丫，丝丝缕缕间显出茂盛来。我知道了这棵榆的不同寻常。每年它要有小半年以弱小的枝条抗击着严寒侵袭，生存下来不能不说是一个奇迹。

眼前的景象是榆不尽地奔跑。

托克拉克

刘建东

我只见过夏天的胡杨。

胡杨于我是陌生的。在我怀疑的目光中，它看上去十分丑陋、痛苦，像是马戏团的小丑，正在拼命地博得观众的笑声。为此，它要付出许多。弯曲，树干可以达到力的极限，以不可思议的角度伸展着。匍匐，只为树冠能够向上，遮挡住阳光。挣扎，是释放从根部传递出来的无奈。

在阳光的舞台中央，它似乎在躲闪，回避，最强烈的敌意并不是上苍的谴责，而是天数，是剑一般、山一般的光。它只能用浓密的树叶去承接着光的重压，这是它唯一的盾牌，柔软，却坚硬。那绿色，在茫茫的光的舞台之上，像是熔炉中的水一样。

可是，白色而灼热的光，凶恶歹毒的光，在水滴似的绿色树冠前先怯了场。剑，改变了方向；山，成了虚幻的梦境。我站到绿荫之下，瞬间就是另外一个世界，清凉，惬意，片刻之前的暴晒与烦躁，顷刻便逃逸了。它却不为我这样的观众动容，精神永远高度紧张，焦虑从脚下的沙漠开始，纠结着向上攀缘，刀刻一样的褶皱，无法释怀的骨节，愤怒而敞开的树洞，簇拥着那高高在上的叶子。

所有的愤怒、焦躁和挣扎，在抵达绿色的那一刻，突然消失了。就像是一个心事重重的演员，走上舞台之后，顿然放下了沉重的内心，以

笑脸面对观众。当我不得不从荫凉之处走出，成为阳光的猎物，快速地向另一处绿荫奔逃，被耀眼的光迷离着的视线中，那个叫胡杨的家伙，仍然在努力地伸展着自己的身体，要摆脱自己的困境。

我只见过与罗布人相伴的胡杨。

罗布人据说是楼兰古国居民的后裔，他们世代以捕鱼为生。这是在新疆，尉犁县，塔克拉玛干大沙漠的北沿。王国的盛景早就淹没在历史的滚滚沙尘之中，曾经的我国第二大内陆湖罗布泊也早就成为探险者的目的地。生活在干旱少雨的内陆地区，罗布人却以捕鱼和狩猎为生，这也从一定程度上印证了沧海桑田，万物轮回。他们生活的环境当时肯定密布着大大小小的湖泊与河流，树木苍翠。他们和胡杨林一样，在大自然的逼迫之下，被迫不断地迁徙，却对故土始终不离不弃，尽可能地遥望到故乡。

历史上最著名的罗布人叫作奥尔德克。他本名乌斯曼，在有关他的文字中，他善水性，捕鱼、捉鸭，样样在行，能长时间待在水里，奥尔德克就是鸭子的意思，典型的武侠小说中水上飞的形象。可是他之所以能留在史册中，并不是因为如此。1900 年，就是在他的帮助下，瑞典探险家斯文 · 赫定发现了楼兰古城。发现楼兰的过程比较传奇，据说，那一年的 3 月 28 日，探险队的一把铁锹突然丢失了。一把铁锹对于一个探险家是多么的重要，斯文 · 赫定的沮丧情绪可想而知。奥尔德克自告奋勇返回沙漠，去寻找铁锹。他遭遇了风沙，被命运之神带到了一处庙宇的废墟。这就是被茫茫大漠埋藏了千年的楼兰古城。三十四年之后，他又协助另一位探险家贝格曼发现了小河墓地。

历史记住了斯文 · 赫定，却忽略了这个叫奥尔德克的罗布人。无法想象当他得知被掩埋的古城就是他的祖先的城市时，是一种什么样的心情。也许，对他来说，那只是一座废弃的城堡，于他没有任何的意义。他和他的族人，想得更多的是如何应对越来越恶劣的环境，如何像胡杨那样，抵挡着风沙与烈日。孤独的居民，最适合与孤独的植物相伴而生。他们如此相似，胡杨，罗布人，阳光，干旱，他们跟随河流退却的方向，一步步远离曾经有过的梦想与辉煌，迁移、漂流，却总能在新的土地上寻找到莫大的安慰。它们依塔里木河而居，他们是最好的邻居和伙伴，当夜色降临，追忆开始像树根一样深深地扎在地上，伸向遥远的过去。

罗布人所缅怀的在地上，而胡杨的过去在地下，湿润如清晨的梦境。一旦它扎下根来，便很快地穿越沙质的土壤，以坚忍的根系，向深处进发。它的根系发达，能达到地下四五米。它不动声色，把自己屈展拉伸，从地下找寻着生长的力量。无法看到的根系，是胡杨的大脑，坚强不屈。它在思索着艰难世事中，一个孤独生命的前途，在探究着如何与残酷的现实抗争。我甚至觉得，地上与地下，舞动与伸展，它们是一体的精神分裂者，记忆纠缠着现实，干燥想念着水分，愤怒抵抗着平和。而造就了忧郁的土地，柔软却充满着幻灭感。很罕见的，两只蚂蚁在奔跑，它要想不被阳光消灭，就得不断地奔跑，成为赛场好手。环境成就了才能与梦想，多少身体中的潜能得到了发挥。

我只见过与沙漠为伍的胡杨。

公路穿行在茫茫的戈壁与沙漠之间，绿洲隐藏在遥远的耐心之后，飞驰的汽车变得徒劳而滑稽可笑。人类所能达到的极限远远落后于突然出现于远方的胡杨，那一丛丛的绿色瞬间就让自己得到了解脱。沙漠之上，绿色为尊。而这绿色又这么任性，这么倔强，这么孤傲。我突然想到了与我的生活息息相关的白杨，在我居住的环境之中，白杨遍布于大街小巷，田野乡间，在平原之上，不管不顾，像是率性的孩子，快乐地生长着，它们挺拔，秀美，充分享受着阳光、雨露，丝毫看不出因为要与自然争斗所留下的痕迹。白杨被娇惯着，被呵护着。它们可以完美地在乎着自己的形象，以哨兵的姿态，保持着优雅与悠闲。华北的白杨与胡杨同属杨柳科，生命的状态却如此不同。

似乎在梦中都会出现的阳光，消失于记忆中的湿润，让胡杨如同一个被遗弃在沙漠边缘的漂泊者。没有天然的庇护，它只能依靠自己，面对恶劣的环境，忍受着阳光、风沙、干旱和无尽的挣扎。生存成为一种孤寂的事业，扭曲是为了更好地占有，狰狞只是想要得到片刻内心的安宁，而沉默是在等待更长久的爆发。所有的努力都令人肃然起敬，令人动容。生存还成为一种要维护的权力，是自尊，是宣言。

我只见过极少数的胡杨，可是它已经在我的心里牢牢地扎下了根。它们是沙漠的对手和敌人，是历史竞争中的胜利者，是沙漠绿洲的守护神。所以它们也被叫作托克拉克，意思是最美丽的树。于是，我开始理解并喜欢上胡杨，喜欢它在命运面前自嘲的姿态。当我告别时，烈日仍肆虐着，塔里木河静静地流淌着，胡杨，自由地散落在河边的沙地中，像是静止的化石，沉思的智者。托克拉克，在梦中，在通向那些曾经消失的楼兰、交河、高昌古城的道路上，遍布葱茏。

生命芭蕉

张桂柏

重回南疆故土，沿边境一路走去，山水是那么熟悉，草木是那么亲切。忽地有一种植物映入眼帘，“扶疏似树，高舒垂荫”——这不是芭蕉吗，好大一片芭蕉林啊！我驻足，走进，思绪悠悠——

这里曾经有战争，我在这里打过仗。一场激烈的战斗下来，饿啊渴啊，趴在战壕四处瞄望，山丘连着山丘，蜿蜿蜒蜒，长长短短，高低凸凹，生长着密密的灌木，哪里有解饥解渴的东西呢？瞧，看到了：香蕉，有香蕉，野生香蕉天赐般挂在眼前。我像隐蔽接敌一样，以简捷的战术动作，匍匐前至，摘蕉而来。扒下一根，两口就吞到肚里。这时，有个本地兵挺鬼地问：“好吃吗？”我这才回过味来，直呼“嘴巴里好涩好涩”。这兵摆起谱来：“我教你听，香蕉芭蕉都是蕉，此蕉非彼蕉也。”他还把“也”字拖了很长。原来我刚才吞吃的，不是香蕉，而是芭蕉。

细眺看，山脊山谷、山阴山阳，野长着一棵棵、一丛丛大芭蕉、小芭蕉。一段时间，阵地上主食是芭蕉，副食是芭蕉，汲水止渴还是芭蕉。芭蕉果肉要吃，芭蕉根也吃，芭蕉叶还吃，芭蕉花照吃，芭蕉茎里的蕊好嫩、淅沥下来的汁好甜呢！用芭蕉叶折成杯子，去接山石滴水，一饮而尽，立品两味，一味是石泉之清冽，一味是蕉叶之清凉。把蕉叶当作餐碗餐盘，盛饭装菜，好个“绿叶宴”。用干蕉叶卷旱烟，蕉香和烟香双双浸肺润喉，“老烟鬼”感到过瘾拿劲，诱得我们这些不吸烟者也卷根抽抽，尝尝味道。以芭蕉花入锅烩烧军制牛肉罐头，食香味奇特，阵地上很快推广。有个老兵退役后，就留在漫山芭蕉的“藏兵洞”前开小饭店，参过战的、没参过战的游客，到店就点尝这道叫“军民鱼水情”的特色菜，真是店不在大，有招牌菜则名！

后来战争结束，离开战场，查阅资料，才知道芭蕉是好食物、好药物。芭蕉果肉，润肠通便；芭蕉根，清热、止渴、利尿、解毒；芭蕉叶，抗菌抗病毒，防止呼吸系统疾病，预防瘟疫有千年历史；芭蕉花，化痰软坚、平肝、和瘀，等等。战士们在南疆战场的岁月，芭蕉真有不小的功劳！

南陲高原似乎离天近些，白天太阳滚烧到阵地上，晒啊热啊！这时，芭蕉又有了另外一种功用，战士们用匕首割下一片蕉叶顶在头上，或蹲藏到蕉树宽大的叶子下，既遮阳，也是隐蔽伪装、潜伏待机。有的躺在掩体或山洞休息，垫的是芭蕉叶，盖的是芭蕉叶，也有的干脆脱下汗熏汗臭加汗碱的衣服，把长而宽的蕉叶中央裁个窟窿，上下左右对折，全身套进去，只将头露在外面。这里昼夜温差大，气候变化也大，“一山有四季，十里不同天”。傍晚太阳下山了，夜里冻啊冷啊。风说来就来，雨说下就下，南方湿冷是更加的冷。芭蕉叶又被战士们片片相连，道道叠置，分别裁成篱笆，砌成“暖房”，编成蓑衣，缝为睡袋，这样挡风遮雨，御寒保暖，顿时让人牙不再磕了，身不再抖了。熔烙在战士心底的意念：芭蕉护命。老兵重返故地，见物会喊“生命芭蕉”！

战地的芭蕉呀，俨然也入阵参战了。隐蔽时，战士把蕉叶往上一卷就盖钢盔，把蕉叶往斜一别就遮钢枪，一棵芭蕉就成一名战斗员，一丛芭蕉就成一支战斗队，一片芭蕉就成一个战斗群，东一处芭蕉、西一处芭蕉就成为变幻莫测的八卦阵，有人总结说：就叫“芭蕉阵”吧！

战斗间隙，便是欢乐时光。山脚下，帐篷前，摆开了战地文艺晚会的场子。看，还是就地取材，以芭蕉为道具的节目赢得了阵阵热烈掌声。芭蕉时装展示上场了，用蕉叶剪裁的头冠、头饰多姿多彩，长衣、裙衣飘摆溢韵，高靴、矮靴嘎嘎有声！芭蕉剪纸上场了，“少数民族箪食壶浆慰亲人”，把军民团结保边疆的鱼水之情烘托得浓浓的。芭蕉书画上场了，蕉叶如纸，上面书写着“祖国在我心中，阵地在我手中”，绘画着长城，绿叶作底，更显笔法传神。“生命诚可贵，爱情价更高，只要边疆安，两者皆可抛”，“青山处处埋忠骨，何必马革裹尸还”……这些深情的誓言，让战士们一边不停抹泪，一边拼命拍掌。我忍不住要喊要呼——

芭蕉，你是解渴的水，你是救饥的粮！你是御寒的被，你是挡风的墙！你是遮阳伞，你是纳凉帐！你是我们兵中的兵，你是我们枪中的枪！

部队班师了。边境丘陵红土地上静悄悄的。不久，春风又绿南疆。一种叶子很大、长椭圆形、茎高粗壮、叶面鲜绿、入夏抽出淡红色的大型花、果实跟香蕉相似、丛生又称大蕉的草本植物，遍布河谷、山坡。

久违啦，时空几十年，自是相思不尽，而今终于又直面“叶叶为多情，一叶才舒一叶生”的芭蕉。我再一次走近、抚摸、拥抱芭蕉。傍晚，天下起了小雨，雨打芭蕉淅沥沥，我歇息在遍植芭蕉的农舍，睡梦之中似有古诗回响：芭蕉丛丛生，月照参差影。数叶大如墙，作我门之屏……我在睡榻上轻轻翻了个身，喃喃呓语：“蕉儿艳，蕉儿鲜，最喜百蕉深处眠！”在南疆的芭蕉树下，我似乎又回到了那时岁月。

沉睡的胡杨谷

徐可

汽车行驶在南疆大地上，大片大片的农田从车窗两边向后退去，有绿油油的水稻，有金灿灿的麦浪，还有开着红花、白花的棉田，挂满果实、飘着果香的杏园……偶尔还可以看到一汪清亮亮的水，还有半青半黄的芦苇荡。如果不是不时闪过的光秃秃的荒山提醒，我常常会恍惚不知身在何处。正是七月下旬，虽然已晚上九点多钟，太阳依然明晃晃地挂在天上，逡巡着不肯下沉。

当我们的汽车下了217国道，拐上一条简易公路时，我的心也随着身子剧烈地跳动起来。路是沙石铺成的，坑洼不平，迂回曲折，我们的大巴车就像茫茫大海上的一叶扁舟，左右摇摆，上下颠簸，车上的人就随着这颠簸摇摆晃动着。

不知走了多远，汽车终于停下了，眼前豁然开朗：这里是塔克拉玛干沙漠西北边缘，北距塔里木河二十公里，西距阿拉尔市区五十公里，东距龟兹古镇库车一百三十多公里。一望无际、浩瀚辽阔的睡胡杨谷从眼前向远方展开，直抵天际。

天似穹庐笼罩四野，荒漠如海奔腾翻卷。在这片无垠的沙海上，布满了枯死的胡杨木，没有枝丫和树皮，只剩下光秃秃的躯干，有的直立，有的斜刺，有的横卧，千姿百态，争奇斗异。仔细打量，那些奇形怪状的胡杨木引起我们无限联想。有的如虎狼咆哮，有的像天狗噬日；有的像勇士威武，有的似屈子行吟；有的似二龙戏珠，有的像剑指天空；有的像一家三口开心相拥，有的如忠贞伴侣遥相守望；有的高傲地昂首向天，有的谦卑地匍匐于地；有的似开怀大笑，有的像掩面而泣……你可以尽情想象，用你所能想到的物事来形容它们，用你的才华编织出无数离奇曲折的故事。在落日余晖的照射下，天与地与树，一片灰黄，一派苍凉，让人生出无限沧桑之感。心里倏然冒出唐代诗人陈子昂的名句："前不见古人，后不见来者。念天地之悠悠，独怆然而涕下。"

新疆生产建设兵团一师十四团的工作人员告诉我们，睡胡杨谷坐落在横穿塔克拉玛干沙漠的和田河和克里雅河古道交接处。远古时代，这里是茂密的胡杨林。随着克里雅河断流、和田河改道，胡杨集体逐年干枯。尼雅古城、圆沙古城和昆岗先民家园以及下游楼兰古城消失，史学家们认为水源枯竭是主因，这片胡杨林成为无言的佐证。

半个世纪前，兵团一师大举开发塔里木，到这里被河流所阻戛然而止，从而完整地保留下了一片原始的胡杨林，成为生态的警世钟。2013年初，人们在塔克拉玛干沙漠古河道中发现了这处保存完好、枯死数千年的大面积胡杨林，仅在十四团境内就有六万多亩。枯死的胡杨林，虽然断臂残腿，生命不再，但依然挺立在戈壁荒漠之上，演绎着千百年来与沙漠风暴展开的生死搏斗，守护着脚下这片干涸的土地。胡杨之殇营造了一种奇特的壮丽景观。"活着的胡杨夏绿秋黄，固然旖旎；死去的胡杨更加壮美，以独有的形态，给人以思想的启迪。只有躯干，没有树皮和枝叶——虽死犹生，虽睡犹醒。"十四团将这片胡杨林命名为睡胡杨谷，加强了胡杨林管护工作，组织了一支二十余人的护林员队伍，全年不间断地对辖区内的天然存活胡杨林进行巡护，以保障辖区胡杨的良好生长。

人们常说：胡杨生而不死一千年，死而不倒一千年，倒而不朽一千年。这样的说法很难从文献资料中找到印证，颇有点神话色彩，未必可靠；人们所赞赏的，是胡杨坚强不屈的精神。资料显示，胡杨是第三纪残遗的古老树种，它的历史可以追溯到一亿三千万年前；在库车千佛洞和敦煌铁匠沟第三纪古新世地层中部发现的胡杨化石，至少也有六千五百万年的历史。《后汉书·西域传》和《水经注》都记载着塔里木盆地有胡桐，也就是胡杨。在世界范围内，胡杨主要生长在中国新疆的塔里木河流域。胡杨生长在最恶劣、最残酷的气候环境之中，它们耐寒、耐热、耐碱、耐涝、耐干旱，组成了一条壮阔的绿色长廊，阻挡了沙暴对绿洲的侵袭。它们就算死去，也屹立不倒，仍然用自己坚强的身躯守护着这片土地。千百年来，胡杨守护在边关大漠，守望着风沙，被人们誉为“沙漠守护神”“沙漠英雄树”。维吾尔语称胡杨为“托克拉克”，意为“最美丽的树”。人们从胡杨的坚劲风骨中，感受到的是强大的生命气息！

十四团所在地曾是丝路驿站。相传，公元前六十年前后，郑吉将军被派遣到渠犁（今库尔勒一带）屯田，领护当时“丝绸之路”的南、北两道，号称“西域都护”。当郑吉率部进入昆岗（今阿拉尔）地界，看到茂盛高大的胡杨林一望无际，很是好奇。向导告诉他，当地人叫胡桐树，因其耐寒、耐热、耐碱、耐涝、耐旱，又被称为“英雄树”。郑吉哈哈大笑，脱口道：“英雄胡桐树，从此归汉家。”郑吉是首任“西域都护”，史学家普遍认为，从郑吉开始，才真正实现了中原王朝对西域的实际管控。为了纪念，当地人叫这片树林为“刘家胡桐”。

一千多年以后，一批刚刚从战争硝烟中走出来的军人来到新疆，他们就地集体转业，成为新一代的屯垦戍边人。在极其艰苦的环境中，他们一手拿枪，一手拿镐，边战斗边开荒，为边疆的稳定、发展、繁荣贡献了青春、热血甚至生命。在兵团，我们采访了多位老战士，听他们讲述当年艰苦创业的历程，常常被感动得热泪盈眶。他们很多人是“献了青春献终身，献了终身献子孙”，真的是把根扎在这片土壤中了。在一师四团，我听说本团的墓地被叫作“十九连”。为什么叫“十九连”？因为四团一共有十八个连。

那一瞬间，我想起了睡胡杨。

睡胡杨，这名字真好！它们没有死，它们只是睡着了。总有一天，人们还会唤醒它们，继续守望这片辽阔的土地。

凝望静默的睡胡杨，我分明触摸到了它们跳动的灵魂。

图书在版编目（CIP）数据

遇见一棵树 / 人民日报文艺部主编 . — 北京 : 人民日报出版社，2022.3

ISBN 978-7-5115-7277-6

Ⅰ . ①遇… Ⅱ . ①人… Ⅲ . ①散文集—中国—当代 Ⅳ . ① I267

中国版本图书馆 CIP 数据核字（2022）第 031829 号

书　　名：遇见一棵树
YUJIAN YI KE SHU
主　　编：人民日报文艺部

出 版 人：刘华新
策 划 人：欧阳辉
责任编辑：宋　娜　谢广灼
内文插图：孙小良
装帧设计：奇文云海 · 设计顾问

出版发行：人民日报出版社
社　　址：北京金台西路 2 号
邮政编码：100733
发行热线：（010）65369509 65369527 65369846 65363528
邮购热线：（010）65369530 65363527
编辑热线：（010）65369521
网　　址：www.peopledailypress.com
经　　销：新华书店
印　　刷：北京中科印刷有限公司

开　　本：880 × 1230mm　1/32
字　　数：226 千字
印　　张：9.5
版次印次：2022 年 3 月第 1 版　2022 年 3 月第 1 次印刷

书　　号：ISBN 978-7-5115-7277-6
定　　价：58.00 元